RUDEL LEBEN

Über die Autorin

Jessica Klauß, geb. Rosenthal, wurde 1975 in Göttingen geboren und lebt heute mit ihrem Ehemann und den beiden Rhodesian Ridgebacks Basihma und Akuyi an der Nordsee in Sankt Peter-Ording. Dort vermietet das Ehepaar Ferienwohnungen.
Ihre Leidenschaft für Hunde und die Neugier am Schreiben bildeten den Grundstein für ihren ersten Roman »Rudelliebe«. Auch diese Fortsetzung ist eine Herzensangelegenheit, die wieder auf wahren Begebenheiten basiert.

Jessica Klauß

Für Akuyi und Basihma,
denen ich für einen
wunderschönen Lebensabschnitt danke
und die ich immer im Herzen trage!

TWENTYSIX – Der Self-Publishing-Verlag
Eine Kooperation zwischen der Verlagsgruppe Random House und Books on Demand

© 2020 Jessica Klauß, Gartenweg 6, 25826 Sankt Peter-Ording

Herstellung und Verlag: BoD – Books on Demand, Norderstedt
ISBN: 978-3740763527

Cover: Nils Baumann, nilsbaumann.de

Lektorat & Textredaktion: Susanne Jauss, jauss-lektorat.de

Alle Rechte, einschließlich die des auszugsweisen Nachdrucks in jeglicher Form und der Übersetzung, sind vorbehalten. Das Werk darf auch auszugsweise nur mit Genehmigung der Autorin wiedergegeben werden.

Die Handlungen und Figuren in diesem Roman sind frei erfunden. Ähnlichkeiten oder Namensgleichheiten mit lebenden oder bereits verstorbenen Personen sind rein zufällig und nicht beabsichtigt.

Prolog

Baaaasihmaaaa! Oh mein Gott, was macht dieser Hund denn nur? Wir waren vorhin doch wirklich lange genug Gassi!

Ich denke so oft an diese Situation zurück, die wohl die peinlichste meines bisherigen Hundehalterlebens war. Obwohl sie schon einige Jahre her ist, werde ich sie niemals vergessen.

Wenn man in einem großen Hamburger Einkaufszentrum samstagmittags mit einem jungen, aber eigentlich schon stubenreinen Hund flanieren geht und dieser sich dann einfach mal hinhockt, um sich zu erleichtern, kommst du in eine Lage, die du niemals wieder brauchst in deinem Leben. Du fällst einfach auf, da ist der Drops gelutscht, und du suchst nur noch das Loch, in dem du vor Scham versinken kannst. Da werden Sekunden zu Minuten, und du brauchst gar nicht zu hoffen, dass diese Aktion unbeobachtet bleibt. Besonders nicht, weil das kleine Geschäft auf den glatten Fliesen so schön in alle Richtungen verläuft. Da hätte ich mir lieber einen schönen festen Kackhaufen gewünscht, den hätte ich besser und schneller entsorgen können. Kottüten hat man ja in jeder Tasche, aber warum gibt es nichts für die flüssige Variante?

Lass es einfach laufen, Fräulein, dachte ich mir damals also, denn Basihma jetzt weiterzuziehen, hätte nun mal gar nichts gebracht, es sei denn, ich hätte aus der Pfütze einen Flusslauf machen wollen.

Die Blicke der Passanten waren recht unterschiedlich, muss ich sagen. Viele guckten empört, teils kopfschüttelnd und verständnislos, andere lachten, sprangen über die Pfütze hinweg oder gingen völlig teilnahmslos wie selbstverständlich drumherum. Doch niemand zeigte Mitgefühl oder fragte mich, ob er mir helfen könne. Einfach nur den Hund halten, bis ich den Schaden behoben habe – oder so was in der Art. Das wäre schon echt hilfreich gewesen.

Was kann man aber auch von der heutigen Gesellschaft anderes erwarten? Nächstenliebe ist ja leider eine Eigenschaft, die nur noch sehr wenigen Menschen geläufig ist.

Ich wäre jedenfalls in diesem Augenblick gern gestorben, denn ich schämte mich in Grund und Boden und überlegte kurz, einen Herzinfarkt vorzutäuschen. Warum konnte ich nicht einfach aufwachen und feststellen, dass es nur ein schlimmer Traum war? Und wo war denn bloß Lukas? Eben war er doch noch mit unserem Rüden Akuyi hinter uns gewesen, da war ich mir sicher.

Wir hatten am Morgen beschlossen, mit unseren jungen Rhodesian Ridgebacks Basihma und Akuyi einen kleinen Übungs-Shoppingbummel zu machen. Im Hamburger Stadtpark befindet sich ein eingezäuntes Areal, in dem man eigentlich immer andere Hunde zum Spielen oder Herumtoben antrifft. So auch heute. Für soziale

Kontakte zu den Artgenossen war somit gesorgt. Doch dann machte uns das Wetter einen Strich durch die Rechnung, und wir mussten unsere Übungsstunde ins Alstertaler Einkaufszentrum verlegen. Viele Menschen treffen, verschiedene Bodenbeläge kennenlernen, fahren mit dem Fahrstuhl – solche Dinge kann man in einer Großstadt nicht oft und früh genug trainieren. Mit jungen Hunden in der Prägungsphase ist das ja extrem wichtig.

Nie im Leben hätte ich gedacht, dass unsere Basihma einfach mal so auf die Fliesen pinkelt. Sie war wirklich schon lange stubenrein gewesen und macht das eigentlich sonst nie. Dafür braucht sie immer ihre Privatsphäre, geht weit in die Büsche, in die letzte Ecke der Wiese. Asphalt und andere Bodenbeläge, die nicht aus Gras bestehen, beachtet sie eigentlich gar nicht. Vielleicht war sie an diesem Tag einfach zu aufgeregt.

Lukas war mit Akuyi wahrscheinlich wieder von jemandem angesprochen und aufgehalten worden. Ich konnte ihn jedenfalls nirgendwo entdecken. Mann, wenn man die Kerle braucht, sind sie natürlich nie da, dachte ich mir, und mein Kopf begann zu rauchen. Was sollte ich denn jetzt machen? Ich brauchte nämlich dringend eine Rolle Küchentücher.

Keine Ahnung, in welchem Stockwerk sich hier eine Drogerie befand. Und außerdem konnte ich mich ja auch nicht so weit von der Unfallstelle entfernen, sonst hätten die glotzenden und schadenfrohen Passanten um mich herum noch gedacht, dass ich mich verdrücken will, und gleich losgemotzt. Sie schienen ja nur auf eine

Gelegenheit zu warten. So jedenfalls schätzte ich die Situation ein, denn ich wurde definitiv beobachtet.

Während ich also nach meinem Handy wühlte, um Lukas anzurufen, entdeckte ich sie: eine ganz süße Verkäuferin aus dem Geschäft gegenüber. Als könnte sie Gedanken lesen, kam sie mit der lang ersehnten Papierrolle auf mich zu und fragte mich, ob sie mir helfen könne. Ich sah den Heiligenschein über ihrem hübschen Kopf, aber klar, den sah auch wirklich nur ich.

»Sie schickt der Himmel!«, rief ich. In diesem Augenblick hätte ich sie echt knutschen können.

Sie strahlte mich mit ihren wunderschönen weißen Zähnen und warmen, lachenden Augen an. »Ach, wissen Sie«, meinte sie, »Ihr Hund ist so süß, da kann ich gar nicht anders, als Ihnen aus der Patsche zu helfen.« Ja, mit dem Wort *Patsche* beschrieb sie die Situation wirklich treffend.

Basihma fand sie wohl genauso sympathisch wie ich, denn sie lief direkt auf die Frau zu. Diese war aber schon dabei, in die Hocke zu gehen, um Basihma zu begrüßen. Und so kam es, wie es kommen musste: Basihma sprang mit vollem Schwung gegen die sehr schlanke und kleine Verkäuferin, die mit ihren vielleicht gerade mal fünfzig Kilo Körpergewicht den Halt verlor, in Rückenlage geriet und nach hinten wegrutschte. Und damit war das Problem der Pipipfütze eigentlich gar keines mehr. So ein Fleeceponcho, wie die Frau ihn trug, ist unheimlich saugfähig. Wer hätte das gedacht.

Spätestens jetzt war der Zeitpunkt gekommen, an dem ich keinen Herzinfarkt mehr vorzutäuschen brauchte, weil ich wirklich kurz vor einem solchen stand. Und niemand konnte mich aus diesem Albtraum aufwecken, denn es war ja gar keiner. Es war tatsächlich Realität, was hier passierte. Na bravo, der Tag lief echt nicht gut für mich.

Mein Blick fiel auf das Namensschild am Revers der Frau. *C. Käfer* – wie passend, denn sie lag tatsächlich wie ein solcher auf dem Rücken, voll in der Pfütze mit Hundepipi. Hätte sie jetzt noch die Arme bewegt, hätte mein rettender Engel buchstäblich einen Urinengel produziert.

Zum Dank begann Basihma nun auch noch, ihr ordentlich das Gesicht abzulecken. Die arme Frau bekam wohl in diesem Augenblick ein anderes Verhältnis zu Zungenküssen.

»Es tut mir so leid«, stammelte ich, während ich ihr hochhalf, den versifften Poncho abnahm und ihn einfach in der Pfütze liegen ließ. Wobei die Pfütze jetzt ja gar nicht mehr zu sehen war.

Ich hätte völlig verstanden, wenn sie mir nun vor lauter Wut gegen das Schienbein getreten wäre, aber nein, sie lachte. »Schon gut, es ist alles okay. Damit musste ich rechnen. Wie kann ich Trottel mich auch hinhocken«, sagte sie ganz kleinlaut, als schämte sie sich dafür. Die arme Maus, dachte ich mir, ihre Schuld war es ja nun überhaupt nicht.

Ich bot ihr natürlich an, die Reinigung zu bezahlen, und wischte nebenbei mit den Küchentüchern den Rest weg, während sie sich mit dem Hund beschäftigte. Der Poncho war ehrlich gesagt so nass, dass sie den bestimmt nicht wiederhaben wollte, auch nicht gereinigt.

»Ach, das ist kein besonderes Teil, den schmeiße ich weg«, meinte sie. »Wir haben im Laden noch genug davon.«

Natürlich schoss mein Blick sofort zu dem Namen des Geschäfts, und ich war unglaublich froh, dass es nicht Hugo Boss oder eine ähnlich teure Marke war. Denn für den Poncho würde ich natürlich aufkommen müssen.

»Ich bezahle den selbstverständlich und dazu auch noch ein T-Shirt«, sagte ich peinlich berührt. Mir fiel wirklich nichts Schlaueres ein. Das Ganze war mir so was von unangenehm.

Sie streckte mir die Hand entgegen und lächelte mich an. »Ich bin übrigens Celine. Und sag bitte Du.«

»Ich bin Lilly«, antwortete ich, während ich ihre Hand nahm. »Ich bin ja unglaublich dankbar, dass du so verständnisvoll und locker reagiert hast.«

Während Celine noch ein bisschen mit Basihma spielte, erzählte sie mir, dass sie selbst einen Hund habe, total verliebt in Hunde sei und daher auf Basihma niemals sauer sein könnte. Ihr Hund war schon sehr alt, mittlerweile auch blind und taub. Ihre Eltern kümmerten sich hauptsächlich um ihn, weil sie mit ihrem neuen Job hier in diesem Laden nicht mehr viel Zeit hatte. Daher würde sie sich auch keinen neuen Hund mehr zulegen können.

Nachdem wir noch den nassen Poncho und die Küchentücher in eine Plastiktüte gepackt und entsorgt hatten, machten wir uns auf den Weg in den Laden, in dem

Celine arbeitete, damit sie sich umziehen konnte. Ich wollte ihr ja auch den Poncho und ein Shirt bezahlen.

Celine bot mir einen Kaffee an, und wir begannen, miteinander zu quasseln, als würden wir uns schon jahrelang kennen. Beinahe vergaß ich, dass ich ja mit Lukas und unserem Akuyi hier war. Wo waren die bloß abgeblieben?

Ich zog schnell mein Handy heraus. Klar, mehrere unbeantwortete Anrufe von Lukas. Die hatte ich bei dem ganzen Theater wohl nicht mitbekommen. Er war bestimmt stinksauer. Natürlich rief ich zurück, aber jetzt ging er nicht ran.

Celine, die nun sowieso eine halbe Stunde Pause hatte, schlug mir vor, mit vor die Tür zu kommen, um nach den beiden Herren Ausschau zu halten. Da sagte ich nicht Nein, die beiden waren ja schließlich nicht zu übersehen. Ein großer Mann mit einem zuckersüßen jungen Hund fällt erstens auf und ist zweitens so gut wie nie allein. Man kommt meist maximal zwanzig Meter voran, bis man wieder angesprochen wird, das kenne ich selbst ja genauso. Also ging ich auch jetzt davon aus, dass Lukas sich inmitten einer Menschentraube befand und Gespräche über Hunde im Allgemeinen und über die Rasse im Besonderen führen musste. Ich weiß, er hasst das, aber es gehört zum Leben mit einem Hund nun mal dazu.

Celine war wirklich supersympathisch, und ich hatte das Gefühl, dass wir beide total auf einer Wellenlänge lagen. Ich lebte ja noch nicht lange in Hamburg und hatte somit auch noch keine Freundin gefunden. Nicht nur deshalb hätte ich Celine gern wiedergesehen. Aber wie geht man so was an? Ich habe, so glaube ich jedenfalls, in meinem ganzen Leben noch nie eine fremde Frau nach einem Treffen gefragt. Irgendwie ergibt sich das im Alltag immer einfach so. Man ist meist schon befreundet oder über Dritte miteinander bekannt. Celine hatte auch bestimmt genügend Freundinnen und nicht gerade auf mich gewartet. Aber es wäre wirklich schade gewesen, wenn ich es nicht versucht hätte. Also beschloss ich, sie einfach zu fragen, ob sie einen Facebook-Account hat, dann würde ich ihr in ein paar Tagen eine Nachricht schreiben.

Doch in dieser Sekunde kam Lukas mir dazwischen.

»Lilly, mein Gott, wo warst du bloß?« Er klang total gestresst, als wäre etwas ganz Schlimmes passiert. »Mann, wenn man dich mal braucht«, motzte er. »Ich konnte dich nirgends finden. Und warum gehst du nicht an dein Scheißhandy?«

Gerade wollte ich ihm erzählen, dass ich mich so nett unterhalten habe, und ihm Celine vorstellen, als er mich mit hochrotem Kopf weiter anblökte: »Akuyi hat da hinten vor dem Spielzeuggeschäft, wo der große Steiff-Bär vor der Tür sitzt, sein Bein gehoben und dem Bären voll an den Fuß gepinkelt!«

Es gelang mir nur recht langsam, diese Information zu verarbeiten. Anfangs freute ich mich sogar, dass mein kleiner Akuyi zum ersten Mal sein Beinchen gehoben hatte. Die Zeit des Pinkelns in der Mädchenhocke war nun vorbei, und das Markieren würde beginnen. Er war jetzt irgendwie erwachsen geworden. Doch dann realisierte ich die Situation so richtig. Hoffentlich würde die Versicherung den Schaden übernehmen!

»Mann, Mann, Mann«, schimpfte Lukas weiter, »wie kann der Freak mich nur in so eine Situation bringen? Ich war bis eben in dem Laden, um meine Daten zu hinterlassen, damit die uns die Reinigung in Rechnung stellen können.«

Wie auf Kommando blickten Celine und ich gleichzeitig runter zu unserem kleinen Beinheber, der uns mit seinen großen, runden Robbenaugen bedröppelt anschaute. »Ihr seid heute wohl definitiv nicht lange genug im Stadtpark gewesen«, bemerkte Celine trocken.

Wir fingen beide an zu lachen, erzählten Lukas, der das alles nicht ganz so witzig fand, unsere Geschichte und tauschten dann schließlich unsere Telefonnummern aus.

Von diesem Tag an gehörte Celine zu meinem Leben, und ich gab sie nicht mehr her.

Kapitel 1

»Lukas, da, wo wir herkommen, werden vierzigjährige, kinderlose und unverheiratete Menschen auf einem Esel durchs Dorf getrieben. Willst du meiner Schwester das wirklich antun oder sie endlich mal heiraten?«

Mein Bruder Ben, ehrlich und direkt wie immer. Wir sitzen zusammen in einer netten Runde mit meiner besten Freundin Celine, die ich mittlerweile seit fünf Jahren kenne, unserer Sprechstundenhilfe Sandra plus deren Mann Jan und ihrer kleinen Tochter Mia. Und in dieser geselligen Runde hat Ben nichts Besseres zu tun, als Lukas zu fragen, wann er mich denn endlich mal heiraten wolle. Perfekt, denke ich voller Ironie, besser kann es ja nicht laufen. Schönen Dank auch. Wie in aller Welt kommt er darauf, im Beisein von Freunden und Kollegen meinen Freund anzubetteln, das alte Lilly-Mädchen doch nun endlich unter die Haube zu bringen? Ich könnte ausrasten. Warum tut er das? Ich möchte so gern aus diesem Albtraum aufwachen oder im Boden versinken, vielleicht auch von diesem Esel totgetreten werden, aber definitiv jetzt keine Antwort darauf haben. Das Blut steigt mir auf die Wangen. Dieser Honk.

Zum Glück scheint außer mir keiner diese dämliche Anspielung mitbekommen zu haben. Sandra ist gerade dabei, ihrer Mia den Milchreis vom Pulli zu kratzen, Celine ist mit ihrem Smartphone beschäftigt. Und Jan diskutiert mit dem Ober, ob ein weiterer Trainerwechsel beim HSV denn nun wirklich sinnvoll ist. Wobei Jan ja die Ansicht vertritt, dass die Jungs eher einen Psychologen brauchen, um ihre Ängste und den Druck in den Griff zu bekommen. Dann könnten sie auch endlich mal Fußball spielen, so wie sie es doch sicher irgendwann gelernt haben.

Da Lukas mit einem Ohr an diesem Gespräch teilnimmt, bin ich mir nicht sicher, ob er Bens Anspielung überhaupt richtig mitbekommen hat, denn Multitasking ist so gar nicht sein Ding. Jedenfalls nicht, wenn man etwas von ihm möchte, das er aber nicht will. Da schaltet er schnell mal auf Durchzug.

Er hat es aber gehört, denn nun schmunzelt er und guckt mich peinlich berührt an. Als unsere Blicke sich treffen, beschließe ich, dass jetzt die perfekte Zeit für einen Toilettengang ist.

»Ich muss mal«, sage ich, nehme meinen roten Kopf und meine Wackelpuddingbeine und ziehe von dannen.

»Warte, ich komme mit«, ruft Celine mir hinterher. Klar, wie sollte es auch anders sein. Frauen halt.

Draußen vor der Tür nimmt sie mich beiseite. »Warum hat dich das gerade so geärgert?«, will sie wissen.

»Wie? Du hast das doch mitbekommen?«, antworte ich mit einer Gegenfrage. »Ich habe so gehofft, dass es niemand gehört hat.«

»Hallo, ich bin eine Frau, ich kriege alles mit. Aber keine Bange, ich war glaube ich die Einzige, von den anderen hat zumindest keiner reagiert.« Sie streicht mir leicht über den Unterarm. »Mir war klar, dass die Situation für dich etwas peinlich war, daher wollte ich mich nicht einmischen. Aber andererseits«, sie beginnt zu lächeln, »es war doch nur so dahergesagt, einer von Bens Sprüchen, die kennen wir ja inzwischen alle. Und man muss heutzutage nun wirklich nicht mehr heiraten. Ihr habt auch gar keinen Druck, von daher ist doch alles fein.«

Ich schüttele den Kopf. »Ich will aber, dass er mich heiratet, Celine. Ich liebe ihn und möchte gern heiraten, solange ich optisch noch vorzeigbar bin und in einem Kleid noch eine gute Figur mache. Und auch einfach, weil ich es will. Punkt. Muss man denn immer ein Kind haben oder andere gemeinsame Verpflichtungen, Steuern sparen wollen oder, oder, oder?«

Ich hole kurz Luft und bin froh, dass Celine nichts entgegnet, sondern mich einfach meinen Monolog fortsetzen lässt. »Lukas soll mich heiraten wollen, weil er möchte, dass ich seinen Namen trage, weil er sich mich als seine Frau vorstellen kann und weil er mich liebt. Ist das so verkehrt? Ich bin achtunddreißig, wir sind jetzt über fünf Jahre zusammen, und ich hatte schon irgendwie gehofft, dass er mich heute fragt. Keine Ahnung, warum, ich hatte einfach so ein Gefühl. Immerhin wollte er, dass ihr alle mitkommt. In den letzten Jahren waren wir an meinem Geburtstag immer allein essen. Worauf wollen wir denn noch warten?«, frage ich genervt.

Und weil Celine immer noch nichts sagt, sondern mir nur weiter über den Arm streicht, bekommt nun auch noch mein Bruder sein Fett weg. »Ich könnte Ben manchmal echt in den Allerwertesten treten. Mann, der soll sich mal um sein eigenes Leben kümmern«, motze ich ohne Punkt und Komma. »Kriegt niemals eine Beziehung auf die Reihe, vögelt alles, was nicht bei drei auf dem Baum sitzt, denkt nicht an seine Zukunft, lebt einfach in den Tag hinein und von der Hand in den Mund. Aber mich will er auf einem alten Esel durch die Pampa treiben. Ich könnte echt kotzen.«

Irgendwie hat es mir gutgetan, mal ein bisschen Ballast loszuwerden. Und Celine scheint das gespürt zu haben, deswegen bin ich ihr dankbar, dass sie mich ausreden ließ.

»Ach, Lilly«, meint sie jetzt mit sanfter Stimme, »Ben ist Anfang dreißig, ein super gutaussehender Single, der bei den Frauen gefragt ist. Warum sollte er sich schon festlegen? Er ist ein Kerl und hat noch Zeit. Auch wenn ich glaube, dass dieser Typ Mann sich nie für eine bestimmte Frau entscheiden kann. Das müsste bestimmt schrecklich für ihn sein.« Sie zuckt mit den Schultern. »Schau mich an, ich bin auch schon dreißig, habe drei wirklich bescheidene Beziehungen hinter mir, einen Job, den ich nur mache, weil ich das Geld brauche, wohne in einem Einzimmerappartement und habe nicht mal den kleinsten Hoffnungsschimmer auf eine tolle Beziehung. Aber weißt du was? Das Beste, was mir in den letzten fünf Jahren passiert ist, bist du.« Erneut huscht ein kleines Lächeln über ihr Gesicht, doch dann wird sie gleich wieder ernst. »Ich kann froh sein, dass mich dein Bruder ab und an mal vögelt. Also kann man doch sagen, dass ich echt beschissener dran bin als du. Hätten wir eine Challenge für das traurigste Leben, müsste eigentlich ich sie gewinnen. Ich habe nicht mal mehr ein Haustier, das ich mit meiner ganzen Liebe umsorgen kann, und glaub mir, das fehlt mir seit Jahren. Aber mit meinem Beruf ist es unmöglich, mir einen neuen Hund anzuschaffen. Auch deshalb wäre ein Partner von Vorteil für mich.«

Klar, wenn man es so sieht … Natürlich stimmt das, was sie sagt. Ich habe doch eigentlich keinen Grund, mich zu beklagen. Vielleicht braucht man das ab und zu, dass jemand einem mal den Kopf zurechtrückt. Und wer darf das, wenn nicht die beste Freundin? Deswegen bin ich ihr auch nicht böse.

»Mann, du hast ja recht«, antworte ich. »Ich weiß, ich hab echt ein tolles Leben und weiß gar nicht, warum ich so rumheule, statt jeden Tag aufs Neue dankbar zu sein. Ich habe Lukas, den Mann, den ich von Herzen liebe, einen Job, der mich total ausfüllt, die beste Freundin und die beiden tollsten Hunde der Welt. Und ja, auch einen Bruder, den ich wirklich liebhabe. Gut, er raubt mir mit seiner Lebenseinstellung, seinen seltsamen Bettgeschichten und dem lockeren Lebensstil manchmal echt den letzten Nerv. Aber charmant und hilfsbereit ist er ja schon und irgendwie auch der beste Freund, den ich habe.«

»Ganz genau, meine Liebe.« Celine legt mir den Arm um die Schultern. »Und deshalb gehen wir jetzt wieder rein zu deinem tollen Rudel und lassen alle negativen Gedanken hier draußen. Deine beiden braunen Viecher vermissen dich sicher schon ganz arg. Zu Hause lassen sie dich ja auch nicht allein aufs Klo, bei ihrer Verlustangst. Nicht dass sie noch mit ihrem Rudelgeheule anfangen und wir hier rausgeworfen werden.«

»Danke«, sage ich nur noch und drücke ihr ein Küsschen auf die Wange.

Als wir vor dem Gastraum ankommen, kann ich Akuyi und Basihma bereits durch den Glasausschnitt in der Tür sehen. Wie zwei siamesische Zwillinge stehen sie unter dem Tisch, haben ihre schweren Köpfe auf meinem Stuhl abgelegt und fixieren die Tür, in der Hoffnung, dass ich gleich dort erscheine. Als ich sie öffne, heben sie simultan die Köpfe, die Ohren stellen sich in Position, und ihre bernsteinfarbenen Augen gucken direkt bis in mein Herz. Jedes Mal, wenn das passiert, wird mir von Neuem klar, warum für mich ein Leben ohne Hund nicht mehr denkbar ist.

Ich weiß genau, was nun passieren wird und dass ich nur noch Sekunden habe, um zu handeln. Uns trennen ungefähr noch zwanzig Meter, und ich sollte jetzt schnell sein, damit unser Wiedersehen nach gerade mal fünf Minuten nicht ausartet. Wenn ein Ridgi nämlich erst mal angefangen hat, mit dem Schwanz zu wedeln, was quasi einer Bewegung des gesamten hinteren Körpers gleichkommt, dazu noch laut fiept und gegebenenfalls auch leicht auf das Objekt der Begierde zuhüpft – in diesem Fall auf mich –, dann wird es peinlich. In einem Restaurant sowieso.

Da sie aber immer etwas Reaktionszeit benötigen, bis das Großhirn dieses Ereignis an das Kleinhirn weitergibt, kann ich der Blamage entkommen, wenn ich schnell genug wieder am Tisch bin. Als Fitnesstrainerin und Ernährungsberaterin sollte ich das schon unter zehn Sekunden bringen.

Ach, ich weiß schon, warum wir die beiden Schnuffis so selten mitnehmen. Ohne Hunde ist es meist entspannter für uns.

Ich versuche also, mich wieder so unauffällig wie möglich auf meinen Stuhl zu setzen und ihnen keine große Beachtung zu schenken. Das ist leider nicht so leicht, da die Hunde jetzt vor Freude an mir schnüffeln und lecken, als wäre ich zwei volle Tage weggewesen. Glücklicherweise beruhigen sie sich aber relativ schnell und rollen sich unter dem Tisch auf ihren Decken, die wir wohlweislich mitgebracht haben, ein.

Das muss man auch erst mal verstehen lernen. Ein Ridgeback findet erst dann Ruhe und legt sich hin, wenn er etwas unter seinen Hintern geschoben bekommt. Vor Basihma und Akuyi hatte Lukas unseren ersten Ridgeback namens Schröder. Ich durfte ihn leider nur kurz erleben, doch er brachte uns viele Eigenarten dieser Rasse bei. Durch ihn habe ich die Rasse überhaupt erst kennen und lieben gelernt. Sicher gibt es auch Ridgebacks, die sich auf den nackten Boden setzen oder legen, aber ich habe noch keinen erlebt.

Als nun endlich wieder Ruhe eingekehrt ist, die Hunde vor sich hin dösen und wir eine weitere Runde Getränke bestellt haben, klopft Lukas mit dem Löffel an sein Glas und steht auf. Will er jetzt etwa eine Rede halten?

Die Hunde sind natürlich sofort wieder wach, stehen Gewehr bei Fuß und gucken zwischen ihrem Herrchen und mir hin und her. Genau wie ich scheinen sie darauf zu warten, was jetzt passiert.

Ich bekomme Schnappatmung, mein Herz schlägt mir bis zum Hals, und ich bin mir sicher, dass nun doch gleich die Frage aller Fragen kommt, die mein Leben für immer verändern wird. Und ich bekomme ein klitzekleines schlechtes Gewissen, weil ich vorhin so ungehalten reagiert habe.

Kapitel 2

Ich weiß noch genau, wie ich Lukas kennengelernt habe. Von meinem Ex-Freund Oliver verlassen und betrogen, war ich aus Göttingen nach Hamburg zu meinem Bruder Ben gezogen. Lukas und Ben kannten sich aus dem Krankenhaus. Lukas ist Gynäkologe, hat eine eigene Praxis und ist einen Tag in der Woche an der Uni als Dozent tätig.

Ben ist mittlerweile Lehrer an verschiedenen Krankenpflegeschulen, wo er die Kolleginnen und Schwestern verrückt macht. Denn wie Celine gesagt hat, Ben ist ein Frauenmagnet. Ich bin ihm mehr als dankbar dafür, dass er mich damals bei meinem Neuanfang in Hamburg so unterstützt hat. Na ja, eigentlich machte er nicht wirklich viel, aber er war für mich da und kannte die richtigen Leute – in diesem Fall Lukas. Dadurch konnte ich eine Wohnung in Lukas' Mehrfamilienhaus ergattern und somit auch den Schlüssel zu seinem Herzen. Hört sich übelst kitschig an, aber es war so.

Weder Lukas noch ich hatten damals Interesse an einer Beziehung. Ich war einfach froh, aus Göttingen weg zu sein, meinen Ex Oliver, der seine Kollegin geschwängert hatte, vergessen und praktisch nahtlos weiterarbeiten zu können. Lukas bekam mich als Mieterin, als Teilzeitkraft für seine Praxis und als Hundesitterin für seinen wunderbaren Hund Schröder. Er hatte selbst auch einen Schicksalsschlag hinter sich, denn seine große Liebe Jasmin war an Brustkrebs gestorben – zwar schon vor längerer Zeit, aber er hatte sie natürlich trotzdem noch nicht vergessen. Somit bildeten wir beide definitiv nicht die Konstellation für eine romantische Liebesgeschichte. Jedenfalls nicht am Anfang.

Auch optisch war Lukas nicht direkt mein Typ. Na ja, ich weiß nicht mal, ob es überhaupt *den* Typ Mann für mich gibt, aber Lukas war es irgendwie nicht so richtig. Er ist groß, das mag ich definitiv, und dann aber irgendwie ganz normal. Ich kann ihn gar nicht richtig beschreiben.

Manchmal versuche ich, Leute zu beschreiben, indem ich sie mit Prominenten vergleiche. Das ist einfach, und mein Gegenüber hat sofort eine Person vor Augen. Doch das kann schon auch mal in die Hose gehen. Oft erinnert mich nur ein bestimmtes Merkmal an eine bekannte Person, wie die Stimme, das Lachen oder die Statur. Mein Gegenüber ist natürlich enttäuscht, wenn ich zum Beispiel Keanu Reeves ankündige, dann aber nur dessen Haarschnitt um die Ecke kommt.

Celine lässt sich jedenfalls nicht mehr auf meine Beschreibungen ein und will nichts davon hören, wenn ich ihr ein neues Mitglied aus dem Fitnessstudio aufquatschen will, von dem ich weiß, dass er Single und auf der Suche ist. Unser Männergeschmack geht leider weit auseinander. Zudem würde ich wahrscheinlich doch zu hohe Erwartungen in ihr wecken, und dann würde nicht der tolle Hollywoodstar vor ihr stehen, sondern der Normalo von nebenan, der vielleicht nur das Lächeln des Stars hat. Man achte eben auf die Details. Und wie sagt man? Der Charakter formt das Gesicht.

So war es auch bei Lukas. Es dauerte etwas, doch schließlich überzeugte mich das Gesamtpaket. Ich liebe seinen trockenen Humor, seinen strengen Blick. Oft scheint er total unnahbar, aber eigentlich ist er sehr offen und wirklich witzig.

Wir arbeiteten zusammen, wohnten in einem Haus und liebten beide den großartigen Ridgeback Schröder. So ergab es sich zwangsläufig, dass wir viel zusammen unternahmen und uns dabei immer näherkamen. Ich merkte es definitiv schneller als Lukas, dass da etwas ist, obwohl ich eigentlich optisch schon etwas zu bieten hatte. Na ja, mittlerweile komme ich auch in die Jahre, doch damals war ich noch recht vorzeigbar. Ich denke, das kann ich einfach mal so sagen. Obwohl ich schon ins Zweifeln kam, denn Lukas schien es nicht aufzufallen.

Schröders Tod war letzten Endes ausschlaggebend für unsere Beziehung, denn dadurch merkten wir, dass dieser Hund uns auch über den Tod hinaus verband, dass wir einander brauchten und eigentlich perfekt zusammenpassten.

Dass wir inzwischen zwei neue Hunde haben, war eigentlich so nicht geplant. Schon als Schröder noch lebte und wir noch weit davon entfernt waren, ein Liebespaar zu werden, wollte Lukas mir eine Hündin schenken, nämlich Basihma. Und Akuyi wählte ich als Nachfolger für Schröder aus, ohne von Lukas' Plänen mit Basihma zu wissen.

Es kam also alles anders als gedacht. Lukas schenkte mir Basihma, ich ihm nach Schröders Tod Akuyi und meine Liebe. Somit waren wir Knall auf Fall zu viert. Dieses Rudel bilden wir nun schon seit einigen Jahren, und ich möchte keinen Tag davon missen.

Lukas ist fünf Jahre älter als ich. Wir arbeiten immer noch zusammen in seiner Praxis. An den Tagen, an denen er auswärts ist – an der Uni oder manchmal auch im Krankenhaus –, bin ich noch als selbstständige Fitnesstrainerin und Ernährungsberaterin in diversen Studios tätig, was mir auch sehr viel Freude macht. Zeitlich können wir alles gut aufeinander abstimmen. Im selben Haus zu wohnen und zu arbeiten, ist prima, und so können wir auch den Hunden gerecht werden. Die sind ja zu zweit und können im Notfall schon mal drei oder vier Stunden allein sein.

Kinder waren für Lukas und mich nie ein Thema. Irgendwie waren wir uns schnell einig, dass wir definitiv beide keine wollen. Einfach so. Warum, weiß ich nicht, doch wir haben beide nie den Wunsch danach verspürt. Unsere Hunde sind somit kein Kinderersatz im klassischen Sinn. Sicherlich möchten wir Verantwortung für einen Schutzbedürftigen übernehmen, aber eben nicht in dem Umfang, wie es das Leben mit einem Kind erfordern würde. Also *no kids in the house*, und damit geht es uns gut. Irgendwie bin ich froh, nie das Bedürfnis nach einem Kind gehabt zu haben, denn ich weiß nicht, ob ich mit den ständigen Sorgen, Ängsten, Problemen und

Anforderungen, die ein Kind mit sich bringt, klarkommen würde.

Dass Lukas als Frauenarzt keine Kinder haben möchte, mag zwar etwas merkwürdig klingen, wird aber von seinen Patientinnen nicht weiter hinterfragt. Er ist eher der Wissenschaftler und Forscher, der sich aufgrund der Krankheit seiner Ex-Freundin damals für die Gynäkologie entschieden hat und darin auch voll und ganz aufgeht. Wäre er Kinderarzt, hätte er mit seiner Einstellung wahrscheinlich größere Probleme.

Abgesehen von der Tatsache, mich nicht für Kinder zu begeistern, bin ich eigentlich eine ganz normale moderne Frau, die Spaß am Leben, der Liebe, Mode, den sozialen Medien sowie an TV-Trashformaten hat.

Die romantische Ader ist bei mir dagegen nicht so ausgeprägt. Ich brauche keine Rosen auf dem Bett und Kerzen am Badewannenrand als Liebesbeweis oder um in Stimmung zu kommen. Doch in einem Punkt bin ich altmodisch: Seit Teenagertagen wünsche ich mir nichts mehr, als gefragt zu werden, ob ich heiraten möchte. *Dieser* Tag soll in meiner Vorstellung dann aber doch ein kleines bisschen romantisch sein. Wahrscheinlich geht es mir psychologisch gesehen darum, zu wissen, dass ich jemanden gefunden habe, der es ein Leben lang mit mir aushält. Bislang war mir das allerdings leider noch nicht vergönnt.

Kapitel 3

»Ihr Lieben, heute ist ja Lillys Geburtstag«, beginnt Lukas seine Rede, während ich es vor lauter Spannung kaum mehr aushalte. »Ich habe euch alle hierher eingeladen, um dieses Ereignis mit unseren liebsten Menschen, also mit euch, zu feiern. Aber nicht allein das ist der Grund, warum wir hier sind, sondern auch, weil ich euch etwas mitteilen möchte. Etwas, das unser Leben gewiss verändern wird und uns kurzfristig auch viel Organisationstalent abverlangt.«

Okay, eine Hochzeit verändert schon das Leben. Und zu organisieren ist auch eine Menge. Passt also bisher.

»Ich fand das einen angemessenen Rahmen, um etwas mit euch zu besprechen.« Nun blickt Lukas zu mir. »Schatz, auch dich überrumple ich jetzt sicherlich, aber meine Entscheidung steht erst seit ein paar Tagen fest, und ich wollte sie euch allen gemeinsam mitteilen.«

Ehrlich gesagt ist das doch viel unromantischer, als ich mir jemals in meinen Träumen einen Heiratsantrag vorgestellt habe. Ich sitze da, habe den schweren Kopf meines Rüden auf dem Schoß liegen und knete ihn in meiner Anspannung so fest, dass er eigentlich platzen müsste. Mittlerweile habe ich überall an meinen dunklen Klamotten Hundehaare hängen.

Ja, Akuyi ist es, der vor mir hockt und mich mit seinen großen Augen ansieht. Und jetzt finde den Fehler! Sollte nicht eher Lukas vor mir hocken, mich verliebt angucken, etwas aufgeregt stottern und zitternd meine Hände halten? Stattdessen steht er vor uns, als würde er einen Vortrag halten. Superselbstbewusst, freudig und stolz, uns etwas präsentieren zu können. Der ist sich aber extrem sicher, dass ich Ja sage, das muss ich schon feststellen.

Da fällt mir ein, dass ich vergessen habe, meine Nägel zu lackieren. Na klasse. Lukas wird mir gleich einen Ring an meinen unmanikürten Finger stecken. Warum habe ich bescheuerte Kuh daran eigentlich nicht gedacht?

Während ich also noch auf meinen Ringfinger schiele, um festzustellen, wie schlimm es tatsächlich ist, spricht Lukas auch schon weiter. »Ich werde in zwei Wochen nach Heidelberg gehen, um das Team meines ehemaligen Professors bei einem ganz großen Projekt zu unterstützen. Ihr wisst ja, dass er eine Ikone auf dem Gebiet der Krebsforschung ist und dass ich ihn sehr verehre. Er hat mich unlängst kontaktiert und gefragt, ob ich bei dem Projekt mitmachen möchte, da ein anderer Kollege aus gesundheitlichen Gründen kurzfristig ausfällt. Ihr könnt euch ja denken, was für eine große Ehre das für mich ist. Ich kann weiter von ihm lernen, und wenn ich dieses Angebot nicht annehme, werde ich mir das sicher mein Leben lang vorwerfen. Denn die Chance, in diesem Team zu arbeiten, bekomme ich nie wieder. Und da ich mir auch nicht zu schade bin, nur ein Nachrücker zu sein«, er grinst verschmitzt, ja sogar ein wenig arrogant, »habe ich zugesagt.«

Was für eine Scheiße ist das denn bitte? Ich könnte ihm gerade mit Schmackes voll in seine blöd grinsende Visage schlagen.

Celine greift unter dem Tisch nach meiner Hand, und ich bin steif wie ein Brett. Verdammt noch mal. Habe ich das richtig verstanden? Lukas hat nicht um meine Hand angehalten, sondern gesagt, dass er von Hamburg nach Heidelberg geht, um dort nach irgendeinem fucking Krebs zu forschen?

Nun erzählt er auch noch weiter und blickt dabei Beifall heischend in die Runde. Glücklicherweise ist von den anderen auch noch niemand in Jubelstürme ausgebrochen. »Zusammen mit der dort ansässigen Pathologie erforschen wir die Unterschiede, Merkmale und Oberflächenstrukturen von Tumorzellen im Vergleich zu gesunden Zellen. Damit kann man zum Beispiel besser über eine Chemotherapie entscheiden. Außerdem wird die Bedeutung des körpereigenen Immunsystems bei der Bekämpfung von Tumoren erforscht. Ich habe mich im Zuge meiner Doktorarbeit schon damals damit beschäftigt, was meinem Professor nun wieder in den Sinn kam. Das ist allerdings nur die Grobfassung. Ich werde ein Aufgabengebiet bekommen, das ich im Detail noch gar nicht kenne.«

Weißt du was, Lukas? Das interessiert mich im Moment überhaupt nicht. Tränen wollen sich aus meinen Augen drängen, aber loszuheulen ist das Letzte, was ich jetzt möchte. Ich trinke erst mal einen Schluck Wasser, das lenkt ab. Nicht heulen, nicht heulen, nicht heulen, rede ich mir immer wieder ein.

»Sie rechnen mit einem Zeitraum von etwa zwölf Monaten, in dem sie meine Unterstützung benötigen.«

Lukas redet und redet, aber ich höre gar nicht mehr zu. Ich bin so was von raus. Stattdessen fasse ich für mich in Gedanken noch mal alles zusammen. Lukas wird Hamburg in zwei Wochen verlassen, um für etwa ein Jahr nach Heidelberg zu gehen. Er ballert mir das bereits beschlossen und unterschrieben vor den Kopf, einfach so, stellt mich vor all meinen Freunden und Bekannten bloß, in einem Lokal, wo ich nicht mal ausrasten kann. Vielleicht war ja genau das sein Plan.

Na dann, *happy birthday*, Lilly. Diesen Geburtstag werde ich so schnell nicht vergessen.

Kapitel 4

Nachdem Lukas bezahlt hat und von allen gebauchpinselt und beglückwünscht wurde – außer von mir –, machen wir uns auf den Weg nach Hause. Die Hunde gähnen und strecken sich nach dem langen Liegen und sind wohl froh, an die frische Luft zu kommen. Ich hingegen habe noch immer einen Kloß im Hals und überlege, ob ich meinen Frust gleich rausbrüllen, eingeschnappt und zickig reagieren oder lieber ganz souverän so tun soll, als hätte ich kein Problem mit Lukas' Entscheidung und der unfassbar fiesen Art und Weise, wie er mich mit dieser Nachricht überrumpelt hat.

Da wir jetzt einen etwas längeren Fußmarsch vor uns haben, entscheide ich mich für die »*Schatz, ist was? Du bist so ruhig*«-Option. Ich muss in der Tat erst mal diese ganzen Informationen verarbeiten und bin eigentlich auch gar nicht richtig sauer, sondern nur unheimlich enttäuscht, dass er es ohne mich entschieden und es mir jetzt einfach so vorgesetzt hat.

Ich zweifle gerade wirklich daran, ob wir überhaupt eine intakte Beziehung führen, in der man ja normalerweise Entscheidungen zusammen trifft. Bitte nicht falsch verstehen, ich möchte Lukas überhaupt nicht im

Weg stehen oder egoistisch sein. Ich weiß ja, wie sehr er nach Jasmins Tod die Welt verbessern will, indem er dafür sorgt, dass dieser Dreck bekämpft wird. Traurig macht mich aber, dass er mich nicht in seine Entscheidung einbezogen hat. Denn es zeigt mir, dass ihm egal ist, was ich denke, fühle oder möchte.

Ach, wir Frauen sind einfach Prinzipienreiter, schätze ich. Einerseits wollen wir einen Kerl, der auf den Tisch haut und weiß, was er will. Andererseits möchten wir aber alles mitentscheiden, auch wenn es an der Tatsache, dass Lukas das für sich tun muss, nichts geändert hätte.

Scheiße, ja, ich bin ein Prinzipienreiter und hätte es mir gewünscht, dass er mich fragt. Dann hätte ich ganz gönnerhaft sagen können: »Natürlich, mein Schatz, mach das. Die Wissenschaft braucht dich, du brauchst das für dich, und ich wäre stolz, wenn du dadurch die Welt verbessern und das Leiden verringern könntest.«

Mann, ich kann das aber nicht, ich bin so verletzt. Ich habe Basihma an der Leine und Lukas Akuyi. Basihma scheint zu merken, dass ich nachdenklich und leicht verstört bin, denn sie leckt ganz nervös an meiner Hand und guckt mich immerzu an. Ab und an springt sie ein wenig an mir hoch, als wollte sie mich anrempeln. Das tut sie nur, wenn sie aufgeregt ist. Sie ist total sensibel und spürt immer, was los ist. Wenn ich ihr in die Augen schaue, wissen wir beide, was der andere denkt. Das geht aber auch nur mit ihr. Wir sind telepathisch total eng miteinander verbunden.

Mit Akuyi ist es anders. Im Vergleich zu Basihma ist er ein kleiner Trottel – was natürlich ganz lieb gemeint ist. Mit seinen robbenartigen Kugelaugen sieht er immer noch aus wie ein Welpe. Hätte er nicht ein leicht graues Bärtchen, würde er glatt als Junghund von acht oder neun Monaten durchgehen: irgendwie immer schutzbedürftig, knuddelig, verschmust und unendlich süß. Aber er gibt mir nie das Gefühl, dass er mitdenkt.

Unsere beiden Schätze sind also völlig verschieden. Basihma ist die mitdenkende, vernünftige, taffe und aufgeweckte, manchmal leicht zickig wirkende große Schwester. Bei ihr könnte man ohne Narkose eine aufgegangene Operationsnaht tackern oder am offenen Herzen operieren, ohne dass sie auch nur einen Piep von sich geben würde. Akuyi hingegen läuft beim Spazierengehen über eine Distel und schreit, als hätte man ihn abgestochen. So was Sensibles und Schmerzempfindliches hat die Welt noch nicht gesehen. Wir haben immer Angst vor einer Situation, bei der er sich wirklich mal verletzt. Er ist somit eher das behinderte »Kind«, das man den ganzen Tag lang beschützen und betüddeln möchte; sie dagegen ist die Schlaue, Mutige und Ausgeglichene, die immer alles richtig machen will.

Das ist das Tolle an unterschiedlichen Charakteren und vielleicht auch an den verschiedenen Geschlechtern. Ich glaube, die beiden sind mit Bart und Lisa Simpson zu vergleichen. Wir lieben aber beide auf ihre Weise und vergöttern sie einfach. Sicher ist die Rollenverteilung von Rudel zu Rudel unterschiedlich, doch in unserem Fall ist es so. Ich würde mir auch immer die Mischung von Weibchen und Männchen wünschen, wenn ich es mir erlauben könnte, zwei Ridgebacks zu halten. Ich sage bewusst *Ridgebacks*, denn ich bin der Überzeugung, dass ein Ridgeback kein »Hund« im klassischen Sinn ist. Gattung mal hin oder her ...

Gerade als wir am Planetarium vorbeikommen, reißt Lukas mich aus meinen Gedanken. »Du sagst ja gar nichts, Lilly. Freust du dich nicht für mich? Ich hatte gehofft, dass ich dich mit dieser super Neuigkeit überrasche.«

»Tja, Lukas«, entgegne ich und bleibe stehen, »was Überraschungsmomente angeht, scheinen wir nicht wirklich auf einer Wellenlänge zu sein.« Mit ernstem Blick mustere ich ihn. »Wieso hast du mir das nicht erst mal unter vier Augen gesagt, um mich an dieser Entscheidung teilhaben zu lassen? Und wie stellst du dir das überhaupt alles vor? Was passiert mit deiner Praxis? Du erinnerst dich doch noch, dass Sandra und ich bei dir arbeiten, ja?« Ich warte erst gar nicht ab, bis er antwortet, sondern rede einfach weiter. »Schau mal, wir sind so ein tolles Team. Wir haben zwei Hunde, ich arbeite noch nebenbei im Fitnessstudio, solange es mir Spaß macht und ich es körperlich kann, aber nicht, weil ich es muss. Eigentlich dachte ich, dass wir unsere Beziehung festigen wollen, vielleicht endlich heiraten und das genießen, was wir bisher geschaffen und auf die Beine gestellt haben: eine gut laufende Praxis inklusive Ernährungsberatung.« Ich hole kurz Luft, und als ich merke, dass Lukas zu reden anfangen will, hebe ich die Hand. »Und irgendwann wollten wir vielleicht ja auch kleine braune Fellviecher züchten, das dachte ich zumindest. So war doch der Plan – oder habe ich etwas missverstanden? Aber jetzt kommst du und willst dich weiterbilden und den Krebs besiegen. Was ist denn nur los? Und das Schlimmste ist, du entscheidest über meinen Kopf hinweg. Scheinbar interessiert es dich überhaupt nicht, wie ich das finde. Ich weiß echt nicht, ob ich heulen oder kotzen soll!« Ich stampfe mit dem Fuß auf dem Boden auf wie ein trotziges Kind, doch das ist mir in diesem Augenblick egal.

»Lilly, hör mir zu …«

»Nein, Lukas, ich bin noch nicht fertig.« Jetzt lege ich erst richtig los. »Ich will nicht egoistisch klingen, auch wenn es sich irgendwie so anhören mag. Es dreht sich nicht alles nur um mich, das weiß ich. Aber in diesem Fall betrifft es mich auch, da ich vor vollendete Tatsachen gestellt werde und jetzt erst mal organisieren muss. Du kannst die Hunde sicher nicht mitnehmen, und ich werde sie dir auch nicht einfach mitgeben.« Was jetzt kommt, fällt mir so unsagbar schwer, aber ich muss es loswerden. »Und weißt du, was mich am meisten belastet? Dass du anscheinend nach so vielen Jahren den Tod deiner Traumfrau noch immer nicht überwunden hast. Und es kommt mir so vor, als ob du sie jetzt irgendwie, na ja, rächen willst. Du wirst niemals mit ihr abschließen können und mich niemals so lieben, wie du sie geliebt hast. Genau diese Tatsache hat mir heute das Herz gebrochen. Du nimmst in Kauf, dass der Brustkrebs dir die zweite Frau in deinem Leben nimmt, und das macht mich fast bewusstlos vor Trauer.«

Ganz ungewollt rinnen mir nun die Tränen die Wangen hinab. Basihma wird immer nervöser, springt an mir hoch und versucht, mir über das Gesicht zu lecken, mich zu küssen oder was auch immer. Dabei schlägt sie mit ihrem Gebiss gegen meine Zähne, und ich merke, wie etwas von meinem Schneidezahn abbröckelt.

Oh mein Gott, was für ein beschissener Abend.

Kapitel 5

»Nein, nein, mein Zahn ist ab!«, schreie ich.

Lukas kommt auf mich zu, nimmt mich in den Arm und redet ruhig auf mich ein. Einerseits würde ich mich so gern fallen lassen und einfach heulen, aber er ist ja der verdammte Grund dafür, weswegen ich überhaupt in dieser Lage stecke und so sauer bin. Nein, *sauer* ist das falsche Wort. Ich bin enttäuscht und traurig. Einen Streit mit dem Partner zu haben und dabei noch so scheiße auszusehen, da mein Schneidezahn abgebrochen ist – ich glaube, das ist neben Vaginalpilz die Horrorvorstellung einer jeden Frau. Ach, was rede ich, neben sämtlichen Pilzarten auf einmal.

»Pssst, Schatz, jetzt beruhige dich erst mal und lass mich nachgucken.« Lukas zieht sein Handy aus der Hosentasche und startet die Taschenlampen-App.

Na wunderbar, schlimmer kann es doch gar nicht laufen. Jetzt auch noch volle Beleuchtung auf meine Assi-Knabberleiste. Mir fallen gerade sämtliche Darsteller von *Frauentausch* ein, denen im Obergeschoss der eine oder andere Zahn fehlte, und ich finde es einfach nur furchtbar.

Ich habe schon so oft geträumt, dass mir ein Zahn ausgefallen ist, und ich muss sagen, ich bin jedes Mal klitschnass und schweißgebadet aufgewacht. Vielleicht ist dieser Abend ja auch nur wieder ein Alptraum, und ich werde gleich von Lukas geweckt.

»Na los, weck mich schon«, höre ich mich jetzt tatsächlich sagen.

»Was meinst du?«, fragt Lukas, der mich kaum verstehen kann, da er mit einer Hand meine Lippe nach oben schiebt, während er mit der anderen das Smartphone hält. »Ich sehe gar nichts«, meint er. »Wo soll da was abgebrochen sein?«

»Na oben, der rechte Schneidezahn«, presse ich hervor. Nachdem Lukas meine Lippe nun losgelassen hat, fällt mir das Sprechen deutlich leichter. »Ich spüre das doch, wenn ich mit der Zunge drübergehe. Da fehlt was, das ist ganz schrubbelig, so rau ... ach, ich kann das nicht beschreiben.«

Lukas streicht mit dem Daumen leicht über die beiden Schneidezähne. »Oh ja, stimmt, jetzt fühle ich es.« Wieder schiebt er meine Lippe nach oben und schaut genauer hin. »Okay, wenn man es weiß, sieht man es ein bisschen.«

»Nein, das darf nicht wahr sein! So kann ich doch morgen nicht arbeiten und unter Menschen gehen.« Jetzt laufen die Tränen so richtig über meine Wangen, und mein Gesicht verliert an Contenance, um es mit Kader Loths Worten zu sagen.

»Jetzt komm mal runter, Lilly, man sieht das doch gar nicht«, versucht Lukas, mich zu beruhigen. »Es ist wirklich nicht schlimm. Du benimmst dich ja, als hätte dir jemand die Nase rausgerissen.«

»Nein, Lukas, das war nur das Herz, nicht die Nase. Mein Herz wurde mir heute wirklich rausgerissen, und deshalb ist das hier gerade passiert. Wäre ich nicht so wütend ...«

»Ich denke, du bist nicht wütend, sondern verletzt?«, fällt er mir ins Wort.

Kurz bin ich irritiert über seinen Einwand, aber dann fange ich mich rasch wieder. »Ja, das meinte ich doch. Jedenfalls wären wir dann entspannt und gemütlich nach Hause gegangen, und Basihma hätte mich nicht aus Unsicherheit angesprungen.«

Lukas seufzt. »Ihr Frauen macht es euch immer recht einfach. Aber wenn wir schon mal dabei sind, an was habe ich denn noch so alles Schuld?« Er greift an mein Kinn und hebt meinen Kopf an, damit ich ihm in die Augen sehen muss. Ich bin total irritiert und verspüre einen Moment lang den Impuls, einfach zu fliehen.

»Lilly, ich liebe dich, das weißt du doch. Aber ich liebe auch meinen Beruf und hatte irgendwie immer den Drang, wissenschaftlich zu arbeiten. Doch ich musste erst mal Geld verdienen und mir etwas aufbauen. Nicht zuletzt dank dir habe ich das in den letzten Jahren wirklich gut hinbekommen.«

»Ganz genau«, werfe ich ein. »Ich habe dir immer den Rücken freigehalten und dir nie Vorwürfe gemacht, wenn du wieder mal länger in der Uni warst.«

Er legt mir sanft den Zeigefinger auf die Lippen. »Dieses Projekt habe ich nur angenommen, weil ich weiß, dass du es hier mit den Hunden und deinen anderen Aufgaben auch ohne mich schaffen wirst. Und ich konnte dir nicht früher davon erzählen. Ich wollte erst noch alles perfekt organisieren, damit du dich um nichts mehr kümmern musst und eben nicht böse auf mich bist.«

»Na, das hat ja richtig gut geklappt«, kommentiere ich seine Aussage ein wenig schnippisch, aber er ignoriert es gekonnt.

»Und außerdem musste ich praktisch direkt zusagen, da es noch einen anderen Kandidaten für die Stelle gab, der schon auf gepackten Koffern saß. Ich wurde nur gefragt, weil ich in diesem Themengebiet einfach qualifizierter bin.« Er führt mich zu einer Bank, setzt sich neben mich und legt den Arm um meine Schultern. »Wenn es dich nicht gäbe, hätte ich niemals zusagen können, das ist mir klar. Aber ich weiß, dass die Hunde bei dir super versorgt sind. Unsere Patientinnen werden in dieser Zeit auf unsere Partnerpraxen verteilt. Die Kollegen haben noch Kapazitäten frei, das habe ich schon mit ihnen abgeklärt. An der Uni werde ich auch vertreten. Deine Beratungen in der Praxis laufen weiter nach Termin, das ist ja klar. Aber du brauchst währenddessen nicht die Anmeldung zu betreuen und hast somit mehr Zeit. Das ist quasi bezahlter Urlaub, den du genießen kannst.«

Das hat er also in den letzten Tagen gemacht, anstatt einfach mal mit mir zu sprechen. Er hat quasi diese Trennung im Vorfeld perfekt organisiert. So wie jemand, der sich trennen will und vorab schon eine neue Wohnung für die Verlassene besorgt, damit die Trennung schnell und ohne Komplikationen vonstattengehen kann.

Während mein Kopf noch versucht, das alles zu verarbeiten, redet er schon weiter. »Glaub mir, ich möchte nicht Jasmins Tod rächen und schon gar nicht dich verlieren oder verärgern. Scheinbar habe ich die Situation falsch eingeschätzt. Ich dachte wirklich, du freust dich total, bist stolz auf mich und unterstützt mich. Mann, es geht hier um ein Jahr, Heidelberg ist nicht aus der Welt, und ich komme euch an den Wochenenden besuchen. Für dich ändert sich arbeitstechnisch gar nichts, außer dass du sogar etwas mehr Zeit für Schmuseeinheiten mit unseren beiden haarigen Fellkindern hier hast. Sandra wird vorübergehend in den anderen Praxen eingesetzt, dort herrscht nämlich gerade überall Personalmangel, besonders wegen diverser Schwangerschaften. So hat doch jeder was davon. Jedenfalls hat niemand einen Nachteil.«

Ich verstehe, was er sagt. Es leuchtet mir ein, ist vernünftig durchdacht, und ich kann gar nichts Negatives erwidern, was mich noch wütender macht.

»Es würde mir so viel bedeuten, mal wieder etwas anderes zu tun. Ich kenne das ja noch von meiner Doktorarbeit und habe es damals sehr geliebt, wissenschaftlich zu arbeiten. Weißt du, in den letzten Jahren habe ich nur zwischen Frauenbeine und in die Augen wenig motivierter Studenten geguckt, daher würde ich jetzt einfach gern mal wieder was für meinen Horizont tun. Einen Krebsabstrich zu machen, ist das eine, aber was passiert, wenn die Diagnose steht? Was kann man dann leisten? Ich möchte irgendwann mal meinen Studenten erzählen, was ich herausgefunden habe, und ihnen nicht nur Dinge weitergeben, die andere erforscht haben. Kannst du das nicht verstehen?«

Aha, denke ich mir. Es geht ihm also nur um sich selbst. War er schon immer so, und ich habe es bisher nur nicht bemerkt? Ich, ich, ich. Meine Gedanken machen mich verrückt. Oder bin etwa ich die Egoistische von uns beiden?

Er schaut mir nun noch tiefer in die Augen. »Weißt du, ich kann diesen Traum nur mit dir zusammen verwirklichen. Vor ein paar Jahren hatte ich schon mal so eine Chance, aber da hatte ich Schröder, war allein und hätte ihn abgeben müssen. Doch das war natürlich keine Option. Jetzt habe ich euch, meine Familie, und ich weiß, du kümmerst dich vorbildlich um alles. Daher ist das jetzt meine zweite und wahrscheinlich auch letzte Chance.«

Warum finde ich das, was er da gerade sagt, wirklich süß? Sofort fühle ich mich schlecht, weil er jetzt vielleicht denkt, dass ich ihm diese Chance missgönne.

»Bitte, Schatz, sei mir nicht böse. Du hast recht, ich hätte es dir vielleicht schon unter vier Augen sagen sollen. Aber ich dachte wirklich, dass es eine super Überraschung ist, wenn ich es dir an deinem Geburtstag erzähle und auch gleich schon einen Plan habe, wie es für dich weitergeht. Dann hast du diese Sorge nicht auch noch.«

»Ganz genau«, antworte ich, »das wäre irgendwie fairer gewesen, als mich vor vollendete Tatsachen zu stellen und mich dumm aus der Wäsche gucken zu lassen.«

Er nickt. »Jetzt, da ich weiß, wie es bei dir rübergekommen ist, sehe ich es ein. Es war wirklich total unsensibel von mir, es dir auf diese Weise zu sagen, und ich entschuldige mich von Herzen dafür.«

Das stimmt, unsensibler ging es wirklich nicht mehr. Besonders angesichts der Tatsache, dass ich ja eigentlich auf die Überraschung in Form eines Heiratsantrags gehofft hatte. Trotzdem lasse ich mich jetzt in Lukas' Arme fallen, schmiege meinen Kopf an seine Brust und spüre, wie sich meine Muskeln langsam entspannen. Ich weine wie ein kleines Kind, weil ich nach Lukas' liebevollen Worten fast schon ein schlechtes Gewissen habe und trotzdem so unheimlich traurig bin.

Eng umschlungen sitzen wir da und sprechen kein Wort, sondern halten uns einfach nur fest – so lange, bis Akuyi an uns hochspringt, als wollte er uns anschubsen und sagen, dass es kalt ist und wir doch endlich weitergehen sollen.

Kapitel 6

Am nächsten Morgen sitze ich bereits um halb acht in der Zahnarztpraxis. Es ist zwar nicht so schlimm wie gedacht, aber am Schneidezahn ist definitiv etwas abgebröckelt, und jetzt gehe ich natürlich ständig mit der Zunge drüber und merke, dass es kantig ist. Das nervt einfach. Und wenn man genau hinguckt, sieht man auch einen Unterschied zum anderen Schneidezahn.

Als ich gestern Abend noch im Bad versuchte, mit der Nagelfeile die holprige Seite etwas glattzukriegen, kam zufällig Lukas hinzu. Er meinte, ich hätte sie nicht mehr alle, und schickte mich zu diesem Zahnarzt, dessen Sprechstundenhilfe Lukas wohl noch einen Gefallen schuldig ist. Er schrieb ihr dann auch gleich eine Nachricht auf WhatsApp. Heute Morgen würde er lieber allein in der Praxis klarkommen, als mich mit der Nagelfeile an meinen Schneidezähnen rumfuchteln zu sehen, fügte er mit einem Grinsen hinzu.

Ich fragte nicht nach, woher er diese Zahnfee, die ja quasi meine VIP-Karte war, kennt, und auch nicht, warum er ihre Nummer im Handy gespeichert hat. Das brauchte ich auch nicht, denn schon in dem Moment, als ich die Praxis betrat und am Empfang meine Versichertenkarte abgab, war es mir klar – obwohl ich diese Cora, eine sehr hübsche, aber für meinen Geschmack zu doll geschminkte und aufgedonnerte Tussi, noch nie in meinem Leben gesehen hatte.

Es war Lukas' ehemalige Bettgefährtin, die er kurz vor meiner Zeit in den Laken gehabt hatte. Eine frühere Patientin von ihm, die ihren Mann zwar angeblich liebt, den Sex mit ihm aber weniger. Und so ein engagierter Frauenarzt macht doch gern mal den einen oder anderen Hausbesuch, wenn er helfen kann.

»Schatz«, höre ich eine Männerstimme von irgendwoher rufen, während ich im Wartezimmer sitze. Daraufhin steht Cora-»Schatz« auf und verschwindet in einen der Behandlungsräume.

Ich hoffe nun, dass der Zahnarzt besser mit dem elektrischen Bohrer umgehen kann als mit dem in seiner Hose. Es ist mir irgendwie peinlich, solche intimen Details zu kennen, und ich werde mir nachher Mühe geben müssen, mir nichts anmerken zu lassen.

Und jetzt verstehe ich auch, warum Cora mich so beäugt hat. Ich dachte, ich bilde es mir ein, aber nein, sie hat mich definitiv abgecheckt. Jedenfalls super, dass sie mich jetzt mit einem abgebrochenen Zahn sieht. Nicht auszudenken, wenn sie es sein sollte, die gleich bei der Behandlung assistiert und dieses Absaugschlauchding hält.

Menno, soll ich wieder abhauen? Aber wie schnell werde ich bei meinem eigenen Zahnarzt überhaupt einen Termin bekommen? Andererseits will ich unbedingt diesen Kratzezahn loswerden.

Während ich noch am Überlegen bin, ruft sie mich auch schon auf. Also scheiß drauf, ich werde ihr wohl oder übel gleich ausgeliefert sein. Als wäre es nicht schon erniedrigend genug, mit Watte in den Backen umgeben von diversen elektronischen Instrumenten auf diesem Folterstuhl zu liegen. Nein, über mir werden sich auch noch zwei Personen befinden, von denen die eine sich vor ein paar Jahren wahrscheinlich ganz ähnlich über meinen Freund gebeugt hat. Und über den anderen weiß ich Dinge, die ich eigentlich gar nicht wissen sollte. Irgendwie fängt der Tag so furchtbar an, wie der gestrige aufgehört hat.

Doch jetzt Augen zu und durch, mir bleibt nichts anderes übrig. Ich betrete das Behandlungszimmer, und als mein Blick auf den Zahnarzt fällt, wird mir sofort klar, warum Cora lieber Sex mit meinem Lukas hatte. Neben ihm sitzt ein junger Mann, der dem Namensschild auf seinem weißen Kittel zufolge in der Praxis ein Praktikum macht – aber nicht als Zahnarzt, sondern als Zahnarzthelfer. In meinem ganzen Leben, und das sind immerhin über dreißig Jahre, habe ich noch nie einen männlichen Zahnarzthelfer gesehen. Doch ich habe keine Zeit, darüber nachzudenken, da ich dem Zahnarzt nun mein Problem erklären muss. Er betrachtet den Zahn kurz und meint dann, dass es keine große Sache sei, man müsse die Kante einfach mit Kunststoff auffüllen.

Ich bin so erleichtert, dass mein Zahn sofort fertig gemacht werden kann und es nicht wehtun wird. Als ich wie erwartet in die tiefe Rückenlage gezoomt werde und der Assistent mir den Sauger in den Mund schiebt, bin ich außerdem froh, nicht in Coras Augen gucken zu müssen. Aber etwas unangenehm ist es mir irgendwie schon, einen männlichen Arzthelfer vor mir zu haben.

Wie es wohl für einen Mann ist, als Assistent bei einem Arzt zu arbeiten? Es gibt doch eigentlich immer nur Mädels als Mitarbeiterinnen in Arztpraxen, und die sind dazu noch meist hübsch und jung. Darüber habe ich mir nie Gedanken gemacht. Selbst beim Urologen gibt es ja kaum männliche Arzthelfer, irgendwie kann ich mir das nicht so recht vorstellen.

Während die beiden Herren eifrig an mir herumwerkeln, muss ich beim Stichwort *Urologe* an die Story denken, als Lukas sich damals sterilisieren ließ. Bei der Vasektomie, so lautet ja die medizinische Bezeichnung dafür, werden einfach die beiden Samenleiter durchtrennt, was dazu führt, dass keine Spermien mehr ins Ejakulat gelangen können. Es gibt keine hormonellen Auswirkungen, und die Operation hat auch keine Nebenwirkungen, was ja oft von Männern als Vorwand benutzt wird, den Eingriff nicht machen zu lassen. Zum Leidwesen der Frau gibt es trotzdem nach wie vor als krönenden Abschluss das Ejakulat, das nun völlig nutzlos ist, da es ja keine Spermien mehr enthält. Im Geschmack, Geruch und in der Konsistenz ist es jedoch leider unverändert.

Vor zwei Jahren beschlossen Lukas und ich nämlich, dass es albern ist, dass ich weiterhin diese Hormonbombe von Antibabypille schlucke. Es wäre ja viel einfacher, wenn sich einer von uns dazu entscheiden könnte, unfruchtbar zu werden. Lukas sagte gleich, dass es bei mir sehr umfangreich und für den Körper eine zu große Umstellung werden würde. Bei ihm hingegen wäre das Ganze viel unproblematischer. Ich fand es unheimlich erwachsen und selbstlos von ihm, dass er das machen wollte, um mich hormonell zu entlasten. Man hört ja immer wieder von Männern, die ein wahnsinniges Problem mit einer Sterilisation haben.

Für Lukas war es jedoch überhaupt keine Frage. Ein Schnitt beim Urologen, drei Tage tiefgekühlte Erbsen im Schritt – ich hatte leider keine Eiswürfel vorbereitet –, und alles war vergessen.

Sehr unangenehm war ihm aber der ganze Ablauf der Prozedur. Zuerst betrat eine Arzthelferin den Raum, die dazu noch sehr hübsch war. Sie bat Lukas, sich untenrum frei zu machen, und kurze Zeit später wurden ihm auch schon Hoden und Penis mit Desinfektionsmittel eingeschmiert, was natürlich für beide Parteien nicht wirklich angenehm war. Lukas hatte den Eindruck, dass auch sie leicht verlegen wirkte, was die Situation im Grunde noch peinlicher machte. Um das Eis zu brechen, fragte sie ihn, ob es denn draußen noch regne. Das gute alte Gespräch übers Wetter im richtigen Augenblick ist doch immer wieder Gold wert. Ich denke, dass Lukas sich seitdem viel besser in seine Patientinnen reinversetzen kann, denn breitbeinig vor einem fremden Mann zu sitzen, ist auch nicht der Wunschtraum einer jeden Frau.

Nachdem der Urologe den Raum betreten hatte, erklärte er Lukas die Vorgehensweise, legte das OP-Tuch um seinen Penis und nahm den Samenleiter in die Hand. Der Augenblick der Wahrheit war gekommen. Lukas erzählte mir jedoch nachher, er habe zu keiner Zeit Zweifel gehabt, die Sache durchzuziehen. Apropos ziehen, der Urologe meinte dann, es könne gleich im Bauch etwas ziehen, wenn er den Samenleiter lockert. Scheinbar zog es bei Lukas dann auch definitiv, aber nicht im Bauch, sondern in den Eiern.

»Nun ja, ein Abstrich ist ja auch kein Rückenkraulen«, antwortete ich, als Lukas mir davon berichtete, und ich küsste ihn dabei auf die Wange, weil ich so stolz auf ihn war.

Vorab hatte er sich eine Scheiß-Egal-Pille geben lassen, die nun auch endlich wirkte, sodass er die Betäubungsspritze in seine Hoden nicht mehr wirklich mitbekam. Allerdings war er dadurch nach dem Eingriff noch so dösig und nicht in der Lage, die Desinfektion selbst abzutupfen. Dies übernahm dann eine Arzthelferin, aber leider nicht die, die sein bestes Stück schon kannte, sondern eine ganz andere. Hilflos auf einem Tisch zu liegen und sich sein Gemächt von einer fremden Frau sauber machen zu lassen, ist wirklich nicht wünschenswert. Doch er versuchte, es sich schönzureden, schließlich sei das ja ihr Tagesgeschäft. Ich kann mir nur zu gut vorstellen, wie unangenehm das gewesen sein muss, und bin ihm so dankbar, dass er das ausgehalten hat, um Verantwortung für die Empfängnisverhütung zu übernehmen.

Die Krönung der Geschichte folgte aber erst Monate später. Lukas kam von der letzten Kontrolluntersuchung nach Hause und erzählte mir, dass er in seinem ganzen Leben nie mehr so was Peinliches erleben wolle.

Nach dem Eingriff finden ja in zeitlichem Abstand zwei bis drei Kontrolluntersuchungen statt, bei denen das Ejakulat getestet wird. Wenn die Spermiogramme mehrmals keine befruchtungsfähigen Spermien mehr aufweisen, war die Operation erfolgreich.

Jedenfalls war es nun Zeit für Lukas, seine letzte, alles entscheidende Probe abzugeben. Nachdem der hoffentlich letzte Becher gefüllt war, ging Lukas los. Sein behandelnder Urologe hatte aber leider gerade Urlaub, und so musste Lukas zu einer Vertretungspraxis. Die Probe einschicken konnten die dort ja auch, und wir brauchten dann nicht mehr länger auf das Ergebnis zu warten.

Nun, dieser Urologe hatte seine Räume in einem Ärztehaus mit verschiedenen Ärzten auf mehreren Etagen. Lukas fuhr also mit dem Aufzug nach oben, und als sich die Tür öffnete und ein Mann den Fahrstuhl betrat, stieg er aus und befand sich nun schon direkt in der Praxis.

Am Empfang standen drei junge Arzthelferinnen und klönten. Lukas ging auf sie zu, nahm das Becherchen aus seiner Tasche und stellte es mit den Worten »Hallo, ich habe hier meine hoffentlich letzte Spermaprobe« auf den Tresen.

Die drei Grazien schauten wohl sehr irritiert, doch keine sagte etwas.

»Nach Vasektomie«, fügte Lukas deshalb noch hinzu.

Dem Blick der Mädchen nach zu urteilen, steigerte sich deren Irritation nun wohl ins Unermessliche, und die eine fragte: »Spermaprobe?«

»Ja«, antwortete er und lächelte verlegen, »sie soll auf Fruchtbarkeit nach meiner Sterilisation getestet werden.

Es ist die letzte Kontrolle. Mein Urologe hat Urlaub, und diese Praxis wurde mir als Vertretung genannt.«

Die zweite Helferin zog die Augenbrauen hoch. »Sterilisation?«

Nachdem Lukas sein Anliegen noch mal erläutert hatte, meinte die Dritte, die als Einzige der drei nicht blond war: »Ach so, Sie möchten Ihre Spermaprobe beim Urologen testen lassen?«

Lukas fragte sich jetzt natürlich, ob er wohl zuvor Spanisch gesprochen hatte. Währenddessen fingen die drei an zu schmunzeln und bemühten sich offenbar wirklich, sich zusammenzureißen.

Endlich konnte eine von ihnen wieder sprechen und erklärte: »Damit müssen Sie zu Dr. Mittmann eine Etage höher, der ist Urologe. Hier sind Sie bei Dr. Kern, einem Zahnarzt.«

In Lukas' Kopf muss es so gerattert haben bei dem Versuch, diese Information zu verarbeiten, dass etwas Zeit verging, bis er antworten konnte. »Oh, dann bin ich hier falsch. Ich muss wohl zu früh ausgestiegen sein.« Verschämt nahm er seine Probe und ging – ich schätze, mit hochrotem Kopf. Er hoffte jetzt einfach nur, dass der Fahrstuhl so schnell wie möglich kommen möge. Und als sich dann endlich die Aufzugtür hinter ihm schloss, hörte er das schallende Gelächter der drei Zahnarzthelferinnen.

Was für eine peinliche Situation. Wenn ich jetzt so darüber nachdenke, empfinde ich meine Lage hier als gar nicht mehr so schlimm. Ich öffne die Augen und blicke in die Gesichter der beiden Herren dicht vor mir.

Egal, was heute in diesem Raum noch passiert, es kann niemals so ein Desaster werden wie damals für Lukas.

Und da bin ich auch schon fertig, fahre mit der Zunge über meine Zähne, habe eine glatte Schneidekante wie niemals zuvor und bin einfach nur dankbar für diesen doch relativ problemlosen Arztbesuch.

Kapitel 7

Da beim Zahnarzt alles schneller ging als gedacht, bin ich früher zurück in der Praxis – glücklicherweise, denn da ist die Hölle los. Drei Patientinnen ohne Termin sitzen im Wartezimmer, unter ihnen eine am Boden zerstörte Frau, die unentwegt weint und zittert. Sie hat die Diagnose erhalten, dass sie keine Kinder bekommen kann, und ist jetzt natürlich fix und fertig. Ich befürchte, dass sie gleich einen Nervenzusammenbruch bekommt. So kann sie die Praxis nicht verlassen. In ihrem Zustand läuft sie noch vor eine Bahn oder ein Auto. Ich trinke im Aufenthaltsraum mit ihr einen Tee und versuche dabei, sie zu beruhigen, was mir zum Glück auch gelingt. Ihren Mann habe ich telefonisch gebeten, sie abzuholen, und ich warte mit ihr noch so lange, bis er eintrifft.

Wie immer, wenn viel los ist, vergeht die Zeit wie im Flug. Es ist schnell Mittag und somit Ende der Sprechstunde. Lukas hat am Nachmittag noch eine Vorlesung an der Uni und ich zwei Ernährungsberatungen in der Praxis.

Nun steht unsere tägliche Mittags-Gassirunde durch den Stadtpark an. Lukas schlägt mir vor, sie zu nutzen, um da weiterzumachen, wo wir gestern aufgehört haben.

Irgendwie sind wir ja nicht mehr dazu gekommen, die neue Situation, die sich für uns ergeben wird, zu besprechen.

Ich setze noch Kaffee auf, schmiere zwei Brote und fülle den kochend heißen Kaffee in zwei Isolierbecher. Dann nehmen wir unsere Schnuffis und spazieren mit ihnen los in Richtung Stadtpark.

Im Sommer war es hier so herrlich. Manchmal haben wir uns auch im Biergarten eine Kleinigkeit bestellt, je nachdem, wie viel Zeit wir hatten. Jetzt, Ende Oktober, wird es schon spürbar ekliger. Doch heute ist es recht schön, die Sonne wechselt sich mit ein paar harmlosen Wolken ab, und mit einer dicken Strickjacke und einem Schal bin ich gut angezogen.

Lukas trägt einen Kapuzenpulli und eine Weste darüber. Auch nach fünf Jahren finde ich ihn immer noch so cool. Wie schon gesagt, eigentlich ist er ein ganz normaler Typ, unauffällig und erst auf den zweiten Blick sexy. Ich liebe auch seine wahnsinnig ruhige Art und den trockenen Humor, durch den er immer den passenden Spruch zur rechten Zeit auf den Lippen hat. Er ist intelligent, ohne altklug und arrogant zu wirken, und hat einfach das gewisse Etwas, in das ich mich irgendwie immer wieder neu verliebe. Oder ist es im Moment die Verlustangst, die ihn für mich so attraktiv macht? Ich weiß es nicht. Jedenfalls bin ich heute definitiv ruhiger und vorbereiteter als gestern, denn ich habe mir natürlich auch so meine Gedanken gemacht.

Im Park zeigt sich der Herbst in seiner vollen Pracht. Die bunten Farben leuchten im Sonnenlicht und verbreiten gute Laune. Ich hole eine große Decke aus meinem Rucksack und breite diese auf dem Boden aus. Das ist aber gar nicht so einfach, weil Akuyi währenddessen schon versucht, sich draufzulegen.

Lukas hält die Hunde jetzt fest, denn es ist nicht möglich, die Decke ordentlich hinzulegen, ohne dass sich die Viecher um den besten Platz streiten und bereits mit dem halben Hundearsch draufsitzen. Kaum bin ich fertig, ist sie auch schon belegt. Natürlich mit zwei Ridgebacks, denn diese Hunde und eine Decke gehören einfach zusammen.

Lukas und ich setzen uns irgendwie noch daneben und reden nicht viel. Ein bisschen übers Wetter und über anderes belangloses Zeug. Irgendwann räuspert Lukas sich und übernimmt das Wort. Er erklärt mir, wie es zu dem Kontakt und der Anfrage der Heidelberger Klinik kam und warum er sich berufen fühlt, das machen zu müssen. Sein Entschluss steht fest, und ich habe im Grunde gar keine Chance mehr, ihn umzustimmen oder zumindest darauf einzuwirken. Lukas geht weg, während ich mit den Hunden hierbleibe. Punkt.

Sein Plan ist, mindestens jedes zweite Wochenende zu uns nach Hamburg zu kommen. In den ersten zwei oder drei Monaten wird er aber wohl erst mal durchgängig dortbleiben müssen. Ich rechne rasch nach – zumindest das, was ich mit meinem blonden Kopf auf die Schnelle schaffe – und komme zu dem Schluss, dass er ja dann über Weihnachten und Silvester nicht bei uns sein wird. Tränen stehlen sich aus meinen Augen, was ich aber gar nicht will, denn ich hasse Heulsusen.

Um mich abzulenken, binde ich mir Akuyis Leine um das Bein, damit ich die Hände frei habe, um meinen Kaffeebecher aus dem Rucksack zu holen. Und dann passiert es auch schon. Akuyi rennt los, ich schnelle in Pflaumenbaumstellung hoch, die Leine rutscht über meinen Fuß – und zack, weg ist er. Ich könnte ausrasten. Lukas schreit ihm nach, doch ich weiß, dass das überhaupt nichts bringt. Er muss schon Akuyi hinterher, und das sage ich ihm dann auch.

Akuyis Objekt der Begierde ist ein weißer Pudel. Er hasst diese Viecher, warum auch immer. Als ob so ein Barbiehund irgendjemandem etwas zuleide tun könnte. Aber oft sind gerade diese lieben Hunde, die kein Aggressionspotenzial haben – jedenfalls kein ersichtliches für uns Menschen –, die Opferhunde für Akuyi. Mir scheint, an solchen Hunden baut er irgendwie sein Ego auf. Von einem kleinen, dominanten Terrier würde er sich dagegen durch ganz Hamburg jagen lassen.

Da der Pudel aber ein Mädchen ist und ohne Leine läuft, mache ich mir keine Sorgen, dass es zu einer Keilerei kommen könnte, was mich schon mal beruhigt. Akuyi ist auch kein Stresser. Er ist einfach total interessiert an anderen Hunden und will tatsächlich nur spielen. Wenn er allerdings an der Leine an einem anderen Rüden vorbeigeht, kann sich das schon mal übel anhören. Da kann er dann zum echten Arschlochhund mutieren. In der Regel ist er aber pflegeleicht. Akuyi ist zum Glück auch ein ganz normaler Standardrüde, kein Riese wie viele andere. Basihma ist viel größer und somit auch dicker, na ja, nennen wir es kräftiger. Mit beiden an der Leine hat man schon zu tun, aber es ist machbar.

Lukas unterhält sich jetzt mit dem Pudelfrauchen, die eine ganz ähnliche Frisur hat wie ihr Hund, um ja alle Klischees zu bedienen. Währenddessen beschäftigt Akuyi sich mit dem Hundemädchen. Ich weiß nicht, ob ich lachen oder weinen soll, denn meine Grätsche war definitiv peinlich und absolut schmerzhaft. Zwar bin ich im Adduktorenbereich gut trainiert, aber mit diesem Ruck habe ich nicht gerechnet. Spätestens beim Aufstehen werde ich das Ausmaß der Verletzung spüren. Auf jeden Fall zieht es schon ganz ordentlich.

Nach ein paar Minuten kommen die beiden wieder. Akuyi leckt mir über das Gesicht, was mich einerseits weniger böse auf ihn sein lässt, andererseits habe ich aber gesehen, was er am Hinterteil der Pudeldame gemacht hat. Doch ich kann mich davor nicht mal mehr ekeln, so ausgelaugt fühle ich mich.

»Wo waren wir vorhin stehen geblieben?«, fragt Lukas.

»Dass ich über Weihnachten und Silvester allein bin«, antworte ich leise, »die Zeit, die mir die liebste im ganzen Jahr ist.«

Lukas kommt zu mir her und nimmt mich liebevoll in den Arm. Ich beginne erneut zu weinen, diesmal aber nicht hysterisch, sondern still und leise. Das macht die Hunde schon wieder wahnsinnig – und mich auch.

»Kann man vor euch nicht mal zwei Minuten Ruhe haben?«, motze ich sie an. »Ihr geht mir manchmal aber so was von auf die Nerven!«

Die beiden gucken mich an, als wüssten sie nicht, was sie jetzt tun sollen. Basihma sitzt mit ihrem breiten Schädel und aufgestellten Ohren vor mir, fährt mir mit der Pfote immer wieder über den Oberarm und gibt dabei seltsame knarrende Geräusche von sich, mit denen sie mich wahrscheinlich ablenken will. Lukas und ich sehen uns an und müssen einfach loslachen.

Und damit ist unser Gespräch stillschweigend abgeschlossen und das Vorhaben Brustkrebsbekämpfung besiegelt.

»Ich werde euch Chaoten ganz, ganz schlimm vermissen«, sagt Lukas kleinlaut und nachdenklich in Richtung der Hunde. Dann wendet er sich mir zu. »Und außerdem werde ich versuchen, die letzte Dezemberwoche bei euch zu sein, Schatz.«

Nun leckt Akuyi auch ihm über das Gesicht, und ich wünsche mir nur, dass die Pudeldame sauber am Hintertürchen war.

Kapitel 8

Die erste Woche ohne Lukas ist brutal. Ich habe zwar total viel Zeit, weil ich ja keinen Praxisbetrieb mehr habe, aber emotional haut es mich um. Das Wetter ist dazu noch eklig geworden, und ich muss sagen, hätte ich Antidepressiva zur Hand, würde ich die lutschen wie Bonbons. Stattdessen versuche ich es mit Johanniskrautkapseln aus der Drogerie, doch meine Stimmung hellt sich kein bisschen auf. Mein Leben ist einfach scheiße. Allein auf dem Sofa zu sitzen, ist doof. Serien zu streamen, ist doof. Essen für mich allein zu kochen, ist doof. Sprüche und Videos auf Facebook allein anzusehen und sich nicht darüber austauschen zu können, ist auch doof.

Selbst im Bett habe ich nicht mehr Platz, weil die Hunde sich nicht auf Lukas' freier Seite ausbreiten, sondern schön mit mir auf meiner Seite liegen wollen, ganz körpernah. Jetzt muss ich meine Matratze auch noch mit zwei großen Hunden teilen, während die andere komplett leer ist. Manchmal lege ich mich dann auf Lukas' Seite, weil ich verbogen wie ein S bin und es kaum mehr aushalte. Dann dauert es aber keine zwei Minuten, bis beide Viecher scharrend vor mir stehen und wieder zu mir unter die Decke wollen. Was soll man denn da machen? Ich kann sie ja nicht verscheuchen, diese beiden treuen Tomaten. Sie sind doch alles, was ich noch habe.

Eines kann ich sagen: Nach einiger Zeit des Strohwitwendaseins weiß ich jetzt, dass man sich ganz schön in Selbstmitleid verlieren kann.

Celine und Ben besuchen mich oft. Ich kann aber auch nicht mehr so viel mit Celine unternehmen, da Lukas ja nicht zu Hause ist, um sich um die Hunde zu kümmern. Es ist einfach nicht mehr drin, mal einen Mädelstag im Spa mit Sauna, Massage und allem Drum und Dran zu verbringen oder mal lange shoppen, essen oder tanzen zu gehen. Nach zwei Stunden außer Haus bekomme ich ein schlechtes Gewissen und will zu den Tieren zurück. Die kennen das ja auch gar nicht. Ich habe es ein paarmal mit Ben als Hundesitter probiert, aber entweder holte er sich eine Frau in die Wohnung, und ich überraschte die beiden dann auf dem Sofa, oder er haute zwischenzeitlich einfach ab. Das blieb natürlich auch nicht unbemerkt, da ich einmal früher als erwartet nach Hause kam. So was kann ich nun mal gar nicht ab. Da kümmere ich mich lieber selbst um meine Schätze. Auf Ben ist kein Verlass, und fremde Hundesitter möchte ich nicht im Haus haben.

Celine kommt dafür jetzt häufig zu mir, wir quatschen und kochen nebenbei oder probieren die Lieferando-App durch. Natürlich habe ich als ihre Freundin auch eine Aufgabe, nämlich die süße Maus unter die Haube zu kriegen, und dazu muss man sich schon auch mal ins Nachtleben stürzen und um die Häuser ziehen. Aber das kann ich ihr momentan einfach nicht bieten. Zum Glück hat sie diverse Kolleginnen in ihrem Alter, und so kommt sie weiterhin raus.

Wenn sie bei mir ist, sitzen wir oft da und probieren Tinder, Parship und diese ganzen Sachen aus. Aus der Vergangenheit sind mir diese Datingportale aber etwas suspekt. Nun ja, mein Bruder wäre eigentlich perfekt für Celine, wenn er nicht so ein rastloser Frauenbeglücker wäre. Die beiden hätten sich lieber etwas später kennenlernen sollen, denn Ben ist einfach noch nicht so weit.

Da die Weihnachtsmärkte schon im Gange sind, sehe ich meiner Singlesituation aber relativ positiv ins Auge. Wenn Celine und ich allein dastehen, kommt vielleicht auch mal der eine oder andere auf uns zu. Dann kann ich Celine guten Gewissens allein lassen, wenn ich nach zwei Stunden wieder nach Hause und nach den Hunden sehen muss. Länger halte ich Frostbeule es in der Kälte sowieso nicht aus.

Also nehme ich mein Smartphone in die Hand und frage Celine über WhatsApp, wann wir unsere nächste Tour über den Weihnachtsmarkt machen wollen. Anschließend setze ich mich in die Badewanne und warte auf den abendlichen Anruf von Lukas.

Kapitel 9

Was gibt es Schöneres, als an einem schmuddeligen letzten Novembertag in der heißen Badewanne zu liegen, die Lasagne im Ofen zu riechen und sich auf einen schönen Feierabend zu freuen? Gar nichts. Basihma liegt im Wohnzimmer auf dem Sofa, Akuyi auf der Badematte vor meiner Wanne.

Draußen stürmt es ziemlich. Dieser Hund ist so ängstlich. Wenn nur eine Jalousie, Tür oder was auch immer klappert, ist der Bursche völlig durch den Wind. Gewitter, Silvesterknaller oder Flugzeuge sind der absolute Horror für ihn – auch ein ganz gewichtiger Grund, warum ich immer ein schlechtes Gewissen habe, ihn allein zu lassen.

Eigentlich wundert mich dieses Verhalten von Akuyi. Schließlich ist Basihma der coolste und gelassenste Hund bei jeder Art von Geräuschen, und ich dachte immer, diese Ruhe würde sich auf Akuyi übertragen. Er kann sich aber einfach nicht an ihr orientieren.

Diese Tatsache macht es einem im Alltag absolut nicht leicht. Doch man kann zwei so große Hunde auch schlecht mitnehmen. Im Grunde genommen ist man mit ihnen in keinem Restaurant gern gesehen, und wirklich entspannt ist man selbst dann auch nicht. Die Hunde brauchen Platz und liegen ja nicht komplett unter dem Tisch. Ob Kopf, Ohren oder Schwanz, irgendwas guckt immer raus, auf das die Leute achten müssen, wenn sie an unserem Tisch vorbeigehen. Bei schummrigem Licht und dunklem Boden kann das schnell schieflaufen.

Ein alter Mann ist Akuyi mal im Restaurant auf den Schwanz getreten. Akuyi schrie, als würde ihn jemand foltern. Abgesehen vom Schmerz war wahrscheinlich noch mehr der Schreck dafür verantwortlich. Der Mann schrie ebenso, weil er ja auch total überrascht war. Ich dachte, er bekommt einen Herzinfarkt. Erst tat mir das auch wirklich leid, doch nachdem er wie verrückt verbal auf uns eingehauen hatte, hielt sich mein Mitleid in Grenzen. Ich kann es nicht mehr ganz genau in seinen Worten wiedergeben, aber er fragte, warum denn der Köter im Weg liege und ob die Viecher hier überhaupt erlaubt seien. Er persönlich finde ja, dass diese Bestien in einen Zwinger gehören und nicht ins Restaurant. Die jungen Leute sollten lieber Kinder produzieren, anstatt Hunde zu halten und denen auch noch eine Decke unter den Arsch zu legen – oder so was in der Art. Das sei ja lächerlich. Aber wir gehörten damit wohl zur modernen Generation der neuen Eltern von heute.

Nun ja, ich muss sagen, angesichts dessen fand ich einen Herzinfarkt dann fast noch zu harmlos für diesen Hunde-Nazi, und ich hätte am liebsten meine Ärmel hochgekrempelt. Durch mein Tae Bo-Training, einem Fitness-Workout aus verschiedenen Kampfsportelementen kombiniert mit Aerobic, war ich mittlerweile recht selbstbewusst geworden. Dazu wurde Basihma nun langsam nervös, was sicherlich meinem Adrenalingeruch und der aggressiven Stimmung generell geschuldet war. Sie hat wirklich einen großen Beschützerinstinkt, und mir wurde klar, dass wir jetzt kurz vor einer Eskalation stehen.

Ich rüstete mich also zum verbalen Rundumschlag, doch Lukas raunte mir zu, gerade so laut, dass der Herr es hören musste, dass der alte, einsame Mann es nicht wert sei, herumzudiskutieren. Wir hatten ja eh schon bezahlt und nur noch austrinken wollen, bevor der furchtbare Mensch uns den Abend versaute. Schon seltsam, wie vernünftig Männer in solch einer Situation reagieren. Ich als Löwenmutti hätte den Typen am liebsten kurz und klein geschlagen und mir irgendwie gewünscht, dass Lukas das übernimmt. Im Nachhinein war es natürlich richtig, dass er es nicht getan hat. Aber wenigstens genoss ich vor meinem geistigen Auge die kurze Vorstellung, das Gebiss des Mannes durchs Restaurant fliegen zu sehen. Jedenfalls war das ein sehr traumatischer Abend für uns alle.

Das größte Problem sind allerdings nicht die Zweibeiner, sondern die Vierbeiner. Es können zehn Hunde an unserem Tisch vorbeigehen, aber wenn Akuyi nur einer von ihnen nicht passt, haben wir alle Spaß. Dann wünscht man sich, durch die Hintertür flüchten zu können. Schreiende Kinder im Restaurant sind nur nervig. Hunde, die bellen, knurren und aufeinander losgehen wollen, sind dagegen die Hölle.

Ich habe also meine Gründe, warum ich die beiden lieber zu Hause lasse – es sei denn, ich kenne die Lokalität und weiß, dass man dort genug Platz um sich herum hat. Zudem denke ich immer, dass es die Hunde zu Hause auf dem Sofa doch eigentlich gemütlicher haben als unter einem Tisch auf dem harten Boden. Selbst mit einer Decke ist es nicht so bequem wie zu Hause.

Im Herzen weiß ich aber, dass sie trotzdem immer und überall gern dabei wären. Wenn ich Akuyis traurige Augen sehe, während ich mich ausgehfertig mache, und er dann auch noch sein Kuscheltier holt und es mir anbietet, könnte ich nur weinen und mich direkt wieder abschminken. Ich hasse es einfach, die beiden allein zu lassen. Die haben es so was von drauf, einem ein schlechtes Gewissen zu machen. Unglaublich. Zwar denke ich, dass Basihma sogar ab und an dankbar wäre, mal allein gelassen zu werden, aber der Junge hat echt ein Problem damit.

Während ich meine Haarkur einwirken lasse, rasiere ich mich an diversen Körperstellen, an denen ich keine Notwendigkeit für Haarwuchs sehe.

Da muss ich an eine Kundin neulich im Sportstudio denken und kurz auflachen. Beim Wiegen meinte sie empört, dass sie das so niemals machen würde. Das gebe es bei ihr zu Hause immer nur zur selben Zeit und unter den gleichen Bedingungen. Ich wollte dann wissen, ob sie sich auszieht oder sich mit Kleidung wiegt, und sie antwortete in ihrem sächsischen Dialekt: »Natürlich nackt. Ich rasiere mir sogar vorher noch die Schamhaare, denn jeder unnötige Ballast muss runter.«

Im rechten Achselbereich angekommen, schäume ich diesen mit der linken Hand großzügig ein, um mich dort zu rasieren. Dabei rutsche ich an den Rand meiner rechten Brust und fühle es – oder ihn oder wie auch immer man das nennen mag. Einen Knubbel, eine Art Kugel, ein richtig hartes Ding, das ich am Ansatz der rechten Brust ertaste. Seit wann ist das denn da? Das ist mir ja noch nie aufgefallen.

Ich habe mich oft gefragt, wie sich so was anfühlen mag. Die Ärzte sagen einem ja immer, dass man sich regelmäßig abtasten soll, aber ich war mir immer unsicher, ob ich das dann überhaupt spüren würde. Jetzt kann ich mit Gewissheit sagen, dass man es spürt.

Mir ist ganz schlecht. Ich weiß gar nicht, was ich machen soll. Kann man allein durchs Fühlen vielleicht schon abschätzen, ob es was Schlimmes ist? Habe ich mich in den letzten Tagen irgendwo gestoßen, und das ist lediglich eine Art Hämatom? Ein Stich oder so?

Was für ein Mist. Warum ist Lukas ausgerechnet jetzt nicht da?

Ich versuche, möglichst gelassen zu bleiben. Das ist bestimmt ganz harmlos, und ich mache jetzt erst mal keine Pferde scheu. Ich rasiere mich ganz in Ruhe fertig, spüle meine Haare aus und fasse die Stelle nicht mehr an. Als wäre sie nicht da – aus den Augen, aus dem Sinn. Nein, als hätte ich es gar nicht bemerkt.

Mit einem Grummeln im Bauch stelle ich den Ofen ab, denn der Appetit ist mir ehrlich gesagt vergangen. Stattdessen koche ich mir einen Tee, setze mich mit meinem Laptop im Schneidersitz aufs Sofa, mumme mich in eine Decke ein und fange an zu googeln. Es dauert keine zwanzig Sekunden, bis zwei braune Viecher mit unter die Decke wollen und mit den Pfoten an meinen Beinen scharren.

Ich muss sagen, Dr. Google liefert direkt einige Erklärungsansätze. Der erste Beitrag beruhigt mich definitiv sofort. Ein Knoten in der Brust muss nicht gleich Brustkrebs bedeuten. Oft sind die Knubbel und Verhärtungen harmlos. Weiter lese ich gar nicht. Wunderbar, denke ich, und da jetzt mein Hungergefühl zurückkommt, stehe ich auf und gehe in die Küche.

Die Hunde gucken mich an, als hofften sie, dass ich ihnen auch was mitbringe. Das mache ich dann natürlich auch, schon allein deshalb, damit ich wenigstens fünf Minuten lang, wenn überhaupt, meinen Teller für mich allein habe. Also gebe ich jedem der beiden ein Schweineohr, um sie auf Abstand zu meinem Essen zu halten.

Die Lasagne schmeckt, kommt aber nicht an die von Lukas ran. Ich liebe seine Lasagne, vielleicht auch nur, weil ich nicht gern das esse, was ich selbst koche. Lukas kann auch andere Gerichte, aber seine Lasagne schmeckt wirklich spitze, und ich wünsche sie mir immer wieder.

Merkwürdigerweise esse ich heute viel mehr als üblich, was mir zeigt, dass mich die Situation schon beschäftigt. Ich bin ein Problemfresser geworden, ein Ersatzbefriedigungsfresser. Wenn es mir nicht gut geht, kompensiere ich das mit Essen.

Vielleicht beruhigt es auch nur meine Nerven. In jedem Fall muss ich nachdenken. Was mache ich denn nun? Lukas wird gleich anrufen. Erzähle ich es ihm, oder soll ich ihn lieber vorerst mal raushalten?

Reicht ja, wenn ich erst mal mit der Angst umgehen muss, bis alles getestet wurde. Ich kenne das Prozedere eigentlich. Die nächsten ein bis zwei Wochen werden etwas nervenaufreibend werden, aber warum sollte ich Lukas damit belasten? Ich werde morgen bei Thomas Finger in der Praxis anrufen und dort einen Termin machen. Lukas hat immer wieder von ihm erzählt. Die beiden haben zusammen studiert, und Thomas ist einer der Ärzte, der für unsere Praxis die Vertretung übernommen hat.

Wir haben oft über den Namen *Finger* gelacht, der ja für einen Frauenarzt schon unglücklich ist. Im Studium hatte Thomas es damit auch nicht leicht, sagt Lukas, aber dafür war immer gute Stimmung unter den Studierenden. Zum Glück nahm Thomas es mit viel Humor, daher denke ich, dass er ein selbstbewusster Kerl ist und den Arzt meines Vertrauens, der sich ja gerade auf Brustkrebsforschung befindet, gut vertritt. Wer weiß, wofür Lukas sein erforschtes Wissen letztendlich gebrauchen kann. Klar, das wäre etwas zu viel Schicksal oder Zufall, aber möglich ist doch alles. Thomas und ich kennen uns jedenfalls noch nicht persönlich, was vielleicht auch gut ist. So informiert er nicht gleich Lukas, und wir sind im Umgang miteinander nicht befangen.

Lukas scheint heute nicht mehr anzurufen. Ich lasse die Hunde noch mal in den Garten und lege mich dann mit den beiden ins Bett.

Kapitel 10

Der Dezember beginnt, eigentlich mein Lieblingsmonat im Jahr. Ich finde, es gibt keinen schöneren Monat. Die Menschen sind alle irgendwie entspannt, genießen die Weihnachtsmärkte, die Vorfreude auf das Fest, die Feiern im Freundeskreis, beim Arbeitgeber, in den Vereinen, in Schule, Kindergarten und vieles mehr. Backen, kochen, essen – irgendwie tun wir in dieser Zeit alles mit weniger Reue.

Schade finde ich jedoch, wie sich das Klima entwickelt. Letztes Jahr war es im Dezember so warm, dass ich noch einige Tage im Garten arbeiten konnte. Da schmeckt natürlich weder Keks noch Glühwein richtig. Wo sind die guten alten verschneiten Dezembertage hin? Leider lange her. Aber jedes Jahr hoffe ich aufs Neue, dass es diesmal anders wird und ich endlich meine warme Mütze und die Handschuhe rausholen kann. Heute ist es eher verregnet, grau und ungemütlich. Ein Wechsel vom November zum Dezember war ja so schnell auch nicht zu erwarten, doch die Hoffnung stirbt bekanntlich zuletzt.

Es ist acht Uhr, Akuyi sitzt im Bett und hechelt. In letzter Zeit macht er mir sowieso keinen guten Eindruck. Ich denke, er vermisst Lukas sehr. Er dödelt nur so durch den Park, ist energie-, lust- und antriebslos. Der arme Kerl. Sicher spürt er, dass Lukas wiederkommt, aber er wird trotzdem traurig sein. Mir fehlt er ja auch sehr.

Nun ja, dann werde ich mal in Dr. Fingers Praxis anrufen. Ich muss schon schmunzeln, wenn ich nur daran denke, dass sich gleich jemand am Telefon mit der Ansage melden wird: »Sie sprechen mit der Praxis Dr. Finger.« Herrlich. Wäre der Anlass nicht so unangenehm, könnte ich wirklich schallend darüber lachen.

Aber erst mal Kaffee, sonst geht gar nichts.

»Praxis Dr. Finger, Sie sprechen mit Natalie Püschel. Was kann ich für Sie tun?«

Nein, echt jetzt? Nehmen die sich dort eigentlich selbst noch ernst? Gott sei Dank sitzt jetzt nicht Ben oder Celine neben mir, ich würde laut losprusten.

Ich erkläre der Sprechstundenhilfe, dass ich schnellstmöglich einen Termin brauche, da ich sehr besorgt sei. Natürlich erwähne ich auch, dass ich selbst Sprechstundenhilfe in der Praxis von Dr. Lukas Schröder bin. Ich soll direkt noch am Vormittag kommen, was ich wirklich sehr kollegial finde. Keine Ahnung, ob ich nach dem Termin schlauer sein werde. Wahrscheinlich eher nicht, es sei denn, Thomas kann allein durch Abtasten schon eine Prognose stellen. Da heute Freitag ist, werde ich mich wohl schon darauf einstellen müssen, dass über das Wochenende nichts passiert. Ich habe also ein paar echt ätzende, ungewisse Tage vor mir.

Als mein Kaffee leer ist, gehe ich erst mal mit den Hunden spazieren, wobei ich mir überlege, Lukas gar nichts von der Sache zu erzählen. Er kann mir ohnehin nicht helfen, und womöglich würde ich ihn ganz umsonst in Unruhe versetzen, zumal er ja in dieser Hinsicht ohnehin schon ein gebranntes Kind ist. Also beschließe ich, ihn damit in Ruhe zu lassen. Ich glaube sowieso nicht wirklich, dass es etwas Bösartiges ist. Ich habe tagtäglich so viel mit Zysten und gutartigen Knubbeln zu tun, dass ich mir mal nicht so viele Sorgen mache. Positives Denken soll doch gesund sein. Also werde ich das jetzt mal beherzigen.

In diesem Moment reißt der Himmel auf, und die Sonne blitzt durch die Wolken. Eigentlich hätte ich mich mehr über Schneeflocken gefreut, aber vielleicht ist die Sonne ja ein gutes Omen für mich. Ich mache mich nun auf den Weg nach Hause, schließlich muss ich noch schnell duschen und dann ab zum Frauenarzt. In Hamburg können drei Kilometer Wegstrecke schon mal eine Dreiviertelstunde Fahrtzeit bedeuten. Obwohl, wenn das Wetter so bleibt, nehme ich das Fahrrad.

Mein Telefon klingelt, und Lukas' Name erscheint auf dem Display.

»Sorry, Schatz«, sagt er, nachdem ich den Anruf angenommen habe. »Wir hatten gestern ein langes Meeting, und ich wollte so spät nicht mehr anrufen. Wie geht es euch Süßen? Gibt's was Neues, geht's euch gut?«

Ich antworte ruhig und fröhlich, dass ja heute Freitag ist, warum sollte es uns da nicht gut gehen. Die Sonne scheint, und wir sind fast mit dem Spaziergang durch. Das Wochenende ruft, doch Lukas fehlt uns natürlich sehr.

Kapitel 11

Frisch geduscht, aber mittlerweile relativ nervös stehe ich kurz vor zwölf in der Praxis am Empfang. Ich bin wohl die Letzte für heute, denn das Wartezimmer ist leer und die Sprechstunde laut dem Schild an der Tür vorbei. Daher bin ich also gleich heute drangekommen, die Lieben machen Überstunden für mich. Sofort bekomme ich ein schlechtes Gewissen und bedanke mich, dass sie mich heute noch mit reingenommen haben.

Die Sprechstundenhilfe Yvonne Püschel – der Name ist ja wirklich goldig – zieht meine Karte durch das Lesegerät. »Das ist wirklich kein Problem, wir sind eh länger da. Die Abrechnungen müssen gemacht werden, und es liegt immer noch einiges an. Aber wem sage ich das?« Sie lächelt mich mitfühlend an und schickt mich direkt durch ins Besprechungszimmer.

Thomas, also Dr. Finger – ich hoffe, dass ich ihn nie mit diesem Namen ansprechen muss –, sitzt hinter seinem Schreibtisch und blickt mir freundlich entgegen. Als ich ihn begrüße, spricht er mich direkt auf Lukas und meine Beziehung zu ihm an. Das darf doch nicht wahr sein. Woher weiß der das denn?

Als könnte er meine Gedanken lesen, lacht er kurz auf, dann reicht er mir die Hand. »Yvonne hat mir schon gesagt, wer du bist. Ich hoffe, das *Du* ist okay? Ich bin Thomas. Hamburg ist eigentlich auch nur ein Dorf. Übrigens bin ich mit Yvonne liiert. Wenn man so viel Zeit zusammen bei der Arbeit verbringt, bleibt so eine Liaison selten aus, aber das brauche ich dir ja nicht zu erzählen.« Wieder lacht er.

Nun ja, denke ich mir, nur eine kleine Liaison ist es bei Lukas und mir eigentlich nicht, und die Arbeit hat uns auch nicht wirklich vereint, aber egal. Mann, der Typ ist mir irgendwie unsympathisch, das muss ich schon sagen.

Trotzdem lächele ich zurück. »Ach, wie schön. Dann hoffe ich nur, dass es kein Doppelname wird, wenn ihr beide mal heiratet.«

Er hat ein ganz seltsames, unattraktives Lachen. Es wirkt so künstlich, aber da muss ich jetzt durch. Ich brauche einen Verbündeten, mit dem ich über diesen blöden Knubbel sprechen kann.

»Da könntest du recht haben, Liliane«, antwortet er auf meine Bemerkung mit dem Doppelnamen. »Diese Kombi wäre für unsere Praxis eher ungünstig, aber immer einen Lacher und gute Laune wert.«

»Ich heiße Liliana«, erwidere ich nur, »aber nenn mich bitte Lilly.«

Nachdem ich mich endlich hingesetzt habe, fragt er, was er für mich tun könne. Ich erzähle ihm von meiner Entdeckung, dass ich ungern warten wollte, bis Lukas wieder da ist, und dass ich ihn davon abgesehen auch gar nicht damit belasten möchte. Und ich bitte Thomas, Lukas gegenüber Stillschweigen zu bewahren, falls er sich mal bei ihm melden sollte. Ich weiß ja selbst, wie viele Gründe es für so eine Verhärtung geben kann, da will ich nicht gleich Panik verbreiten.

»Das finde ich wirklich sehr vernünftig«, meint Thomas anerkennend, »besonders angesichts Lukas' Vergangenheit. Übrigens hat er sich gestern erst bei mir gemeldet. Er wollte fragen, ob alles klappt mit der Vertretung und so. Wann hattest du denn deine letzte Vorsorgeuntersuchung?«

»Die ist schon über ein Jahr her.«

Er nickt. »Gut, dann machen wir doch auch gleich einen Abstrich. Yvonne misst jetzt erst mal deinen Blutdruck, danach kommst du bitte ins Behandlungszimmer und machst dich frei.«

Na wunderbar, mit einer Komplettuntersuchung habe ich echt nicht gerechnet. Gut, dass ich frisch geduscht bin und mich gestern noch rasiert habe.

Mein Blutdruck ist in Ordnung, das ist ja schon mal ein guter Anfang. Dann gehe ich rüber ins Behandlungszimmer, wo sich in der Ecke des Raumes eine große Umkleidekabine befindet. Ich frage mich immer wieder, warum es so was überhaupt gibt. Beim An- und Ausziehen wird so ein Theater um die Privatsphäre gemacht, und anschließend wird sie dir in übelster Position genommen.

Auf eine Untersuchung untenrum war ich nun wirklich nicht gefasst. Ich dachte, er tastet die Brust ab, und damit ist es gut. Aber ich werde wohl nicht drum herumkommen und rede mir ein, dass Thomas in seinem Leben definitiv schon alles gesehen hat.

Diese Prozedur ist mir einfach immer wieder unangenehm, selbst wenn Lukas sie macht und ich mich in den letzten Jahren schon an ihn gewöhnt habe. Ich finde es erstaunlich, wie professionell er bei mir damit umgeht. Wenn ich breitbeinig vor ihm auf dem Stuhl sitze, macht er nur seinen Job und kommt auf keine erotischen Gedanken. Laufe ich hingegen zu Hause einmal nackt durch die Wohnung, ist er sofort Feuer und Flamme. Aber gut, dass es so ist. Für mich, aber auch für ihn. Wäre ja furchtbar für die Frauenwelt, wenn es anders wäre.

Mein T-Shirt und meine Socken behalte ich an, so fühle ich mich nicht total ausgeliefert. Aber diese gespreizte Sitzposition ist und bleibt ein Horror für mich.

Nun sitze oder liege ich – wie auch immer man das nennen mag – würdelos vor dem Mann, der jahrelang mit meinem Partner zur Uni gegangen ist, Nächte durchgefeiert, diverse Probleme und vielleicht sogar Frauen mit ihm geteilt hat. Und er denkt sich jetzt wahrscheinlich: Mensch, Lukas, hierfür hast du dich nun endgültig entschieden? Keine Ahnung, was ihm so durch den Kopf rauscht, während er in mich hineinguckt.

»Ich habe gehört, du machst bei Lukas in der Praxis die Ernährungsberatung. Sozusagen für die Frauen während und nach der Schwangerschaft?«, fragt er mich jetzt auch noch.

»Ja«, antworte ich nur, denn ich möchte in dieser Position ungern in ein längeres Gespräch verwickelt werden.

»Ach, das ist eine gute Idee, denn das ist ja total wichtig und wird bestimmt gut angenommen«, überlegt er weiter. »Ich könnte mir das hier in der Praxis auch gut vorstellen, vielleicht sogar erweitert auf die Kinder, die ja heute zunehmend falsch ernährt sind. Hättest du denn Lust und Zeit, das auch hier bei mir anzubieten? Vielleicht als eine Art Workshop am Wochenende in Kleingruppen oder so? Wenn du selbstständig bist, dürfte das mit der Abrechnung ja kein Problem sein.«

Das ist doch jetzt bitte nicht sein Ernst. Befinde ich mich gerade in einer Art Vorstellungsgespräch, bei dem mir mein zukünftiger Auftraggeber bis zum Gebärmutterhals guckt? Ich bin so perplex und eingeschüchtert, dass ich gar nicht großartig reagiere. Er spricht, ich höre zu und hoffe, dass die Prozedur hier bald ein Ende findet. Besonders schlimm dabei ist, dass er jetzt einfach nur vor mir sitzt und auf mich einredet, ohne mich weiter zu untersuchen.

Da er wirklich nicht zu merken scheint, wie unangenehm das für mich ist, unterbreche ich ihn: »Weißt du, ich würde sehr gern mit dir darüber sprechen, wenn ich eine Hose anhätte. Generell bin ich aber für alles offen.« Kaum habe ich diesen Satz ausgesprochen, merke ich, dass diese Aussage angesichts meiner Sitzposition an Zweideutigkeit nicht zu überbieten ist. Ich glaube, ich werde jetzt knallrot.

Er lacht wieder so hässlich gekünstelt und tut so, als würde er verstehen, was ich meine. »Ach sorry, ja, eine Berufskrankheit, ich merke das schon gar nicht mehr«, sagt er. Im gleichen Atemzug fragt er mich dann nach Lukas und Heidelberg. Ich gebe auf und hoffe einfach nur, dass das Drama hier gleich vorbei ist.

Ein paar Minuten später und mit dem heiß ersehnten Schlüpfer am Hintern stehe ich nun oben ohne vor ihm, mit den Händen an den Hüften, die Ellenbogen nach außen haltend. Es ist der Moment, auf den ich gewartet habe. Als Thomas mit seinen kalten Händen zu tasten beginnt, wird mir ganz komisch, und ich habe wirklich Angst vor dem, was gleich kommt. Aus seiner Mimik versuche ich zu lesen, wie schlimm es ist.

Er macht es aber kurz und schmerzlos und meint, dass er mich ins Brustzentrum überweisen werde. Es könne alles sein, von gutartig bis bösartig. Da wolle er nicht mutmaßen.

»Da wird wohl eine Gewebeuntersuchung nötig sein«, erklärt er mir. »In den meisten Fällen handelt es sich aber wirklich nur um eine harmlose Zyste, ein Fibroadenom oder Ähnliches. Das sind gutartige, tumorartige Neubildungen der Brustdrüse.«

Bei dem Wort *tumorartig* geht mir schon irgendwie der Stift. Ich kenne mich in der Fachrichtung nun nicht so gut aus, sondern erledige in der Praxis eher die administrativen Arbeiten – Post, Buchhaltung, Schriftverkehr und solche Dinge. Bei den Untersuchungen bin ich ja nicht dabei, und ich habe auch nie etwas über Frauenheilkunde gelernt.

Nicht dass ich damit gerechnet hätte, heute bereits eine endgültige Diagnose zu bekommen, aber erhofft hatte ich mir schon eine klitzekleine Tendenz. Dazu will er sich aber nicht hinreißen lassen.

Jetzt nimmt er den Hörer in die Hand und ruft Yvonne an der Anmeldung an. Als sie das Behandlungszimmer betritt, fragt sie mich, ob ich diese Untersuchung im Krankenhaus machen lassen möchte. Als gesetzlich Versicherte wird das dann natürlich über die Versicherung abgerechnet, es dauert aber in der Regel bis zu drei Wochen, bis man einen Termin bekommt. Im privaten Brustzentrum geht das meist innerhalb von maximal drei Tagen. Die Kosten, die ich dann selbst tragen müsste, belaufen sich auf ein paar hundert Euro, je nach Untersuchung.

Eigentlich möchte ich doch schnell wissen, was das nun ist, und keine drei Wochen warten. Eine Woche wäre okay, aber drei Wochen sind mir schon zu lang. Yvonne meint, sie würde gleich mal anrufen und fragen, wie voll die in der Klinik sind. Währenddessen ziehe ich mich erst mal wieder an.

Als ich schließlich wieder im Besprechungszimmer sitze, bringt Yvonne mir einen Zettel mit der Telefonnummer und der Adresse des privaten Brustzentrums. Heute ist dort leider niemand mehr erreichbar. Anscheinend hat die Klinik erst im neuen Jahr wieder einen Termin frei, aber ich hätte schon gern noch vor Weihnachten ein Ergebnis. Ich beschließe also, gleich am Montag wegen eines Termins im Brustzentrum anzurufen.

Thomas übergibt mir noch die nötigen Papiere, dann reicht er mir die Hand zum Abschied. »Mach dich jetzt bitte nicht verrückt. Ich glaube ganz fest daran, dass es nichts Schlimmes ist. Gib mir bitte Bescheid, wenn du ein Ergebnis hast. Ich bekomme es zwar auch zugeschickt, doch das dauert immer etwas länger«, sagt er nun endlich einmal ohne sein gekünsteltes Lachen. »Wir sollten uns dann auch noch mal über die Sache mit der Ernährungsberatung unterhalten. Vielleicht wäre da ja im nächsten Jahr was möglich. Und grüß Lukas von mir, wenn du mal so weit bist, es ihm zu erzählen.«

Schließlich bedanke ich mich bei ihm und Yvonne für die Zeit, die sie sich für mich genommen haben, und verlasse die Praxis noch ängstlicher und benommener, als ich sie vorhin betreten habe.

Kapitel 12

Nachdem ich noch einen Trainingstermin abgearbeitet habe, der mich recht gut abgelenkt hat, fahre ich schnell nach Hause. Meine beiden afrikanischen Löwenjäger sind nun schon fast vier Stunden allein, was ich eigentlich nicht gern mache. Seit Lukas weg ist, kommt das aber öfter mal vor. Ich muss jedoch zugeben, dass die beiden damit eigentlich viel besser klarkommen als ich selbst.

Als ich die Tür aufschließe, steht Akuyi mit seinem Löwen im Maul an der Wohnzimmertür. Da diese aus Glas ist, kann ich ihn natürlich vom Flur aus sehen und verliebe mich sofort wieder aufs Neue in den Kerl. Ein Hund mit einem Kuscheltier in der Schnauze ist einfach herzzerreißend süß.

Ich lege die Schlüssel auf den kleinen Tisch neben der Haustür und ziehe meinen Parka aus. Zu den Schuhen komme ich nicht mehr, denn da kratzt Akuyi schon mit der Pfote an der Tür. Das soll er natürlich nicht tun, daher eile ich gleich zu ihm. Wunderbar konditioniert hat er mich da. Jetzt lockt er mich mit seinem Löwen im Maul durchs Wohnzimmer, denn er weiß, dass ich ihn immer als Erstes begrüße, wenn er dieses

Ding oder eines seiner anderen Kuscheltiere, die im Wohnzimmer herumliegen, bei sich hat. Manchmal nimmt er statt einem Tier auch ein Kissen oder sonst irgendwas Weiches, das für ihn gerade greifbar ist. So bekommt er die Aufmerksamkeit, die er sich wünscht, und ich merke jedes Mal, dass ihn das richtig stolz macht.

Ich glaube wirklich, nein, ich bin mir total sicher, dass Basihma noch in derselben Position auf ihrem Platz liegt, wie ich sie vorhin verlassen habe. Als ich mich ihr nähere, guckt sie kurz hoch, der Schwanz zeigt im Ansatz ein klitzekleines Wedeln, und das war es auch schon mit der Begrüßung. Sie weiß wohl, dass ich jetzt erst mal mit Akuyi und seinem Kuscheltier beschäftigt bin.

Wie immer ist Akuyi der Meinung, dass ich ihm sein Kuscheltier wegnehmen möchte. Ich mache das Spiel mit und verfolge ihn durch das ganze Zimmer. Auf einmal legt er seinen Löwen kurz ab und hustet. Vielleicht hat er sich ja am Fell des Tieres verschluckt.

Ich hebe den Löwen auf, bedanke mich bei Akuyi und beobachte sein Husten noch kurz. Er trinkt ein wenig Wasser aus seiner Schale, dann scheint wieder alles okay zu sein.

Erleichtert gebe ich den beiden einen dicken, fetten Kuss auf die nasse Nase. »So, ihr Süßen, heute lasse ich euch nicht mehr allein«, sage ich zu ihnen. »Wir machen es uns heute Abend total gemütlich. Kuscheln und essen, mehr brauche ich nicht. Na ja, rausgehen müssen wir natürlich noch, und das da draußen ist kein Geschenk, das kann ich euch sagen.« Von solchen Monologen kann man auch wirklich nur Gleichgesinnten erzählen.

Basihma guckt kurz hoch und gähnt, und selbst Akuyi legt sich seltsamerweise wieder hin. Eigentlich freut er sich immer sehr auf die Gassirunde. Heute wirkt er aber eher lustlos. Na ja, wie gesagt, das Wetter ist echt nicht schön. Es ist windig und regnet.

Da klingelt mein Telefon. Celine ruft an und fragt nach meinem Plan fürs Wochenende. Sie muss noch bis zwanzig Uhr arbeiten und würde danach gern vorbeikommen, wenn ich nichts vorhabe. Ich freue mich sehr und schlage vor, dass wir uns doch ein leckeres Gyros von unserem Lieblingsgriechen gönnen könnten. Es schmeckt zwar vor Ort mit Ouzo und griechischer Musik immer besser als zu Hause, doch ich habe keinen Bock mehr, auszugehen. Und die Hunde waren ohnehin heute schon lange allein. Celine ist total einverstanden, da ihr Tag wohl ebenfalls superstressig war. Wir beschließen, dass sie alles mitbringt – auch eine Flasche Ouzo – und dann bei mir übernachten wird. Ich bin happy und überlege, dass ich ihr nachher von dem Knubbel erzählen werde, denn ganz allein möchte ich das auch nicht mit mir ausmachen.

Als Lukas in der Leitung anklopft, beende ich das Gespräch mit Celine.

»Das ja wie in der Hotline hier«, sage ich lachend, nachdem ich erneut abgehoben habe. »Moin Moin, Heidelberg.« Ich stelle fest, dass ich fröhlicher klinge, als ich mich eigentlich fühle.

Wir sprechen über seine Woche und tauschen die Neuigkeiten der letzten Tage aus. Unsere Gespräche sind mittlerweile sehr fachlich geworden, doch eigentlich verstehe ich gar nicht so viel von dem, was Lukas mir über seine Arbeit erzählt. Zugegeben, es interessiert mich auch nicht wirklich, aber ich höre dabei seine Stimme, und die tut mir gut.

Nebenbei lackiere ich mir die Nägel. Da es draußen inzwischen sowieso dunkel ist, kommt es jetzt auf eine halbe Stunde hin oder her auch nicht mehr an. Der zweite Spaziergang wird eine Abendrunde mit Leuchthalsbändern.

Als Lukas mich fragt, ob es bei uns etwas Neues gibt, verneine ich und erzähle stattdessen, dass Celine nachher mit Gyros kommt und wir uns einen Fernsehabend machen. Ihm jetzt zu sagen, dass ich einen Knoten in der Brust habe und auf einen Termin im Brustzentrum warte, finde ich wirklich unangebracht. Er soll in Ruhe forschen – wer weiß, vielleicht können mir seine Erkenntnisse ja am Ende nützlich sein.

Bevor wir uns voneinander verabschieden, sagen wir uns noch, dass wir uns lieben und vermissen. Na ja, Lukas sagt eher, dass er *uns* vermisst und liebt, aber wir sind nun mal ein Rudel, und natürlich vermisst er mich in Verbindung mit den Hunden. Doch ehrlich gesagt habe ich »ich liebe dich« in genau diesem Wortlaut schon lange nicht mehr von ihm gehört. Aber was sollen diese Spitzfindigkeiten? »Ich liebe euch« ist schon okay.

In dem Moment, als ich auflege, beginnt Akuyi ziemlich laut zu hecheln, was ich eigentlich nicht verstehe.

Warm ist es hier drin doch nicht wirklich – oder habe ich die Heizung so sehr aufgedreht? Wir sollten nun doch mal nach draußen an die Luft.

Kapitel 13

Als es gegen neun am Abend an der Tür klingelt und die Hunde aufgeregt bellend in den Flur hinauslaufen, hängt mir mein Magen schon in den Kniekehlen. Ich öffne, und draußen steht Celine – zusammen mit Ben.

»Den habe ich gerade im Treppenhaus getroffen«, sagt sie lachend. »Kennst du den?«

»Manchmal ja, manchmal nein«, antworte ich schmunzelnd, während Ben mich auf die Wange küsst und mit »Moin Schwesterherz« begrüßt.

Super, dass er eine Flasche Wein dabeihat, ich habe nämlich nur noch Bier da, was allerdings besser zu einem deftigen Essen passt. Egal, in meiner Situation nimmt man, was man kriegt. Man kann sich keine Sorgen wegsaufen, denn diese können schwimmen, aber man kann sie zumindest etwas betäuben. Ich stelle die Weinflasche erst mal in den Kühlschrank und den Ouzo in die Tiefkühltruhe.

Ben hat glücklicherweise schon gegessen, sodass Celine und ich uns ganz allein auf unser, wie ich finde, sehr verdientes Gyros stürzen können. Wahrscheinlich werde ich jetzt doch nicht dazu kommen, mit Celine über meinen neuen Freund in der rechten Brust zu sprechen, aber das macht nichts. Für heute soll es auch gut sein. Ich möchte jetzt mal an etwas anderes denken. Da Ben sehr gut mit Lukas befreundet ist, werde ich es auch ihm nicht sagen, zumal ich noch Hoffnung habe, dass es nach der Untersuchung noch immer nichts Wesentliches zu berichten gibt.

Während des Essens erzählt Ben von seiner Fortbildung in Düsseldorf, von der er erst heute zurückgekommen ist. Unser Frauenheld hat dort wieder mal einiges erlebt, das muss ich schon sagen. Obwohl er in der Situation, die er nun zum Besten gibt, zum Glück nur Beobachter und nicht selbst der Protagonist war.

Die Geschichte, bei der mir vor Lachen beinahe das Gyros im Hals stecken bleibt, ist einfach so unglaublich, dass man sich fragt, was mit den Männern eigentlich los ist. Die sind tatsächlich in der Lage, Berge zu versetzen – na ja, in diesem speziellen Fall wohl eher Betten.

Es geht in dieser Story um Michael, verheiratet, zwei Kinder, Mitte vierzig und seit mittlerweile drei Jahren an einer Krankenpflegeschule in Northeim tätig. Das Lustige daran ist, dass ich Michael persönlich kenne, daher erzählt Ben es auch. Ich komme ja ursprünglich aus Göttingen, was ganz in der Nähe von Northeim ist.

Michael hatte mal was mit einer Kollegin aus dem Fitnessstudio, in dem ich damals arbeitete, und verließ sie für seine jetzige Frau. Nachdem ich nun von Ben diese grandiose Geschichte höre, muss ich sagen, dass jede um Michael geweinte Träne meiner Kollegin die reinste Verschwendung war.

Die Düsseldorfer Fortbildung bestand natürlich nicht nur aus Arbeit, es wurde abends schon auch gefeiert. In Düsseldorf soll man das ja ganz gut können, so wird gemunkelt. Nach diversen Bekanntschaften auf der Kneipenmeile wurden natürlich paarungswillige Damen aufgetrieben, die den Weg mit ins Hotel der Fortbildungstruppe fanden.

Dort gab es nur ein Problem: In dem Kurs waren fünf Männer, die in zwei Doppelzimmern, eines davon mit Zustellbett, untergebracht waren. Wie es der Zufall wollte, war Ben derjenige, an den das Zustellbett ging. An besagtem Abend lag mein Bruderherz sogar schon, was eigentlich für ihn völlig untypisch ist, im Tiefschlaf, weil er am nächsten Tag einen Vortrag zu halten hatte. Genauso seine beiden Zimmerkollegen.

Nun sollte es im anderen Zimmer zur Sache gehen, denn Michael und sein Zimmergenosse Sven hatten beide eine Frau am Start, aber nur ein Doppelbett zur Verfügung. Da es keine Vierernummer werden sollte, brauchten sie also ein weiteres Bett.

Michael wusste ja, dass Ben ein Zustellbett hatte, und auf genau das war er nun scharf. Genauer gesagt war er auf die Düsseldorfer Blondine mit dem ultrakurzen Rock und den aufgespritzten Lippen scharf. Aber um es einigermaßen gemütlich zu haben und nicht den Hintern seines Kollegen Sven mittendrin statt nur dabeizuhaben, brauchte er Bens Bett.

Daher klopfte, nein, boxte er wohl gegen die Tür des Dreierzimmers, und als Ben schlaftrunken öffnete, rannte Michael wie ein Liebestoller ins Zimmer, packte sich

Bens Bett unter den Arm und sagte ihm, er solle doch mit den beiden anderen im Doppelbett schlafen. Er würde das Bett morgen wieder zurückbringen.

Ben war anscheinend noch nicht richtig wach, sodass er gar nicht in der Lage war, etwas zu erwidern. Stattdessen trottete er ungläubig hinter Michael her, weil er wissen wollte, was dieser mit seinem Bett vorhatte.

Das muss man sich mal bildlich vorstellen. Michael wartete nun mit Bens Zustellbett auf den Aufzug, da er zwei Stockwerke tiefer musste. Das war ja eigentlich schon ein Anblick für sich, doch das absolute Highlight kommt erst noch.

Nachdem Michael also das Bett in den Fahrstuhl verfrachtet hatte, fiel ihm auf, dass er Ben und seine beiden Zimmergenossen, die mittlerweile aufgewacht waren, immer noch sehen konnte. Die drei winkten, lachten und zeigten ihm durch recht eindeutige obszöne Gesten, dass sie ihm eine spaßige Nacht wünschten. Da wurde Michael erst so richtig bewusst, dass der Fahrstuhl aus Glas war und er mit seinem Bett darin eine ziemlich auffällige Erscheinung abgab – auch für das Personal an der Rezeption.

Was dann schlussendlich zwei Stockwerke tiefer passierte oder auch nicht, wurde am nächsten Morgen beim Frühstück nicht weiter vertieft. Michael war es nur verdammt unklar, wie er dieses Bett in der Nacht ganz allein hatte tragen können, brauchte er doch am Morgen die Hilfe von Sven, um es wieder zurück ins andere Zimmer zu bringen. Die Kollegen waren sich alle einig, dass es unmöglich ist, mit dem Bett unter dem Arm die diversen Türklinken zu betätigen, geschweige denn, es zu tragen, in den Fahrstuhl und wieder heraus zu bekommen. Und dazu noch in total betrunkenem Zustand. Hätten sie es nicht mit eigenen Augen gesehen, dann hätten sie diese Geschichte niemals geglaubt.

Mit einem breiten Grinsen im Gesicht fügt Ben jetzt noch hinzu, dass es doch krass sei, was der Körper leisten kann, wenn der Wille so stark ist. Geilheit hat eben eine Macht, die nicht zu unterschätzen ist.

Trotz der Tatsache, dass Michaels Frau die Story ganz sicher weniger lustig findet und sie mir auch ein bisschen leidtut, kann ich nun nicht mehr an mich halten, und wir drei lachen laut und ausgelassen. Ach, das tut mal wieder gut. Was für ein schöner Abend. Danke, Michael.

Und danke, Celine und Ben. Ich bin unsagbar froh, eine so tolle Freundin und diesen wirklich witzigen und unterhaltsamen Bruder zu haben.

Kapitel 14

»Ich habe einen Knoten in der Brust«, sage ich zu Celine, als wir am nächsten Morgen in der Küche Kaffee trinken. Sie hat auf dem Sofa geschlafen, und ich war froh, dass sie da war.

Sie sieht mich ungläubig an, und es dauert einige Sekunden, ehe sie antwortet. »Was? Das gibt's doch nicht. Bist du dir sicher?« Sie hält kurz inne und fügt dann etwas leiser hinzu: »Weiß Lukas denn schon davon?«

Ich schüttle den Kopf. »Nein, ich möchte nicht, dass Lukas bereits jetzt davon erfährt, und daher sage ich es auch Ben noch nicht. Ich gehe davon aus, dass es harmlos ist, aber ich werde es natürlich genauer untersuchen lassen. Falls wirklich was Bösartiges dahintersteckt, werden die beiden es früh genug erfahren. Bis dahin müssen sie sich nicht auch noch Sorgen machen.«

»Du bist eben zu gut für diese Welt, Lilly.« Sie seufzt. »Kann ich denn das Ding mal anfassen?«, fragt sie zaghaft. »Natürlich nur, wenn es dir nichts ausmacht. Ich habe mich immer gefragt, wie sich so was wohl anfühlt.«

Ich muss schmunzeln, denn damit habe ich wirklich nicht gerechnet. Klar habe ich nichts dagegen. Der Knoten befindet sich sehr weit oben an der rechten Brust außen, und sie kann ihn über dem Ausschnitt meines T-Shirts direkt spüren.

»Na ja, klein ist er nicht gerade«, meint sie, als sie vorsichtig darübertastet. »Den hättest du eigentlich schon viel eher spüren müssen. Und Lukas muss doch da auch mal drankommen.«

Ich kann es mir auch nicht erklären, denn allein schon beim Einseifen der Achseln rutscht man doch praktisch immer mit der Hand über das Dekolleté und die Brust. Also kann das Ding noch nicht so lange da sein.

Und was Lukas betrifft, nun ja. So viel Sex hatten wir in letzter Zeit auch wieder nicht. Durch die Hunde im Bett ist unser Sexleben weniger von Romantik und langem Rumgefummel geprägt, sondern eher kurz und knapp und auf das Wesentliche beschränkt. Es dient tatsächlich eher der körperlichen Befriedigung. Wir hassen es beide, wenn die Hunde uns dabei zusehen, also geht Sex nur in einem separaten Raum.

Da wir uns auch nicht kuschelnd vor dem Fernseher in Stimmung fummeln können, kommt es nur zum Sex, wenn einer von uns beiden Lust hat, den anderen dazu überreden kann und wir daraufhin ins Schlafzimmer verschwinden. Aber schon nach fünf Minuten kratzt einer der Hunde an der Tür, was uns dann wieder ärgert, weil die Tür Schaden nimmt und es einfach ablenkt.

Wie gesagt, das ist sicher nicht das romantischste Sexleben, aber nach mehreren Jahren Beziehung vielleicht auch nicht völlig ungewöhnlich. Keine Ahnung, man spricht darüber ja nicht wirklich mit anderen Leuten. Es ist für mich ein sehr persönliches Thema. Und die Frage ist, ob man dann überhaupt eine ehrliche Antwort bekommen würde.

Man hört doch so oft von Paaren, bei denen es mit dem Sex jeden Tag und in jeder Lebenslage funktioniert. Aber wer weiß, ob einem da nicht manchmal auch eine Lüge aufgetischt wird. Lukas hat Patientinnen, die überhaupt keine Lust auf Sex haben und ihn nach Hormonen fragen, die ihre Lust wieder steigern. Viele bekommen auch niemals einen Orgasmus, manche hatten sogar noch nie einen.

Ich persönlich bin da auch hormonell gesteuert, denn um den Eisprung herum bin ich meist sehr offen für solche Dinge und ergreife gern die Initiative. Ganz pragmatisch, so wie die Natur es vorgesehen hat. Sex soll zu einer Schwangerschaft führen, also hat die Frau in der fruchtbaren Zeit auch Lust. Bei mir ist es tatsächlich so – schade nur für Lukas, dass dieses Zeitfenster recht kurz bemessen ist.

Klar ist das Zusammenleben mit den Hunden, so wie wir das halten, schon ein Sexkiller und schränkt unsere Spontaneität ziemlich ein. Aber zigtausend Paaren mit Kindern geht es sicher auch nicht anders. Und da wir nicht möchten, dass die Schnuffis uns dabei zugucken und uns womöglich noch über den Hintern oder den Fuß lecken so wie Schröder seinerzeit, müssen wir eben Rückzugsorte finden und den passenden Moment abwarten – ganz so, wie es Eltern von Kindern auch tun müssen. Ich denke aber, wir haben uns ganz gut organisiert und sind inzwischen auch eingespielt.

Celine ist jetzt die Erste, der ich überhaupt von meinem Sexleben erzähle. »Wow, das ist echt das Langweiligste, das ich je gehört habe«, antwortet sie entsetzt. »Ich habe wirklich gern Sex, und zwar in allen Variationen. Ob Quickie oder über Stunden ausgedehnt, als Rollenspiel, romantisch und zärtlich, aber auch gern mal etwas härter. Eure Situation kann ich nicht nachvollziehen.«

»Natürlich hatten wir auch unsere Zeit«, entgegne ich zu meiner Verteidigung, »aber mit den Hunden im Bett hat sich doch einiges geändert. Und außerdem befinden wir uns schon länger nicht mehr im verliebten ersten Jahr.«

Sie mustert mich mit zusammengekniffenen Augen. »Ganz ehrlich, Lilly, ich würde schnellstens etwas an der Situation ändern. Seht zu, dass ihr die Köter aus der Liebeszone kriegt, denn ich kann mir nicht vorstellen, dass Lukas das lange mitmacht. Männer sind schnell mal für eine Dummheit zu haben, wenn der Druck zu groß wird.«

Ich weiß, der Ausdruck *Köter* ist liebevoll gemeint. Trotz allem machen Celines Worte mich nachdenklich, und ich bekomme kurzzeitig ein echt schlechtes Bauchgefühl. Vielleicht sollte ich ja wirklich mal mit Lukas darüber sprechen, ob er mit unserem Sexleben überhaupt noch zufrieden ist. Er will ja aber die Hunde genauso im Schlafzimmer haben, das ist nicht allein meine Entscheidung.

Im Alltag und nach einigen Jahren verliert man das Thema Sex schon aus den Augen. Man denkt einfach, dass es normal ist. Und mal ehrlich, Celine ist Single, relativ beziehungsunerfahren und muss erst mal selbst in die Lage kommen, eine jahrelange Partnerschaft zu führen, die sexuell nicht langweilig wird. Weder Celine noch Ben kennen diese Situation. Wenn es langweiliger wird im Bett, trennen sie sich. Das kann man aber auch nicht sein ganzes Leben lang machen, denn eine Partnerschaft hat mehr zu bieten als Sex. Doch ich bin kein Moralapostel, mache sicher auch nicht alles richtig, und jeder muss für sich selbst entscheiden, was er oder sie vom Leben will. Im Vergleich zu Celine und Ben schneide ich beim Thema Sex einfach schlecht ab, daher werde ich jetzt versuchen, es abzuhaken.

Celine fragt jetzt noch, wann ich den Termin in der Klinik habe und ob sie mich begleiten soll. Dann würde sie nämlich versuchen, ihre Schicht zu tauschen. Ich finde das so süß und bedanke mich auch ganz lieb bei ihr, aber ich habe ja überhaupt noch keinen Termin und außerdem kein Problem damit, es allein zu schaffen.

Akuyi sitzt wieder hechelnd neben mir auf dem Sofa, was mir bald mehr Sorgen macht als meine eigene Gesundheit. Vielleicht liegt ja auch nur ein Gewitter in der Luft, das ihn stresst. Die Hunde hören und spüren so was sehr viel deutlicher und aus einer weit größeren Entfernung als wir Menschen.

Wir vier gehen jetzt erst mal eine Runde in den Stadtpark und genießen die schöne Dezemberluft. Eigentlich ist es viel zu mild, aber besser so als zu kalt. Nach Regen und Gewitter sieht es nun aber wirklich nicht aus.

Kapitel 15

Nachdem wir doch in einen ordentlichen Regenschauer gekommen sind, gehen wir wieder nach Hause. Die Hunde sind klitschnass, und ich ziehe ihnen einen Bademantel über, der das Wasser aufsaugt, damit die Wohnung nicht so nass wird und die Viecher rascher trocknen. Das ist quasi ein Hundemantel aus Stoff, der die Feuchtigkeit schnell aufnimmt. Die Bude riecht jetzt nach nassem Hund, was bei zwei so großen Hunden echt nicht zu unterschätzen ist.

Daher ziehe ich den beiden draußen auch gern mal ein Regencape über, aber ich habe echt nicht mit Regen gerechnet, und für die Wintermäntel ist es momentan nicht kalt genug. Ich brauche also dringend noch Übergangsmäntel für die beiden.

Celine fährt nach Hause, denn sie will ihre Wohnung auf Vordermann bringen. Sie bekommt heute Abend Herrenbesuch. Den Typen hat sie im Internet kennengelernt, und sie war auch schon zweimal mit ihm aus. Das dritte Date findet nun bei ihr statt. Wahrscheinlich passiert heute dann mehr. Einerseits wünsche ich ihr den schönsten Abend der Welt, aber andererseits ist man doch immer etwas besorgt. Wir haben abgesprochen, dass sie mir gegen dreiundzwanzig Uhr eine Nachricht schreibt, damit ich weiß, dass alles okay ist. Oder ob ich sie retten muss, indem ich sie anrufe und bitte, schnell zu mir zu kommen, da ich Hilfe benötige oder so was in der Art. Der Klassiker eben. Ob sie das tatsächlich beschützen kann, wage ich zu bezweifeln, aber wenn ich nichts von ihr höre, habe ich vielleicht noch die Möglichkeit, etwas zu bewirken.

Mein Telefon klingelt, und ich sehe, dass es meine Mutter ist. Ich freue mich über ihren Anruf und sage ihr, dass ich gleich zurückrufe, denn ich möchte mir schnell noch einen Kaffee kochen. Ein Gespräch mit ihr kann schon mal etwas dauern. Aber das ist mir recht, ich habe nichts vor, und Ablenkung tut mir gut. Seit Lukas weg ist, sind die Wochenenden teilweise schon doof. Zwar könnte ich immer mit Ben oder Celine um die Häuser ziehen, aber ich bin nun mal durch die Hunde eingeschränkt und kann keine ganzen Nächte mehr durchrocken. Ich bin dann einfach zu unruhig und will nach drei, maximal vier Stunden wieder nach Hause. Party auf dem Kiez ist toll, wenn man Single ist oder mal seinen Marktwert checken will. Doch jedes Wochenende brauche ich das nicht mehr. Celine und Ben haben aber immer Angst, etwas zu verpassen. Das kann ich auch total verstehen, denn der Traumtyp wird nicht einfach an der Haustür klingeln.

Ob man auf dem Kiez in diversen Tanzkneipen tatsächlich seinen Traummann trifft, ist in meinen Augen äußerst fragwürdig, doch wenigstens bekommt man Bestätigung, und zum Knutschen findet sich auch immer jemand. Da die dort aber meist verheiratet sind und nur ein Spaßwochenende verbringen wollen, hätte ich keine Lust darauf. Celine nimmt das jedoch gern mal mit – und Ben sowieso.

Ich allerdings wäre mir irgendwie zu schade dafür, mich einen Abend lang von so einem Familienvater ablecken zu lassen, und am nächsten Tag weiß er nicht mehr, wer ich bin. Aber jeder soll das tun, was er tun möchte. Ich selbst bin vielleicht zu prüde oder denke zu viel nach, bin jedoch nicht spießig, was andere angeht, und lasse jeden machen. Vielleicht bin ich in dieser Hinsicht auch ein gebranntes Kind, da ich vor Lukas selbst betrogen und verlassen wurde, wer weiß das schon. Ich denke aber, meine Einstellung war schon immer so, dass ich nicht benutzt werden möchte. Es soll mich jemand küssen wollen, weil er mich als Person toll findet, und nicht, weil ich die Erstbeste bin, die er findet und die bei der Sache mitmacht.

Nachdem ich fast zwei Stunden mit meiner Mutter telefoniert habe, brennt mein Ohr. Sie ist nun auf dem neuesten Stand. Völlig fertig und besorgt wegen meines Knotens, aber ich dachte, meiner Mutter kann und darf ich das erzählen. Dass daraufhin ich sie beruhigen muss statt umgekehrt, habe ich so nicht erwartet. Sie konnte nicht verstehen, dass Lukas jetzt nicht bei mir ist, und reagierte deswegen relativ zornig. Letztlich sah sie dann aber doch ein, dass er nun wirklich nichts dafür kann, weil es ja meine Entscheidung ist, ihm nichts zu sagen. Ich musste ihr dann noch versprechen, dass ich mich gleich am Montagmorgen um acht ans Telefon hängen werde, um in der kommenden Woche einen Untersuchungstermin zu bekommen, damit das Drama ein Ende findet.

Den Abend verbringe ich auf dem Sofa, schlafe dort auch ein und vergesse natürlich Celines Nachricht.

Kapitel 16

Gegen vier Uhr in der Nacht wache ich auf und merke mal wieder, dass es nicht gerade rückenschonend ist, auf einem Ecksofa zu nächtigen, mit einem Bein auf der Lehne, da ja der eine Hund zwischen meinen Beinen liegt. Sein Kopf ruht auf dem knochigen Hintern des zweiten Hundes, der lang ausgestreckt auf der anderen Seite des Sofas schläft.

Jedenfalls habe ich jetzt Nacken- und Rückenschmerzen, stolpere ins Bad, um mir die Zähne zu putzen, und da fällt es mir plötzlich ein. Celine!

Ich lasse beinahe die Zahnbürste fallen und renne ins Wohnzimmer, um nach meinem Handy zu suchen. Aber da ist nichts. Gar nichts. Keine Nachricht von Celine und auch keine von Lukas. Letzteres enttäuscht mich schon, ist aber in diesem Augenblick weniger wichtig. Oh nein, oh nein, oh nein, was mache ich jetzt bloß?

Ich schreibe Celine erst mal schnell, ob alles klar ist bei ihr. Dann gehe ich zurück ins Badezimmer, um mich weiter bettfertig zu machen, in der Hoffnung, dass ich währenddessen schnell eine Antwort erhalte. Aber um diese Zeit ist das recht unwahrscheinlich.

Als ich aus dem Bad zurückkomme, öffne ich sofort wieder WhatsApp. Meine Nachricht ist noch nicht mal zugestellt.

Was, wenn Celine einem Serienmörder in die Falle getappt ist, die ganze Nacht gefoltert und vergewaltigt wird und nicht die Möglichkeit hatte, sich bei mir zu melden? Wäre es mir vor fünf Stunden schon eingefallen, also zum verabredeten Zeitpunkt, hätte ich ihr vielleicht noch helfen können. Mann, ich bin die schlechteste Freundin der Welt. Aber wie kann man sich auch auf diesen Internet-Datingscheiß einlassen.

Wieder und wieder nehme ich mein Telefon in die Hand und versuche es bei Celine. Nichts. Das Handy ist aus, und es geht sofort die Mailbox an. Soweit ich weiß, war ihr Handy noch nie aus. Ich hinterlasse ihr eine Nachricht, dass sie sich sofort melden soll, weil ich durchdrehe vor Angst. Und das ist gar nicht mal übertrieben. Hektisch renne ich in der Wohnung auf und ab. Ich bescheuerte Kuh hätte mir den Wecker stellen müssen. Das habe ich jetzt davon.

Schließlich entscheide ich mich, zu ihr zu fahren. Während ich mich schnell anziehe, überlege ich, ob ich die Hunde mitnehmen soll. Vielleicht könnte ich die gebrauchen, falls wirklich ein Verbrecher da sein sollte. Aber ich glaube, die würden ihn eher schwanzwedelnd begrüßen. Außerdem darf den beiden ja auch nichts passieren. Dann soll der Kerl lieber mich abstechen. Aber egal, ich nehme sie jetzt mit.

Als wir drei im eiskalten Auto sitzen, ich zum letzten Mal versuche, bei Celine anzurufen, und nur die Ansage der Mailbox höre, verfluche ich es, dass heutzutage kaum noch jemand einen Festnetzanschluss hat.

Das Gute ist, dass es um diese Zeit in Hamburg auf den Straßen wirklich ruhig ist und ich somit gut durchkomme. Im normalen Stadtverkehr brauche ich oft über eine halbe Stunde zu Celines Wohnung, jetzt hingegen bin ich nach zehn Minuten da. Eigentlich sollte ich immer nachts zu ihr fahren. Über diesen Gedanken würde ich sicher schmunzeln, wäre mir nicht so übel vor Angst.

Als ich bei ihr ankomme, ist mein größtes Problem, einen Parkplatz zu finden. Alle Anwohner sind zu Hause, und das bedeutet, dass die Parkplätze im Umkreis von einem Kilometer definitiv belegt sind. Die Autos stehen in zweiter Reihe auf Fußwegen, in Halte- und Parkverbotszonen. Das ist Hamburg. Es wird ein Knöllchen in Kauf genommen, Hauptsache, man kann irgendwo sein Auto abstellen. Das Positive daran ist wiederum, dass man das Auto nur selten benutzt. Man überlegt sich nämlich zehnmal, ob man seinen guten Parkplatz aufgibt – wenn man schon mal einen hat. Da nimmt man doch lieber die Bahn. Zum Glück haben Lukas und ich unseren eigenen Parkplatz, der zum Haus gehört. Dafür muss man wirklich dankbar sein. Das ist der Vorteil, wenn man ein altes Haus geerbt hat, das in einer Zeit gebaut wurde, als die Bedingungen für Genehmigungen noch besser waren.

Jedenfalls stehe ich jetzt mit meinem Schlachtschiff von Auto in zweiter Reihe vor Celines Wohnung und überlege, erst mal zu klingeln. Um diese Uhrzeit wird doch wohl niemand durch diese Straße fahren, dem ich im Weg stehen könnte.

Auch wenn ich ohnehin schon viel zu spät bin und bei einem möglichen Übergriff des eventuellen Internetmörders wohl nichts mehr machen kann, sollte ich es nicht auf die Spitze treiben. Ich schalte also die Warnblinkanlage ein, steige aus und klingele, was das Zeug hält. Währenddessen steht Akuyi mit seinen Vorderpfoten auf der Mittelkonsole und guckt durch die Frontscheibe, was er natürlich nicht tun soll, denn Lukas hasst Kratzer auf dem Leder. Basihma beobachtet mich durch das Seitenfenster.

Es passiert natürlich nichts in Celines Wohnung. Es brennt kein Licht, und es geht auch keines an, was ja schon mal nicht schlecht ist. Würde dieser Typ da oben was mit ihr anstellen, würde doch Licht brennen. Es sei denn, er hat die Wohnung längst verlassen, und sie liegt dort geknebelt, misshandelt und vielleicht sogar tot. Wie konnte ich mich nur in diese Situation hineinmanövrieren, ich blöde Kuh!

Wer könnte einen Schlüssel haben? Und warum habe ich keinen? Ich rufe jetzt die Polizei. Was soll ich denn anderes tun? Oder lieber den Schlüsseldienst? Aber das ist doch gar nicht meine Wohnung.

Ben, ich muss Ben anrufen. Der wird doch wohl eine Tür knacken können. Das kann bestimmt jeder Kerl. Ben ist allerdings handwerklich so gar nicht geschickt. Ich habe ihn mal gebeten, mir im Bad ein Loch für einen Handtuchhalter zu bohren. Das machte er zwar, aber nach einiger Zeit fiel der Halter ab, und ich stellte fest, dass er nur geklebt und nicht gebohrt war, weshalb er sich beim ersten großen, schweren Handtuch verabschiedete. Ben hat aber das Talent, immer jemanden organisieren zu können, der solche Dinge für ihn erledigt, und darum beneide ich ihn.

Doch auch er geht nicht an sein Handy. Nun bleibt mir nur noch eines: Ich wähle die Notrufnummer, in der Hoffnung, dass mir geholfen wird und ich mich nicht zum Deppen mache.

Kapitel 17

Nach ungefähr zehn Minuten stehen zwei Polizeibeamte neben mir. Mein Auto habe ich mittlerweile vor einer Garageneinfahrt geparkt und einfach mal unterstellt, dass um diese Zeit dort niemand wegfahren möchte.

Die Polizisten sind total nett. Die Hunde stehen neben mir, da sie im Auto Theater gemacht haben und Hundegebell mitten in der Nacht natürlich nicht so gut ankommt. Solange sie mich nicht sehen, ist das Auto ihr bestes Körbchen, aber sobald sie mich sehen oder hören, fangen sie ein Geheule an, das wir um diese Zeit wirklich nicht gebrauchen können.

Ich erzähle den beiden Polizisten in Kurzform von meinem Verdacht und dass ich sehr besorgt sei um meine Freundin Celine. Den einen schätze ich auf Mitte zwanzig, den anderen, der etwas reifer wirkt, vielleicht auf Anfang dreißig. Auf jeden Fall ganz schnuckelig die beiden. Ich bekomme ein wenig ein schlechtes Gewissen, dass mir das in dieser Situation überhaupt auffällt. Der Ältere spricht mich jetzt auf die Hunde an, sagt, dass er die Rasse so toll finde, und fragt, wie alt die beiden denn seien. Ich glaube, er flirtet ein wenig mit mir, was mir zwar nicht unangenehm ist, aber wie gesagt in diesem Augenblick doch etwas unpassend.

Der Jüngere räuspert sich und schlägt vor, dass wir jetzt doch mal tätig werden sollten. Stimmt, also überlege ich, welche Möglichkeiten wir denn hätten. Den Schlüsseldienst holen? Die Tür aufbrechen? Oder sie lieber aufschießen?

Statt einer Antwort guckt der Ältere mich sehr intensiv an und meint, dass er mich von irgendwoher kenne.

Akuyi sitzt neben mir auf dem Asphalt und zittert wie Espenlaub. Es ist viel zu kalt für den Buben, ich muss ihn ins Auto bringen. Basihma bleibt hingegen bei dem älteren Polizisten stehen, der sich in der Zwischenzeit mit ihr beschäftigt. Die ganze Situation ist so grotesk, dass ich gar nicht weiß, wie ich da reingeraten konnte. Und ja, der Polizist ist echt ganz niedlich.

Oh Mann, Lilly, konzentriere dich jetzt auf das Wesentliche! Die arme Celine könnte tot in ihrer Wohnung liegen! Ich kann das aber irgendwie nicht glauben. Wir sind hier doch nicht bei *Aktenzeichen XY ... ungelöst*.

Nachdem ich Akuyi ins Auto gebracht und mit einer Decke zugedeckt habe – so viel Zeit muss sein –, will ich gerade wieder zu den anderen zurückgehen. In diesem Augenblick biegt ein Taxi um die Ecke und hält ein Stückchen entfernt von uns an.

Als gleich darauf im Innenraum das Licht angeht, traue ich meinen Augen nicht. Ben sitzt vorne neben dem Fahrer und bezahlt, während hinten meine Freundin aussteigt, die ich vor meinem geistigen Auge schon zu Tode misshandelt gesehen habe. Beide scheinen ziemlich besoffen zu sein. Celine hakt sich nun bei Ben unter, und die beiden torkeln in Richtung Hauseingang. Ich bin so perplex, dass ich gar nichts sagen kann.

Der jüngere Polizist schaltet sofort. »Wir sollten den beiden folgen, damit wir in den Hausflur kommen«, raunt er seinem Kollegen zu.

»Das ist nicht nötig«, antworte ich flüsternd, »denn die Volleule da drüben ist meine Freundin Celine und der Bodyguard daneben mein Bruder.« Anstatt heilfroh zu sein, dass alles in bester Ordnung ist, bin ich so was von stinksauer, dass ich mich nicht rühren kann.

Just in diesem Moment sagt Ben etwas zu Celine, und als Basihma seine Stimme erkennt, fängt sie an zu fiepen. Beide schauen wie auf Kommando zu uns herüber.

»Schwesterherz, was machst du denn hier?«, ruft Ben, sichtlich erfreut, wenn auch verwundert, mich zu sehen.

Währenddessen geht Celine in die Hocke, breitet die Arme aus und ruft Basihmas Namen. Diese rennt zu ihr und reißt sie um, sodass Celine auf dem Rücken zu liegen kommt. Ein kleines Déjà-vu, aber diesmal gönne ich es ihr.

Ben tätschelt Basihmas Kopf und grinst. »Eigentlich hatte ja ich gerade vor, Celine auf den Rücken zu legen.«

Die beiden Polizisten kriegen sich jetzt kaum mehr ein vor Lachen. »Wir werden hier wohl nicht mehr gebraucht«, meint der Ältere und zwinkert mir zu. »Eine lebendigere Leiche habe ich selten gesehen.«

»Leiche?«, fragen Ben und Celine im Duett, und ihre Blicke wandern ungläubig zwischen den Polizisten und mir hin und her.

»Ich erkläre es euch morgen«, erwidere ich nur. Sie sollen lieber reingehen und tun, was sie wollen. Wir können morgen telefonieren, das macht hier und jetzt keinen Sinn mehr.

Auf einmal dreht Celine sich um, rennt in Richtung der Mülltonnen, um gleich darauf eindeutige Würgegeräusche von sich zu geben.

Belustigt und mit viel Ironie in der Stimme wünsche ich Ben ganz viel Spaß mit ihr. Ja, einerseits bin ich total sauer, andererseits aber auch unglaublich erleichtert.

Schließlich entschuldige ich mich noch tausendmal bei den Polizisten und frage, ob mich dieser Einsatz denn was kostet.

»Nein, nein«, sagt der Jüngere der beiden. »Hauptsache, es ist nichts passiert. Wir waren sowieso in der Nähe unterwegs, und es kam ja in dieser Zeit kein echter Notfall rein.«

Der Ältere ist nicht so leicht zufriedenzustellen. »Wie wäre es mit einer Einzelstunde Personal Training? Ich weiß nämlich jetzt, woher ich Sie kenne. Im Fitnessstudio hängt Ihr Foto an der Mitarbeiterwand.« Er zwinkert mir schon wieder zu. »Eigentlich habe ich Personal Training bisher nie ins Auge gefasst, aber ich könnte ja mal damit anfangen.«

Die Welt ist klein, denke ich mir, doch einen Gefallen bin ich ihm jetzt wohl schuldig. Also sage ich ihm zu, er solle gern beim Service einen Termin für ein Probetraining bei mir vereinbaren, das sei natürlich dann kostenlos.

Der Typ ist wirklich nett, sieht gut aus, geht aber für meinen Geschmack etwas zu sehr ran. Außerdem ist er eh zu jung, und ich bin ja vergeben. Doch ich habe nun mal keine Wahl. Ich muss froh sein, so problemlos aus der Situation rauszukommen.

Ich mache die Autotür auf und wuchte Basihma rein, denn sie springt leider nicht von selbst. Somit ist mein Abgang nicht besonders elegant, doch daran kann ich jetzt auch nichts ändern. Während ich ausparke und losfahre, stehen beide Polizisten noch auf der Straße und schauen mir hinterher. Im Rückspiegel sehe ich, wie der Jüngere seinen Kollegen mit dem Ellenbogen in die Seite stößt und lacht. Dann machen sie sich auf zu ihrem Auto.

Ich bin fix und fertig, friere und will nur noch nach Hause. Der Abend war unterm Strich echt mies. Ich habe jetzt wohl einen Verehrer, und meine beste Freundin treibt es anscheinend wieder mit meinem Bruder.

Kapitel 18

Am Sonntag schlafe ich für meine Verhältnisse wirklich mal lange, bis das Klingeln meines Smartphones mich hochschrecken lässt. Es ist Lukas. Ich bin noch total schlaftrunken und muss mich erst mal sortieren.

»Wieso schläfst du denn noch?«, fragt er. »Es ist doch schon bald Mittag. Ich wollte dich nicht wecken, Schatz, tut mir total leid.«

Daraufhin erzähle ich ihm die Story von heute Nacht und dass ich bestimmt erst um sieben Uhr morgens eingeschlafen bin, nachdem ich so aufgewühlt war. Lukas lacht sich kringelig, was ich gar nicht verstehen kann. So weit war meine Sorge ja nun nicht hergeholt. Immerhin hat Celine sich nicht wie versprochen gemeldet. Natürlich, wäre ich wach geblieben, hätte ich das direkt mit ihr klären können – vorausgesetzt, ihr Handy war zu dieser Zeit nicht auch schon aus. Ich bin ohnehin gespannt, was sie zu ihrer Verteidigung vorzubringen hat. Gestern war es ja nicht mehr möglich, mit ihr zu reden.

Ich kann es mir aber nicht verkneifen, Lukas von dem netten Polizisten zu erzählen, der für mein Gefühl recht angetan von mir war und dazu noch Kunde in einem Fitnessstudio ist, in dem ich Stunden gebe.

Ich merke Lukas' Stimme an, dass er sich für mich freut. »Na ja«, meint er, »du hast ganz sicher noch viel mehr Verehrer, von denen ich nur nichts weiß.«

Hm, das ist jetzt nicht die Reaktion, die ich mir gewünscht habe. Ich finde, ein bisschen eifersüchtiger könnte er schon reagieren. Im Gegenzug frage ich ihn, wie er denn so ankommt. Gibt es denn keine Frauen in seinem Umfeld, die ihn ein wenig anbaggern?

Er grinst, das spüre ich, gibt sich aber betont gleichgültig. »Davon habe ich leider noch nichts gemerkt«, entgegnet er. »Ich bin auch wirklich viel in der Uni und habe keine Zeit für so was. Und du weißt ja, Laborratten sind sowieso nicht so mein Ding. Ich mag lieber die freiheitsliebenden Sportklamottenträgerinnen als die Kittelelsen.«

Ich muss kichern und fühle mich, als wäre ich fünfzehn. »Süß von dir«, sage ich dann doch etwas ernster und füge in Gedanken noch hinzu: *Ach, Lukas, ich vermisse dich unheimlich. Wann kommst du denn zu uns? Ich hätte dich wirklich sehr gern mal wieder hier.*

Ohne dass ich es steuern kann, steigen mir die Tränen in die Augen. Ich will aber auf gar keinen Fall weinen, und schon gar nicht möchte ich, dass Lukas es mitbekommt. Momentan bin ich einfach so angespannt, dass meine Nerven mit Drahtseilen nicht mehr viel zu tun haben, sobald die Situation ein wenig emotional wird.

Ich traue mich daher auch nicht so recht, das Thema anzuschneiden, doch ich kann nicht länger mit dieser Ungewissheit leben. »Lukas, bist du Weihnachten bei uns?«, frage ich vorsichtig.

Es folgt eine recht lange Pause, und ich merke, dass er nach den richtigen Worten sucht. In diesem Augenblick wird mir klar: Er wird nicht kommen.

Nun versucht er mir zu erklären, warum das nicht möglich ist, aber ich höre eigentlich gar nicht mehr richtig zu. In den Weihnachtsferien herrscht an der Uni Ruhe, daher halten einige Dozenten bis unmittelbar vor Weihnachten Vorträge und gleich danach auch wieder. Außerdem ist die Flugverbindung schlecht, und der Oberprofessor hat zu einem Weihnachtsdinner in einem tollen Hotel eingeladen. Also ist ein Besuch von Lukas hier in Hamburg organisatorisch so gut wie unmöglich.

Er würde sich aber total freuen, wenn ich zu ihm käme, meint er. Doch mal ganz abgesehen davon, dass eine so lange Fahrt mit dem Auto an Weihnachten wettertechnisch eine unsichere Sache ist, würde es mit den beiden Hunden ein einziger Krampf werden. Wir können sie nicht so einfach auf irgendwelche Events mitnehmen, und so bedeutet das immer Stress. Keine Ahnung, ob sie problemlos in Lukas' Zimmer bleiben würden, ohne die ganze Pension zusammenzubellen, wenn Lukas und ich weg sind. Für uns wäre das dann auch kein entspannter Abend. Nee, das will ich nicht.

Besonders, weil ich die Zeit um Weihnachten so sehr liebe. Backen, fernsehen, gammeln und genießen, das macht mir an den Weihnachtstagen einfach Freude. Es ist doch traumhaft, die Klassiker *Drei Nüsse für Aschenbrödel*, *Sissi*, *Der kleine Lord* und so weiter zu gucken und dabei gemütlich im Schlafanzug auf dem Sofa zu liegen. Auch wenn man diese Filme bei Netflix und Co. das ganze Jahr über anschauen kann, möchte ich es nur an diesen bestimmten Tagen tun.

Das sage ich Lukas dann auch, woraufhin er meint: »Das war mir eigentlich schon klar, aber ich wollte dich trotzdem fragen. Bist du nun sauer?«

»Nein«, entgegne ich, »nur enttäuscht.« Die klassische Frauenantwort eben.

»Das ist aber noch viel schlimmer.«

»Stimmt.«

Das ist so ein Spiel zwischen uns. Eine wütende Frau ist nämlich weniger schlimm als eine enttäuschte. Aber was soll ich machen? Ich bin nun mal traurig, und da ich an Weihnachten noch nie allein war, werde ich wohl zu meinen Eltern nach Sankt Peter-Ording fahren. Sie haben dort ein Ferienhaus und sind jedes Jahr über Weihnachten da.

Lukas findet die Idee ganz toll. »Natürlich wäre ich unheimlich gern dabei«, meint er. »Aber wenigstens habe ich dann kein so schlechtes Gewissen, wenn ich weiß, dass du nicht allein bist. Und beruhigt bin ich auch. Ich hatte schon Angst, dass du vielleicht mit dem Polizisten von gestern Abend feiern willst.«

»Na ja«, antworte ich kokett, »es ist ja noch ein bisschen hin bis Weihnachten. Da ist noch alles möglich. Aber danke für diesen Denkanstoß.«

»Weißt du was?« Er atmet tief durch. »Am liebsten wäre ich jetzt bei dir, um dir deinen knackigen Hintern zu versohlen.«

Ich beschließe, noch einen draufzusetzen. »Nur reicht das mittlerweile nicht mehr aus. Ich habe ja nun andere

Optionen, zum Beispiel Handschellen. Und wer weiß, was da sonst noch so möglich ist.«

»Ach was, erhoffe dir mal nicht zu viel davon. Männer in Uniformen sind definitiv überbewertet. Aber ich werde mir jetzt die Laborkittel auch mal genauer angucken.«

Das Spielchen geht noch ein bisschen hin und her, bis wir uns schließlich liebevoll voneinander verabschieden. Wir wünschen uns noch einen erholsamen Sonntag, den Lukas in der Universität verbringen wird, da es dort heute schön ruhig ist.

Am liebsten würde ich weiter im Bett bleiben. Die Müdigkeit steckt mir nach der aufregenden Nacht immer noch in den Knochen, zudem klopft der Regen in schöner Regelmäßigkeit gegen mein Schlafzimmerfenster. Ich versäume heute also sowieso nichts. Aber die Hunde müssen allmählich auf ihre Pipirunde, auch wenn es nur eine kleine Runde werden wird. Also werde ich jetzt doch langsam mal aufstehen und mich anziehen.

Während ich unter der Dusche stehe, beschließe ich, nachher mal die erste Rutsche Kekse zu backen. Irgendwie habe ich auf einmal unheimlich Appetit darauf. Natürlich bin ich noch immer traurig, Weihnachten ohne meinen Schatz verbringen zu müssen, und brauche nun eine Ersatzbefriedigung in Form von Zucker und Fett. Ich drücke mir nur selbst die Daumen, dass ich alle Zutaten im Haus habe.

Kapitel 19

Nachdem das erste Blech verbrannt ist, weil ich nebenbei mit Celine über gestern Abend und heute Nacht gesprochen habe, passe ich nun besser auf. Mit meinen Kopfhörern im Ohr kann ich prima telefonieren, nebenbei Kekse ausstechen und die Bleche neu belegen. Definitiv eine richtig gute Erfindung, diese kabellosen Dinger.

Celines Date muss echt seltsam gewesen sein. Sie hatte den Typen ja schon zweimal in einer Bar getroffen, und da muss er wirklich unterhaltsam gewesen sein. Zwar auch schüchtern, doch in einer angenehmen Form. Gestern aber war er so still und angespannt, dass es ihr peinlich war. Irgendwann machte sie dann den Fernseher an, weil sie die unangenehme Stille nicht mehr aushielt und einfach nur noch wollte, dass er geht.

Trotz Fernseher wurde es aber nicht besser, und schließlich schrieb sie Ben eine Nachricht, dass er doch bitte ganz spontan bei ihr vorbeikommen und so tun soll, als wollte er sie besuchen. Das tat er dann auch. Selbstbewusst, wie er nun mal ist, platzte er herein, unterhielt die beiden und machte dann den Vorschlag, noch ordentlich auf dem Kiez zu feiern. Celine war zu dem Zeitpunkt wohl schon gut angetrunken und einfach froh, aus ihrer Bude rauszukommen, also stimmte sie zu.

Ihr Date hatte nun die Schnauze voll und ging – wahrscheinlich nach Hause. Aber das werden wir wohl niemals rauskriegen. Ich persönlich finde es schon fies, was da ablief, hätte aber auch nicht mit Celine tauschen wollen. Es gibt ja nichts Schlimmeres, als sich anzuschweigen. Dates in Gesellschaft, an einem öffentlichen Ort sind halt doch was anderes als allein unter vier Augen zu Hause.

Da das alles so schnell ging, hat sie ihr Smartphone zu Hause liegen lassen. Der Akku war aber ohnehin so gut wie leer. Mich hatte sie zu dem Zeitpunkt leider schon komplett vergessen. Sie lacht so sehr über die Panik, die ich ihretwegen geschoben habe, was ich überhaupt nicht verstehen kann. Es hätte ja wirklich etwas passiert sein können. Andererseits ist sie auch ganz gerührt und will nun alles über den netten Polizisten wissen, den ich ganz beiläufig erwähnt habe.

Ich bin ja gespannt, ob er sich bei mir meldet, entweder übers Fitnessstudio oder auf anderem Wege. Irgendwie hatte ich schon das Gefühl, dass er Interesse hat, aber wirklich gebrauchen kann ich das gerade nicht. Ich bin ja nun nicht auf der Suche nach einem Kerl, doch leider emotional in einer Phase, in der ich ganz bestimmt empfänglich für Aufmerksamkeit bin. Diese Kombi ist nicht gut, nein, ganz und gar nicht.

Wie auch immer. Es war schon schön, wieder mal beachtet und sogar ein wenig angeflirtet zu werden. Das tat wirklich verdammt gut. Aber ich bin mit meinen Gedanken jetzt eigentlich ganz woanders und möchte meine Untersuchungen erst mal hinter mich bringen.

Meine Kekse sind mittlerweile fertig. Ich bin allerdings schon satt, da ich nebenbei so viel Teig gegessen habe, dass ich nicht mehr kann. Die beiden letzten Bleche sind Hundekekse, was die beiden verfressenen braunen Stinknasen natürlich riechen. Basihma hypnotisiert den Ofen, doch Akuyi sitzt wieder mal hechelnd auf dem Sofa. Klar, es ist warm, der Backofen ist ja auch an, und da wir eine offene Küche haben, die quasi bis ins Wohnzimmer reicht, gelangt natürlich die Wärme auch dorthin. Aber doch nicht so, dass es tropische Ausmaße annimmt.

Ich glaube, ich sollte beim Tierarzt mal ein Blutbild machen lassen. Man liest so viel über Schilddrüsenunterfunktion bei Hunden, besonders auch beim Ridgeback. Ich könnte mir vorstellen, dass Akuyi ebenfalls davon betroffen ist. Die Symptome, die ich in letzter Zeit bei ihm beobachte, wie Hecheln, Husten, Lustlosigkeit und ein trauriger Blick sprechen laut Dr. Google schon dafür.

Auf jeden Fall ist das der nächste Punkt auf meinem Zettel. Wenn meine Untersuchung vorbei ist, werde ich auch einen Termin beim Tierarzt machen. Ein Blutbild kann bei beiden nicht schaden und wäre Anfang des nächsten Jahres sowieso wieder an der Reihe. Ich lasse jedes Jahr ein geriatrisches und ein BARF-Profil machen. Bei diesen Bluttests werden die Organfunktion und die Nährstoffversorgung des Organismus untersucht. Eventuelle Auffälligkeiten sind im Frühstadium meist noch oder besser behandelbar. Auch wenn Blutbilder nur Momentaufnahmen sind und nicht wirklich Rückschlüsse auf den kompletten Körper zulassen, beruhigen sie mich doch etwas.

Auffällige Werte im Blutbild müssen natürlich nicht allein mit der Fütterung zusammenhängen, sondern können auch auf andere Probleme im Körper hinweisen. Aber auffällig ist nun mal auffällig, und es kann gesucht werden. Wenn nichts Auffälliges herauskommt, kann ich erst mal davon ausgehen, dass alles so weit okay ist.

Ich ernähre die Hunde schon immer mit BARF, also mit biologisch artgerechtem, rohem Futter. So kann ich selbst bestimmen, was in den Napf kommt, und Spaß macht es auch. Es ist gar nicht so schwer, wie man immer denkt, und Arbeit macht es ebenfalls kaum. Die Tierärzte verbreiten damit gern viel Panik, um es den Tierbesitzern möglichst unangenehm zu machen, indem die Grundversorgung angezweifelt und stattdessen die optimale Versorgung durch vorgegebenes Fertigfutter gelobt wird.

Würde ich Basihma geben, was sie aufgrund der Vorgabe einer Dose Nassfutter bekommen müsste, wäre das ohnehin leicht dicke Ding schon geplatzt. Das würde gar nicht funktionieren. Würde ich ihr aber nur die Hälfte davon geben, wäre ihre Grundversorgung auch nicht gewährleistet, da die Berechnung ja auf dem Hundegewicht beruht.

Also irgendwie auch alles kompliziert. Ich halte es einfach und relativ locker, denn bei Lukas und mir rechne ich ja auch nicht alle Nährstoffe aus, sondern wir versuchen, ausgewogen, abwechslungsreich und nicht einseitig zu essen. Genauso halte ich es mit den Hunden. Sie mögen es jedenfalls gern, ich weiß genau, was im Napf ist, bisher war das Blutbild bei beiden immer top, und die Hunde sehen gut aus.

Natürlich muss das jeder für sich und seinen Hund selbst entscheiden. Ich bin da, um zu helfen und zu beraten, wenn mich jemand fragt, aber ich missioniere nicht. Wenn jemand lieber einen Becher von den trockenen Kügelchen in den Napf schmeißen will, ist das seine Entscheidung.

Es macht mir einfach Spaß, den beiden einen tollen Napf zu kredenzen. Nicht umsonst heißt es ja, Liebe geht durch den Magen. Ich schätze, der Hund ist da vielleicht ein kleines bisschen weniger dankbar als der Partner, aber ich mag es, für meine Herzen liebevoll das Essen zuzubereiten.

Abends tausche ich noch ein paar Nachrichten mit Lukas aus und verziehe mich dann mit den beiden braunen Kuscheltieren ins Bett. Morgen früh werde ich gleich im Brustzentrum und beim Tierarzt anrufen.

Kapitel 20

Es ist Mittwochmorgen, und ich sitze im Wartezimmer des Brustzentrums. Ich hätte schon am Dienstag einen Termin bekommen können, aber da musste ich arbeiten, und auf einen Tag hin oder her kommt es ja nun auch nicht an.

Schon verrückt, dass ich als gesetzlich versicherte Patientin bestimmt noch vier Wochen mit dieser Ungewissheit leben müsste. Bezahlt man selbst, gibt's zackig schon am nächsten Tag einen Termin.

Nun ja, so ist das Leben. Ist es ungerecht? Ich mag es nicht beurteilen, denn Dinge, die ich nicht ändern kann, tangieren mich nur peripher. Jedenfalls bin ich jetzt hier und hoffe sehr, dass ich vielleicht noch diese Woche ein Ergebnis bekomme. Ich schenke mir diese Untersuchung einfach selbst zu Weihnachten. Wahrscheinlich werde ich mir ja Lukas' Geschenk sparen können, also haue ich die Kohle jetzt mal für etwas wirklich Wichtiges raus: für mich und meine Gewissheit. Ich denke, das kann ich schon mal machen.

Während ich noch so in Gedanken bin, werde ich schon aufgerufen, und eine sehr sympathisch aussehende Frau um die fünfzig kommt mit ausgestreckter Hand auf mich zu. Sie stellt sich mir als Dr. Rolfes vor, wirkt fröhlich und gelassen, womit sie mir total meine Angst nimmt. Es ist, als würde sie mich nur zu so etwas Harmlosem wie einer Massage abholen.

Ich folge ihr in ein Besprechungszimmer. Dort erzähle ich ihr, dass ich einen Knoten ertastet hätte und damit zum Frauenarzt gegangen sei. Sie hat auch die Überweisung des Arztes vorliegen und liest sich nun sein Anschreiben durch. Danach bittet sie mich, mit in den Behandlungsraum zu kommen und mich obenrum frei zu machen. Während sie meine Brüste und die Achselhöhlen abtastet, erklärt sie mir jeden Schritt und sagt, dass Fibroadenome sich gut gegen das umgebende Gewebe abgrenzen und verschieben lassen. Das ist bei meinem Knubbel der Fall, und deswegen ist sie sich eigentlich sicher, es damit zu tun zu haben.

Sie wird jetzt eine Ultraschalluntersuchung der Brust und dann, weil es am sichersten ist, auch noch eine Biopsie machen. Die bei der Biopsie entnommene Gewebeprobe wird unter dem Mikroskop untersucht. Ich wundere mich, dass wir das alles gleich hier erledigen können. Für die Gewebeprobe ist keine Operation notwendig. Sie erfolgt in örtlicher Betäubung durch eine Stanzbiopsie unter Ultraschallsicht. Mit einem Instrument wird dabei Gewebe in Form eines millimeterdünnen Zylinders herausgestanzt und anschließend zur Untersuchung an ein Labor weitergeleitet.

Erst verstehe ich es so, dass ich das Ergebnis des Labors heute noch bekomme, doch diesbezüglich muss Dr. Rolfes mich leider enttäuschen. Da brauche ich etwas Geduld, aber sie denkt, dass es bis Freitag mit dem Ergebnis eigentlich klappen sollte.

Verrückt, dass man tatsächlich nicht noch so ein ungewisses Wochenende verbringen möchte. Bekäme ich wirklich einen fucking Krebs diagnostiziert, käme es dann auf ein einziges weiteres beschissenes Wochenende an? Da sollte ich eigentlich ganz andere Probleme haben.

Während der Ultraschalluntersuchung klärt Dr. Rolfes mich ein bisschen über Fibroadenome auf, was mir sicher nicht schaden kann, denn ich werde damit auch in der Praxis immer mal wieder in Kontakt kommen. Fibroadenome sind relativ klar begrenzte Knoten von gummiartiger Konsistenz. Selten sind sie größer als drei Zentimeter, können aber auch deutlich größer werden. Meist sind sie in der oberen Brusthälfte in der Nähe der Brustwarzen zu ertasten. Sie wachsen in der Regel langsam. Bei jungen Frauen gibt es eine seltene, schnell wachsende Sonderform, die zu einer Veränderung der Brustgröße und -form führen kann. Da fühle ich mich nun angesprochen, denn mein Knoten ist größer als drei Zentimeter, befindet sich nicht in der Nähe der Brustwarze und ist sehr schnell gewachsen. Seit ich das Ding bemerkt habe, bilde ich mir ein, dass meine Brustform sich etwas verändert hat. Der kleine Huckel ist ja ein wenig zu sehen. Ich sehe ihn jedenfalls. Na ja, vielleicht auch nur, weil ich es weiß und darauf achte.

Nachdem wir fertig sind, bin ich irgendwie genauso schlau wie heute Morgen, aber ich muss sagen, dass Dr. Rolfes mir die Angst total genommen hat. Sie hat so viel

Erfahrung und schon so viele Knubbeldinger angefasst, dass sie es ganz bestimmt gut einschätzen kann. Ich baue da jetzt einfach mal auf sie.

Nun ab nach Hause zu meinen Strichern. Sie sind nun schon drei Stunden allein, und ich brauche ihre Nähe. Wie gern hätte ich Lukas auch hier. Er würde mich in den Arm nehmen und mir gut zureden. Aber vielleicht würde ihn auch die Vergangenheit einholen, und er käme mit der Situation überhaupt nicht klar. Deshalb werde ich ihn lieber erst einweihen, wenn die Ungewissheit vorbei ist. Und sollte es für mich nicht gut ausgehen, kann er direkt in Heidelberg bleiben. Dann soll er erst wieder zurückkommen, wenn er eine Waffe gefunden hat, die diesen Krebsirrsinn stoppt.

Ach menno, wenn doch alles so einfach wäre.

Kapitel 21

Am Abend ruft meine Mutter an und will genau wissen, was untersucht wurde und ob es schon ein Ergebnis gibt. Ich verneine, beruhige sie aber, dass alles nach einem Fibroadenom aussieht und ich voraussichtlich am Freitag dann auch hoffentlich die Bestätigung bekomme.

Da ich sie schon mal am Hörer habe, frage ich auch gleich, ob das klargeht, dass ich über Weihnachten nach Sankt Peter-Ording komme. In Hamburg fällt mir sonst die Decke auf den Kopf. Ich möchte nicht allein sein.

Sie zögert ein wenig, und ich ahne schon, dass die Antwort nicht so ausfallen wird, wie ich es mir erhofft habe. Und dann platzt sie mit der großen Neuigkeit heraus: Meine Eltern haben zusammen mit einem befreundeten Pärchen kurzfristig über Weihnachten und Silvester eine Kreuzfahrt gebucht!

Ach, wie toll ist das denn. Grandios. Auch wenn das heißt, dass es kein gemeinsames Weihnachten geben wird und ich wahrscheinlich doch allein in Hamburg sitzen werde, freue ich mich ehrlich für die beiden. Eine Kreuzfahrt ist wirklich ein Traum von mir, der ganz oben auf meiner Liste steht, wenn wir mal keine Hunde mehr haben sollten. Da ich mir aber diesen Zustand gar nicht vorstellen kann, wird es wohl niemals eine Kreuzfahrt für Lukas und mich zusammen geben. Doch irgendwann gönne ich mir das mal mit Celine. Vielleicht auch mit meinen Eltern, falls diese begeistert sein sollten. Es wird sich schon jemand finden. Ich hätte auch kein Problem, allein zu reisen. Einfach mal keinen Alltag haben, keinen Haushalt, nicht arbeiten, kein Futter kredenzen, nicht Gassi gehen, nicht ständig meine Liebsten umsorgen.

Natürlich liebe ich sie alle sehr – so sehr, dass es mich krank macht. Jede Beule, jedes Husten, jede seltsame Bewegung der Hunde wird analysiert und bewertet. Die ständige Angst um sie macht mich oft mürbe. Andererseits könnte ich auch nicht ohne sie sein. Ich wünschte mir einfach, besser damit umgehen zu können. Genießen zu können, dass es sie gibt, anstatt ständig daran zu denken, was wäre, wenn es sie nicht mehr gäbe. Lukas kann das doch auch, und er liebt sie ja nicht weniger. Aber anscheinend auf eine gesündere Art und Weise, als ich es tue. Warum bin ich so sensibel und feinfühlig?

Da hustet Akuyi auch schon wieder, und mir fällt ein, dass ich vergessen habe, einen Termin beim Tierarzt zu machen. Und zack, schon habe ich wieder ein schlechtes Gewissen und zweifele daran, eine gute Hundemutti zu sein – nur weil ich heute mal meine ganze Aufmerksamkeit mir selbst gewidmet habe. Morgen werde ich aber sofort in der Praxis anrufen.

»Du kannst natürlich trotzdem gern nach Sankt Peter-Ording fahren«, sagt meine Mutter. »Aber du wärst dann dort allein.«

»Ach, das macht nichts«, antworte ich. Lieber dort allein als hier in Hamburg.

Wir verabschieden uns, und ich lege auf. In diesem Moment klingelt mein Smartphone, und Celines Name erscheint auf dem Display.

»Dein Bruder ist ein Schwein!«, schreit sie mit verheulter Stimme ins Telefon.

Ach herrje, denke ich mir, als ob das eine total neue Information für mich wäre. Ich spreche den Gedanken jedoch nicht aus, sondern höre einfach zu.

»Wir hatten am Wochenende wieder Sex«, erzählt sie schniefend, »obwohl ich ihm nach dem letzten Mal gesagt habe, dass ich das nicht mehr möchte. Denn ich empfinde mehr für ihn, und wenn er sich mit mir nichts Ernstes vorstellen kann, dann soll er mich bitte für immer in Ruhe lassen.«

Ich schlucke und kann nicht glauben, was ich da höre. Mir war bewusst, dass die beiden immer mal wieder zusammen im Bett landen. Das stört mich auch nicht, sie sind alt genug und können als Singles doch Spaß haben. Ich dachte nur, dass Celine so schlau ist, sich nicht in Ben zu verlieben. Schließlich kennt sie ja seine Art zu leben und vor allem sein Liebesleben.

Celine redet und redet. Sie scheint total in Ben verknallt zu sein, und die Anzeichen dafür fallen mir jetzt wie Schuppen von den Augen. Ich habe mich oft darüber gewundert, wie sie die Augen verdrehte, wenn Ben wieder von einer neuen Flamme erzählte. Sie redete dann schlecht über die andere und versuchte oftmals sogar, sie ihm auszureden. Ich dachte immer, sie wollte damit die andere Frau schützen. Aber nein, es ging um sie selbst.

Ich werde verrückt. Wie konnte das nur passieren? Und wie konnte ich es nicht merken?

»Was sagst du denn dazu?«, fragt sie mich nun.

»Wer mit dem Feuer spielt, muss eigentlich damit rechnen, sich zu verbrennen«, hänge ich den Klugscheißer heraus.

Was soll ich dazu auch sagen? Es ist für mich so unglaublich, dass ich überlege, darauf einen Schnaps zu trinken. Ich weiß nicht mal, warum ich überhaupt darüber nachdenke, denn so was hab ich ja gar nicht im Haus. Trinkt doch kein Mensch – und ich schon gar nicht. Ich kriege ja nicht mal Hustensaft runter. Ouzo ginge aber theoretisch.

Während ich in meine Gedanken versunken bin, redet Celine weiter, aber ich bekomme es nur am Rande mit. Wie oft und von wie vielen verschiedenen Frauen ich mir das schon anhören musste. Immer beklagen die Ladys sich bei mir, wenn es nicht klappt und sie am Ende dann verlieren. Ich mache eigentlich nie einen Hehl daraus, dass Ben der coolste und lustigste Kumpel der Welt ist, jedoch nicht fähig, eine Beziehung zu führen. Und deshalb sage ich zu jeder, dass sie die Beine in die Hand nehmen und laufen, laufen, laufen soll, solange sie es noch kann.

Aber sie können das meistens nicht mehr. So wie jetzt meine beste Freundin Celine. Das Ganze tut mir sehr leid, auch in meinem eigenen Interesse, denn wir hatten so ein tolles Dreierfreundschaftsding, das wir dann wahrscheinlich in Zukunft vergessen können. Mann, wie muss Celine das Herz geblutet haben, als sie dabei zugucken musste, wie Ben in den Kneipen die Mädels anbaggerte. Was kann ein Mensch alles ertragen?

»War Ben das eigentlich bewusst, dass du solche Gefühle für ihn hast?«, frage ich in ihren Redeschwall hinein.

»Nein«, antwortet sie und lässt einen weiteren Schluchzer folgen. »Ich habe das nie zugegeben, bis vor Kurzem jedenfalls, und da war er schon recht überrascht und irritiert.«

Und jetzt hat er doch wieder mit ihr geschlafen, obwohl sie es ihm ausdrücklich untersagt hatte. Ich könnte nun laut auflachen, denn ich stelle mir in Gedanken diese Situation bildlich vor, wie Celine versucht, Ben auf Abstand zu halten, und er es mit seiner fiesen, charmanten Art doch wieder schafft. Mit dem schleimigen Gesäusel, das man von ihm kennt. Damit hat er wirklich Erfolg. Aber er ist auch echt süß dabei.

»Und wie geht es jetzt weiter?«, will ich wissen.

»Der kann mich mal kreuzweise am Allerwertesten lecken und soll einsam und verbittert und am besten ohne Sex leben!«

»Und warum kann er sich keine Beziehung mit dir vorstellen?«, hake ich nach. »Er muss doch irgendwas dazu gesagt haben.«

»Was weiß denn ich? Der Typ ist einfach kindisch, lebensfremd und nicht in der Lage, sich festzulegen«, presst sie hervor. »Er hat durchblicken lassen, dass diese

Bettgeschichten einfach nichts für die Ewigkeit sind. Wenn es mal so angefangen hat, entwickelt sich bei ihm nie mehr. Anscheinend träumt er von einer Jungfrau, die aber die Erfahrung einer Pornodarstellerin hat, die aussieht wie ein Topmodel, sich dessen jedoch nicht bewusst ist, und die dumm genug ist, um nach seiner Pfeife zu tanzen, doch schlau genug, damit es nicht auffällt. So was in der Art hat der Spacken gelabert, ich weiß es nicht mehr genau.«

Ich denke, ich muss mal mit Ben reden. Eigentlich hätten die beiden echt gut zusammengepasst. Sehr schade, das wäre wirklich toll gewesen, auch für mich.

Kapitel 22

»Sie kann überhaupt nicht blasen, Schwesterchen«, erzählt Ben mir allen Ernstes, als ich ihn kurze Zeit später am Telefon habe. »Das ist grausam, und du weißt, wie wichtig mir das ist. Die törnt mich so ab, dass das einfach nicht funktioniert. Wir hatten auch immer nur Sex, wenn wir feiern waren, also unter Alkohol- und Drogeneinfluss. Klar, Celine ist echt ein liebes Mädchen, aber nüchtern würde das niemals klappen. Außerdem riecht sie irgendwie seltsam da unten.«

»Schluss jetzt, Ben!«, stoppe ich ihn.

Oh bitte, lieber Gott, denke ich mir, obwohl ich überhaupt nicht an den glaube, lass bitte niemals einen meiner Ex-Freunde so über mich sprechen oder auch nur denken.

»Du Arsch«, sage ich jetzt, »Celine ist meine beste Freundin. Musst du mir so intime Dinge erzählen? Ich will so was gar nicht wissen.«

»Wieso, du hast mich doch gerade gefragt, warum ich mir keine Beziehung mit Celine vorstellen kann?«, fragt er ganz unschuldig zurück.

»Grrrrrrr, ja, stimmt, aber erzähl mir doch bitte den gleichen Mist wie ihr. Ich komme aus dem Kopfkino jetzt gar nicht mehr raus. Sie ist traurig, verletzt, und ich weiß, dass du ihr bewusst keine Hoffnungen gemacht hast, aber irgendwie hat sie sich doch was erhofft.«

»Mann, sie war bereit für einen Dreier und hat mich damit immer bei Laune gehalten. Sie sagte immer, es gehe ihr nur um Sex. Ich sei ein Idiot, und mit so einem Freak wie mir wolle keine Frau zusammen sein. Das ist doch eindeutig.«

»Ja, eindeutig«, sage ich, »eindeutig verliebt. Aber lass jetzt bitte, bitte endgültig die Finger von ihr. Ich denke auch, es ist besser, wenn ihr euch erst mal nicht mehr trefft.«

Glücklicherweise sieht Ben das genauso. Irgendwie habe ich das Gefühl, dass alles um mich herum kaputtgeht. Was ist nur los? Ich wünsche mir, dass das neue Jahr besser anfängt, als das alte aufhört, denn momentan läuft so gar nichts rund.

Schließlich plaudern wir noch ein wenig. Ich erzähle Ben, dass ich über Weihnachten nach Sankt Peter-Ording fahre und er gern mitkommen kann, da unsere Eltern ja auf hoher See sind. Doch er will lieber in Hamburg bleiben, um diverse Partys abzugrasen. Besonders an Heiligabend sei in einer bestimmten Location immer die Hölle los, berichtet er. Alle Singles gingen nach Mitternacht dahin, und in dieser emotionalen Zeit seien die Frauen sehr leicht zu überzeugen. Er und seine beiden Kollegen hätten jetzt eine klasse Anbaggerstrategie getestet, die echt gut ankam: Sie geben sich als die Sprecher der *Drei Fragezeichen* aus, wenn sie gefragt werden, was sie so machen.

Ich verdrehe nur die Augen. Es kann doch nicht sein, dass eine erwachsene Frau auf so was reinfällt. Aber es scheint zu klappen. Jedenfalls bis zu dem Zeitpunkt, wenn sie die Disco verlassen und es den Frauen, die die Stimmen von Justus, Peter und Bob kennen, auffällt. Doch dann redet er sich ganz charmant heraus, dass er sie gern beeindrucken wollte und ihm das spontan eingefallen sei. Die Mädels finden das angeblich immer ganz lustig und bewundern die Kerle auch noch für ihre Kreativität.

Wahrscheinlich bin ich einfach nur zu alt für so einen Scheiß. Sachen gibt's, die gibt es einfach nicht. Hauptsache, ich werde nie wieder Single und muss mich auch nie mehr in diese verrückte Welt hineinwagen. Bei meinem Glück würde ich auf das echte Klößchen von TKKG stoßen und bekäme den dann nicht mehr los.

Kapitel 23

Endlich Freitag. Über Mittag habe ich noch zwei Trainingstermine im Fitnessstudio. Bereits am Morgen bin ich superangespannt, da ich stündlich mit einem Anruf aus dem Brustzentrum rechne. Ich möchte nur eines: dass es endlich vorbei ist.

Für Akuyi und Basihma habe ich für Mitte nächster Woche einen Termin bei der Tierärztin gemacht. Das wird wieder ein Spaß. Basihma ist eigentlich cool, der Junge jedoch ein reines Nervenbündel.

Ich gehe sehr ungern mit ihm zum Arzt, denn es zerreißt mir das Herz, wenn er so leidet. Er zittert so unglaublich schlimm, dass ich manchmal denke, er fällt gleich tot um vor Angst. Glücklicherweise lässt er alles recht ruhig über sich ergehen, ist kein Beißer oder so. Vielmehr verfällt er in eine Art Schockstarre, durch die man gut an ihm arbeiten kann. Aber es tut mir einfach weh, ihn so zu sehen, und deshalb mache ich das auch nur im Notfall. Wir gehen ohnehin eher selten mit den Hunden zum Arzt. Seitdem ich sie nicht mehr impfen lasse, da ich das Verhältnis zwischen Nutzen und Schaden nicht unbedingt positiv sehe, hatten wir bisher zum Glück kaum Gründe, dort vorstellig zu werden – mit

Ausnahme der regelmäßigen Blutuntersuchung, auf die ich wirklich Wert lege.

Die beiden sind grundimmunisiert, und ich wüsste nicht, was sie sich einfangen könnten, das im Extremfall nicht auch zu behandeln wäre. Außerdem glaube ich, dass die Präparate sehr viel länger wirken als angegeben. Abgesehen davon, wann hatte *ich* überhaupt meine letzte Impfung? Da ich mich überhaupt nicht mehr daran erinnern kann, gehe ich mal davon aus, dass die ewig her ist. Bei den Hunden macht man alles nach Plan und Kalender, doch sich selbst vernachlässigt man ganz selbstverständlich. Schon merkwürdig.

Aber da gehen die Meinungen nun mal auseinander. Jeder soll das tun, was er möchte. Ich persönlich halte nichts von Nervengiften gegen Zecken und Co., sondern bin der Ansicht, dass man sich einfach die Mühe machen sollte, den Hund nach dem Spaziergang abzubürsten. Das Tropfenzeug, das man ihm in den Nacken drückt, belastet ganz bestimmt auch seinen Organismus und nicht nur den der Parasiten.

Doch das muss wie gesagt jeder für sich entscheiden. Der Hund kann das nicht, er muss sich auf seine Besitzer verlassen. Vielleicht bin ich auch zu fahrlässig, aber ich möchte nichts Unnötiges und schon gar nicht Nervengifte in den Organismus der beiden Schätzchen bringen, ohne zu wissen, ob es wirklich Sinn macht oder dem Körper vielleicht eher schadet.

Besonders mit diesen Wurmkuren auf Verdacht kann ich mich nicht anfreunden. Sicher gibt es viele Argumente dafür, doch ich denke, dass auch diese Kuren den

Körper eher belasten, als ihm gutzutun. Ich hatte noch nie einen Hund mit Würmern, daher sehe ich das relativ entspannt. Meine Haltung ist einfach die, dass man die Würmer immer noch bekämpfen kann, wenn sie mal tatsächlich da sein sollten.

Verrückt, wie viele Gedanken man sich um die Tiere macht, während man oft zu sorglos mit dem eigenen Körper umgeht. Ich bin aber selbst auch keine Arztgängerin. Wenn ich krank bin, ja, doch wenn nicht, dann nicht. Vorsorge ist extrem wichtig, und man sollte diese Möglichkeit nutzen, das weiß ich auch. Aber ich sitze einfach nicht gern ohne Grund in Wartezimmern herum.

Für die Hunde schon eher. Wenn Akuyi nicht so ein Schisser wäre, würde ich ganz bestimmt einige Untersuchungen mehr ins Auge fassen – vom jährlichen Herzultraschall bis zum Bauchultraschall, um zu sehen, ob die Organe so weit unauffällig sind. Doch ich will den Kerl nicht so stressen. Auch wenn ich mit mir selbst sorglos umgehe, heißt das nicht, dass ich das mit Schutzbefohlenen genauso handhaben darf. Meine beiden Strichträger können ja nicht selbst entscheiden, und außerdem haben sie eine sehr viel kürzere Lebenserwartung als wir Menschen. Da zählt absolut jedes Jahr.

Bei mir selbst denke ich eher, dass es doch egal ist, ob ich fünfundsiebzig oder fünfundachtzig werde. Neulich habe ich das mal im Beisein meiner Mutter erwähnt. Sie hat total entsetzt reagiert und gemeint, dass ich mal in ihr Alter kommen soll, dann würde ich wohl anders darüber denken. Nun ja, da könnte sie recht haben. Ich glaube, wenn man mal siebzig ist, kommt es auch auf jedes Jahr an, da ist dann schnell vergessen, was man mit vierzig mal dachte.

Ich will die Hunde schnell in den Garten lassen und schalte nebenbei die Kaffeekapselmaschine ein. Essen kann ich irgendwie nichts, ich bin zu nervös. Hoffentlich meldet sich heute überhaupt jemand aus dem Brustzentrum.

Basihma ist bereits draußen und pischert, wie es sich für einen Hund gehört, der mal muss. Akuyi hingegen steht noch fiepend in der offenen Tür. Da das Gras nass ist und ein Hauch von »*es könnte ein wenig regnen*« in der Luft liegt, kriege ich den Bengel nicht raus. Ich schiebe ihn nun von hinten auf die Terrasse, in der Hoffnung, dass er es bis auf die Wiese schafft. Aber das klappt nicht. Zack, ist er wieder drinnen.

Jetzt bleibt mir nur Plan B: Ich füttere draußen. Dann geht er tatsächlich raus, denn die Aussicht auf Fressen ist schon verlockend. Und da ich die Futternäpfe auf dem Rasen platziere, habe ich ihn da, wo ich ihn brauche. Wenn die kleinen Füßchen, die im trockenen Zustand ein wenig nach Popcorn riechen, dann erst mal nass sind, erledigt er auch direkt nach dem Fressen sein Geschäft.

Da es nicht in Strömen gießt, steht Plan B also nichts im Weg. Ich bringe die Näpfe raus, und alles klappt wie erhofft. Ich gucke nun ein bisschen Frühstücksfernsehen, schreibe ein paarmal mit Lukas hin und her und mache mich fertig zum Spaziergang, bevor ich später dann ins Studio muss. Heute habe ich erst ein Gruppentraining und danach noch ein Personal Training mit einem neuen Kunden, dessen Namen ich überhaupt nicht zuordnen kann.

Kapitel 24

Als ich im Fitnessstudio aus meinem Gruppenkurs komme, wartet er schon vorn am Empfang. In meinem Kursbuch stand nur der Name Phillip, und jetzt weiß ich auch, wer sich dahinter verbirgt: der nette Polizist von neulich Nacht. Hoffentlich denkt er, dass mein Kopf vom Training so rot ist. Darauf war ich nun überhaupt nicht vorbereitet, und es ist mir irgendwie auch unangenehm.

Zur Begrüßung lacht er mich an. Wow, was für tolle Zähne. Ich stehe ja so sehr auf schöne Männerhände und -zähne, für mich die intimsten Körperstellen überhaupt.

»Soso«, sage ich ebenfalls lachend. »Ein kostenloses Training lässt man sich wohl nicht entgehen.«

Sein Blick wandert an meinem Körper abwärts, dann zwinkert er mir zu. Das Zwinkern scheint irgendwie eine Marotte von ihm zu sein. »Ich muss sagen, für dein Alter bist du echt gut in Schuss.«

Meine Kinnlade sackt leicht ab. Solche Komplimente kann sich Mann wirklich schenken. Doch ich muss zugeben, in Sportklamotten ist Phillip auch nicht zu verachten. Die Uniform ließ ihn etwas reifer wirken. Wären wir ein Paar, würden wir wohl zur Kategorie Tom Kaulitz und Heidi Klum gehören. Nur bin ich leider weder jetzt noch in einigen Jahren in der Form von Frau Klum.

»Danke für das außerordentlich charmante Kompliment.« Ich trete mit ausgestreckter Hand auf ihn zu. »Aber das entschuldige ich jetzt mal mit deinem jugendlichen Leichtsinn. Ich bin Lilly, wie du sicher weißt. Da ich ja nicht zuletzt dank deines Hinweises die Ältere bin, biete dir hiermit das Du an.«

Er scheint gemerkt zu haben, dass er mit seinem Einstieg nicht direkt punkten konnte, denn er wird spürbar ruhiger. Ich will wissen, ob er den Fragebogen schon ausgefüllt hat. Dort geht es um Angaben, die für eine individuelle Trainingsbetreuung wichtig sind: von den üblichen Informationen wie Adresse, Name, Alter, berufliche Tätigkeitsfelder bis zum Gesundheitszustand und den Trainingszielen. Komischerweise interessieren mich sein Alter und der Familienstand am meisten, warum auch immer.

Da er früh dran ist und ich eigentlich noch Zeit habe, um mich frisch zu machen und auf das Training vorzubereiten, frage ich ihn, ob wir uns kurz im Bistro an einen Tisch setzen und den Bogen zusammen durchgehen wollen. Als ich mich jetzt etwas charmanter gebe, wird er auch wieder lockerer. Langsam reagiere ich echt empfindlicher auf mein Alter. Vielleicht bin ich heute aber auch zu angespannt wegen des Untersuchungsergebnisses, das ich immer noch sehnlichst erwarte.

Schon verrückt, es gibt nicht viele Ergebnisse, die ich bisher bekommen habe. Oder vielmehr, auf die ich so sehr gewartet habe, weil ich wusste, dass sie mein Leben verändern könnten.

Eigentlich waren das bislang nur Prüfungsergebnisse, doch bei denen wäre von ihrer Tragweite nur maximal eine Nachprüfung notwendig geworden. Wenn ich aber heute noch Bescheid bekomme, dass ich Krebs habe, na dann gute Nacht, Marie.

Ich schenke mir ein Glas Wasser ein und setze mich zu Phillip an den Tisch. Wir gehen den Bogen zusammen durch, und als wir bei seinem Alter angelangt sind, bin ich positiv überrascht. Er wird in zwei Wochen achtunddreißig. Wer hätte das gedacht?

»Krass«, stelle ich fest. »Du siehst ja locker zehn Jahre jünger aus.«

Er grinst. »Das höre ich öfter. Ich habe mich aber heute Morgen extra rasiert, das schmeichelt auch noch mal ein paar Jahre runter.«

»Das werde ich nachher auch gleich ausprobieren, wenn ich zu Hause bin«, erwidere ich grinsend.

Dann sprechen wir über seine Trainingsziele.

»Lilly, dein Handy klingelt«, ruft mir Tina, die im Service arbeitet, zu. Ich habe ihr gesagt, dass ich auf einen sehr wichtigen Anruf warten würde und sie mich unbedingt informieren solle, wenn es klingelt und es eine Nummer mit der Vorwahl 040 ist. Es gehe um Leben und Tod, und das ist eigentlich auch nicht übertrieben.

Ich bin wie erstarrt und kann mich gar nicht bewegen.

»Ist alles okay?«, fragt Phillip neben mir, weil ich vermutlich keine Farbe mehr im Gesicht habe. »Geh ruhig ran, das macht mir nichts aus.«

Aber ich bin dazu gerade nicht in der Lage.

In diesem Augenblick ruft Tina auch schon rüber, dass es zu spät sei. Es hätte aufgehört zu klingeln.

Phillip nimmt meine Hand und guckt mir in die Augen. »Lilly, was ist denn los? Kann ich etwas für dich tun? Wollen wir mal kurz an die frische Luft gehen?«

»Ja, frische Luft wäre gut«, antworte ich matt.

Er holt meine Trainingsjacke vom Empfang, und als er zurückkommt, schauen er und Tina sich schulterzuckend an. Mann, ist das peinlich. Was ist denn mit mir los? Ich war doch die ganze Zeit relativ taff, und jetzt stelle ich mich so an. Da habe ich nach so vielen Jahren mal wieder einen Verehrer, und anstatt das zu genießen, benehme ich mich wie ein Psycho. Aber andererseits ist die Situation doch wirklich nicht alltäglich, oder?

Ach, was weiß ich. Zumindest bin ich froh, dass ich jetzt nicht allein bin. Aber eine vertraute Person wie Lukas, Celine, Ben oder meine Mutter wäre mir natürlich lieber. Dann könnte ich mich einfach fallen lassen, wenn ich gleich die Nachricht bekomme – egal, wie sie ausfällt.

Wenn ich nicht sofort zurückrufe, machen die vielleicht schon Wochenende, und ich muss bis Montag auf das Ergebnis warten. Aber das halte ich definitiv nicht aus, ich bin ja jetzt schon ein nervliches Wrack.

»Bringst du bitte mein Handy mit«, rufe ich Philipp zu, woraufhin Tina es ihm in die Hand drückt.

Als er mir meine Jacke und das Smartphone übergibt, fragt er mich, ob er mich lieber allein lassen soll. Mann, sensibel ist er auch noch.

Keine Ahnung warum, doch ich bitte ihn zu bleiben. »Ich weiß, das muss sich seltsam für dich anhören«, sage ich, »doch ich möchte jetzt nicht allein sein. Es geht um ein Laborergebnis, das ich nicht allein ertragen kann, falls es negativ für mich ausfällt.«

Phillip wirkt nun doch etwas hilflos. Aber als Polizist dürfte er ja einiges gewohnt sein, sodass ich ihn damit hoffentlich nicht überfordere.

Ich drücke auf die Rückruftaste, und mein Herz klopft so heftig, dass es mir beinahe aus der Brust herausspringt.

Kapitel 25

»Frau Dr. Rolfes ist gerade ins Untersuchungszimmer gegangen«, erklärt mir die Sprechstundenhilfe am Telefon. »Kann sie zurückrufen?«
»Nun, ich warte auf ein Laborergebnis«, entgegne ich. »Können Sie mir vielleicht Auskunft geben?«
»Tut mir leid, ich bin leider nicht befugt, Ergebnisse bekannt zu geben. Ich denke aber, dass Frau Dr. Rolfes Sie schnellstmöglich zurückrufen wird.«
Natürlich ärgere ich mich jetzt, dass ich vorhin nicht gleich ans Telefon gegangen bin. Trotzdem bedanke ich mich, ehe ich unbefriedigt auflege.
»Was sagt sie?«, will Phillip wissen.
Ich zucke mit den Schultern. »Ich muss auf den Rückruf der Ärztin warten.«
Warten. So wie die letzten Tage auch schon. Das macht mich mittlerweile echt mürbe.
Phillip schlägt vor, ob wir nicht das Personal Training in Form eines Spazierganges machen wollen. So könnten wir gemeinsam auf den Rückruf warten, uns dabei bewegen und unterhalten. Das würde mich auch ein wenig ablenken, und sobald das Telefon klingelt, wäre ich am Start.

Ich finde, das ist eine gute Idee. Das Wetter ist auch ganz passabel, aber wir sollten uns doch ein wenig dicker anziehen. Das Fitnessstudio liegt am Stadtrand, und so kann man hier wirklich schön laufen.

Ich erzähle ihm nun im Schnelldurchlauf, was mich gerade beschäftigt, und er hört einfach nur zu.

»Es tut mir leid, Lilly«, sagt er, nachdem ich geendet habe. »Und da habe ich ausgerechnet heute auch noch diesen Trainingstermin vereinbart.«

»Das konntest du ja nicht wissen.« Ich winke ab. »Eigentlich hätte ich den Termin heute gar nicht annehmen dürfen. Dich da mit reinzuziehen, ist total unprofessionell von mir. Aber ich hatte nicht erwartet, dass mich diese Ungewissheit so aus der Bahn wirft. Es ist schön, dass du so verständnisvoll reagiert hast und dich so nett um mich kümmerst. Das hätte nicht jeder so mitgemacht.«

Und das stimmt auch. Ich habe Kunden, egal ob Frauen oder Männer, besonders die Geschäftsleute, die jede Minute ihres Lebens durchgeplant haben und keine Sekunde davon verschenken würden. Sie hätten bestimmt richtig Theater gemacht, wenn sie nicht auf ihre Kosten gekommen wären.

»Ach was, so ein Spaziergang ist genau das Training, das ich mir nach dieser stressigen Woche gewünscht habe. Endlich ist es mal ruhig, und ich kann die frische Luft genießen«, meint er. »Leider habe ich keinen Hund, das ist mit meinem Beruf nicht vereinbar. Deswegen komme ich selten, nein, eigentlich gar nie dazu, mal bei einem Spaziergang abzuschalten.«

Mir fällt ein, dass er laut Fragebogen ja ledig und kinderlos ist. Das wundert mich wirklich, denn ein Mann in seinem Alter, gut aussehend, beruflich erfolgreich, ein Beamter noch dazu, ist doch auf dem Singlemarkt sicher total begehrt. Und das sage ich ihm dann auch ganz offen. »Außerdem wird doch gemunkelt, dass unter Polizisten und Krankenpflegern im Kollegenkreis so richtig die Post abgeht«, füge ich schelmisch hinzu.

Er lacht. »Das halte ich aber für ein Gerücht. Dort findet man selten was mit Substanz. Eher was für die körperlichen Bedürfnisse, das kann schon mal vorkommen. So für den kleinen Hunger zwischendurch.«

Er erzählt mir, dass er in seinem Leben schon zwei lange Beziehungen hatte, es aber nicht bis zur Ehe schaffte. Die letzte Freundin wollte schon heiraten, doch er fühlte sich nicht bereit dazu. Das ist jetzt auch schon ein wenig her, und irgendwie hat er seitdem keine interessante Frau mehr kennengelernt, es aber auch nicht wirklich darauf angelegt.

Er versuchte zwar ein paarmal, online jemanden kennenzulernen, und für ein paar Abenteuer reichte das auch. Aber zum Teil waren die Dates so furchtbar, dass er die Aussicht darauf, irgendwann doch allein sterben zu müssen, gar nicht mehr als so unerträglich empfand.

Ich muss laut auflachen und bin ihm sehr dankbar, dass er mich damit ablenkt und wirklich aufheitert.

Er meint dann noch, dass er auch überhaupt keinen Zeitdruck habe. »Weißt du, wenn man gar nicht daran denkt, steht vielleicht plötzlich eines Nachts genau die

Frau vor einem, auf die man gewartet hat, und es trifft einen wie der Blitz.«

Ich schlucke, denn ich glaube, jetzt komme ich ins Spiel. Er meint doch ganz bestimmt die Nacht, als wir bei Celine vor der Tür standen. Oh nein, was soll ich denn jetzt antworten?

Soll ich Lukas gleich erwähnen? Doch dann kippt die Stimmung hier ja total. Außerdem genieße ich es wirklich, dass er mich so umgarnt. Ja, mir wird richtig warm ums Herz. Hat das was zu bedeuten, oder ist das Kribbeln in meinem Bauch einfach der Situation geschuldet?

In diesem Augenblick klingelt mein Telefon. Es gibt doch einen Gott, denke ich mir.

Kapitel 26

Mit meinem Smartphone am Ohr stehe ich da, in einem kleinen Wäldchen am Stadtrand von Hamburg, in Jogginganzug und Wintermantel, und mir laufen die Tränen über die Wangen. Ich kann nicht antworten, höre einfach zu, was Dr. Rolfes mir erzählt, nicke ab und an und bemerke nur am Rande, dass Phillip meine freie Hand hält.

Das Gespräch dauert ein paar Minuten. Am Schluss schlucke ich und bedanke mich bei der Ärztin für den Rückruf, ihre Worte und Tipps.

Nachdem ich aufgelegt habe, nimmt Phillip mich in den Arm.

»Es ist ein Fibroadenom«, sage ich noch etwas abwesend.

»Das hört sich nicht gut an«, meint er. »Kann man das operieren?«

»Schon, das ist aber in der Regel nicht notwendig.«

Ich erkläre ihm weiter, dass ich ab jetzt regelmäßig zur Kontrolle gehen sollte. Bei den Untersuchungen wird die Wachstumsgeschwindigkeit des Knotens beurteilt. Wächst er schnell, kann es Sinn machen, ihn zu entfernen, bevor kosmetische Probleme auftreten, wenn sich zum Beispiel die Brustform verändert oder er mich im Alltag stört. Aus medizinischer Sicht ist es eher selten nötig, den Knoten operativ zu entfernen. Auch die Entnahme kann je nach Lage und Größe Formveränderungen der Brust zur Folge haben. Eventuell entstehen dann an anderen Stellen neue Fibroadenome.

»Aber man kann den Krebs doch nicht einfach drin lassen«, wendet Phillip besorgt ein. »Musst du jetzt eine Chemo oder so was machen? Ich kenne mich damit überhaupt nicht aus. Und glaub ja nicht, dass ich dich so einfach kampflos aufgebe, jetzt, wo ich weiß, dass es dich gibt.«

Ich schätze, ich sollte ihn nun dringend aufklären, bevor es für uns beide immer unangenehmer wird. Er macht mir quasi eine kleine Liebeserklärung, weil er denkt, dass ich vielleicht bald sterbe. Oje, ich muss das hier sofort abbrechen.

Noch immer hält er mich im Arm. Er wird doch jetzt nicht versuchen, mich zu küssen? Doch, ich glaube schon. Ich muss meinen Kopf irgendwie von seinem wegdrehen.

»Du hast das falsch verstanden, Phillip«, sage ich schnell, in der Hoffnung, ihn damit von seinem Vorhaben abzubringen. »Ein Fibroadenom ist ein gutartiger Tumor in der Brust. Der Name setzt sich zusammen aus den Worten *Adenom*, also Drüsengewebe, und *Fibrom*, das ist Bindegewebe. Es ist also alles okay.« Jetzt weine ich vor Erleichterung. Unglaublich, was die letzten Tage der Ungewissheit mit mir gemacht haben.

Phillip küsst mich auf die Stirn, drückt mich, und die Muskeln in seinem Gesicht entspannen sich, so sehr scheint er sich zu freuen.

Ich sehe ihn an. »Danke, dass du in diesem wichtigen Moment meines Lebens da warst.«

Die Angst davor, diese Diagnose zu bekommen, die über Leben und Tod entscheidet, war wirklich das Härteste, was ich bisher in meinem Leben durchstehen musste. Und ich hatte gedacht, dass damals das Warten auf die Abinoten, den Ausgang der Führerscheinprüfung oder die Uniergebnisse schon meine größte Herausforderung gewesen sei. Bis heute. Man lernt wirklich nie aus.

Ich glaube, Phillip wird gleich noch mal versuchen, mich zu küssen. Die Story an sich hat ja auch wirklich eins a Liebesfilmqualität. Aber das geht doch nicht. Ich bin glücklich in meiner Beziehung. Na gut, im Moment vielleicht etwas weniger, weil ich allein bin, doch als unglücklich würde ich mich beileibe nicht bezeichnen.

Obwohl gerade mein Lieblingsmonat ist, Weihnachten vor der Tür steht, emotionale Lieder im Radio laufen, ich mich nach Schutz und Geborgenheit sehne und gerade dem Sensenmann den Stinkefinger gezeigt habe, sollte ich einen klaren Kopf behalten. Ich kann aber auch schwer Nein sagen, möchte niemanden verletzen und Phillip nicht bloßstellen, indem ich meinen Kopf wegdrehe. Er hat ja schon tolle Lippen, die Situation ist so romantisch, und es kribbelt überall. Der Gedanke, etwas Verbotenes zu tun, macht mich verrückt.

Und dann tue ich es. Ich drehe den Kopf zur Seite, weil ich es nicht kann. Ich kann mit dem schlechten Gewissen danach nicht umgehen. Und ein Kuss, so schön dieser bestimmt wäre, würde vielleicht alles verändern.

»Philipp.« Ich räuspere mich mehrmals. »Es tut mir wirklich so leid, aber es geht nicht. Ich mag dich und finde dich unwahrscheinlich attraktiv, zudem bin ich emotional gerade ziemlich angeknackst und schutzbedürftig. Aber dein Kampfgegner wäre nicht der Krebs, sondern mein Freund Lukas. Mein Lebensgefährte, das Herrchen meiner wunderbaren Hunde und der Mann, den ich heiraten möchte.«

Er schaut mich verdutzt an und scheint doch sehr peinlich berührt. »Und wo ist dieser Lukas?«, fragt er. »Ich kann ihn hier nirgendwo sehen. Besonders jetzt, wo seine Freundin eine so entscheidende Nachricht bekommen hat.« Er schluckt, und ich merke, dass er mit sich kämpft. »Ist das der Mann, der deine Liebe verdient hat?«

Was soll ich dazu sagen? Seine Worte geben mir zu denken. Klar, er hat natürlich recht, aber es ist auch unfair, denn Lukas weiß ja überhaupt von nichts. Hätte ich ihm von meiner Sorge und dem Knoten erzählt, wäre er bestimmt auch nach Hamburg gekommen, um das mit mir zusammen durchzustehen. Jedenfalls ist das meine Hoffnung. Vielleicht ist es auch der Grund, warum ich es ihm nicht erzählt habe: weil ich Angst hatte, dass er womöglich doch nicht kommt. Keine Ahnung, wie ich damit umgegangen wäre.

»Ich weiß, was du meinst«, beginne ich zögernd, »aber Lukas ist im Moment aus beruflichen Gründen nicht in der Stadt. Und ich habe ihm auch nichts von dieser Brustgeschichte erzählt, damit er sich aus der Ferne keine Sorgen macht. Er hätte in den letzten Tagen ja sowieso nichts tun können.«

Er atmet tief durch. »Nun denn, ich hoffe, dass ich mal eine Frau finde, die sich nichts mehr wünscht, als ihre Sorgen mit mir zu teilen. Ehrlich, ich kann es nicht verstehen, dass du deinen Freund nicht an deinem Leben und deinen Sorgen teilhaben lassen willst. Vielleicht solltest du dir mal Gedanken darüber machen, ob er wirklich der richtige Mann für dich ist.« Er wendet sich ab und entfernt sich ein paar Schritte, bevor er sich noch mal zu mir umdreht. »Ich wünsche dir auf jeden Fall alles Gute für die Zukunft. Ich gebe es zu, ich beneide diesen Lukas, aber ich werde dich ab sofort in Ruhe lassen.«

Dann joggt er davon, und ich blicke ihm noch kurz nach. Langsam wird es dämmrig, und ich muss jetzt zusehen, dass ich wieder zurück ins Studio und dann schnell nach Hause komme. Die Hunde haben Hunger und müssen auch noch mal in den Park.

Reiß dich zusammen, Lilly, ermahne ich mich selbst. Ich habe Verpflichtungen und sollte nicht wie ein Teenager mit fremden Männern im Wald herumstehen. Was habe ich mir überhaupt bei dieser Geschichte gedacht? Wie konnte ich da nur reingeraten? Das Leben ist manchmal aber auch wirklich unmöglich.

Kapitel 27

Bis ich endlich zu Hause ankomme – viel später als eigentlich geplant –, ist es draußen schon finster. Natürlich habe ich vor meinem Weggang kein Licht angemacht, somit sitzen die Hunde im Dunkeln. Ich habe heute Mittag einfach nicht damit gerechnet, dass ich so spät heimkomme.

Die beiden scheinen mir das auch ein wenig übel zu nehmen, auf jeden Fall machen sie einen etwas muckschen Eindruck. Ich gebe ihnen jetzt erst mal ihr Futter, denn dunkel ist es eh schon, da können wir auch später rausgehen. Sie scheinen diese Idee auch super zu finden, denn Basihma steht bereits fordernd in der Küche, während Akuyi mit seinem Kuschellöwen in der Schnauze auf dem Sofa sitzt, in der Hoffnung, Beachtung zu finden. Ich setze mich zu ihm, nehme ihm das Tier aus der Schnauze und drücke meinen Spatz, so fest ich kann.

Ich glaube, mittlerweile bereut er, mich aufs Sofa gelockt zu haben, denn die Abknutscherei ist auch nicht so sein Ding. Er lässt es aber immer brav über sich ergehen. Basihma hasst es regelrecht und geht dann auch einfach oder dreht sich weg, wenn es ihr zu viel wird.

Doch Akuyi muss da jetzt durch. Ich hatte einen beschissenen Tag mit einem glücklichen Ende und brauche jetzt ganz viel Liebe und Zuneigung.

Nach dem großen Fressen gehen wir unsere Runde durch den Stadtpark, was nicht so einfach ist, denn die beiden Sensibelchen, denen ich ihre Leuchthalsbänder angelegt habe, sind nicht gerade für Nachtspaziergänge gemacht.

Irgendwie ist mir das immer ein wenig suspekt. Obwohl ich diese beiden Maschinen neben mir habe, fühle ich mich unwohl im Dunkeln hier im Park. Ich muss sagen, ich vertraue den beiden einfach nicht. Ob mich überhaupt einer von ihnen beschützen würde, wenn es hart auf hart käme, wage ich zu bezweifeln.

Ich erinnere mich an eine Situation in Sankt Peter-Ording im letzten Jahr. Wir verbrachten ein Wochenende an unserem Lieblingsort im Ferienhaus meiner Eltern, da diese zu der Zeit in Göttingen waren. Es war Sonntag, Lukas schlief noch tief und fest, das Wetter war toll, und ich wollte einfach raus. Also machte sich die Karawane bestehend aus Mensch, den beiden Hunden und einer mir selbst diagnostizierten Batrachophobie auf zum Südstrand die Salzwiesen entlang.

Auf dem recht schmalen Strandweg marschierte ich stramm voraus, dann kam lange nichts, denn Basihma und Akuyi schnüffelten, markierten und bummelten ihres Weges. Aber egal, wir hatten Zeit, die Luft war ein Traum, und ich genoss das Gefühl der unendlichen Weite und diese Ruhe, denn es war noch niemand unterwegs.

Meine Batrachophobie habe ich einem traumatischen Ereignis aus der Vergangenheit zu verdanken. Sie kam jetzt quasi direkt aus einem Busch auf mich zu gehüpft. Ein Frosch – vielleicht war es auch eine fiese, hässliche, pockige Kröte, was für mich unterm Strich das Gleiche ist.

Ich kann meine Angst vor solchen Lebewesen gar nicht in Worte fassen. Na ja, es ist eher ein Ekel. Ich bin mir bewusst, dass diese Tiere mich nicht töten können, aber wenn ich einem von ihnen begegne, habe ich diverse Symptome, die für eine Phobie sprechen.

Ich rannte also total erschrocken und schreiend in die Richtung, aus der ich gekommen war, also zurück in Richtung der Hunde. Irgendwie hoffte ich wohl auf den Beistand meiner Löwenjäger – der Ridgeback wird in Afrika neben anderen Aufgaben ja auch zum Jagen von Löwen eingesetzt, was mir nach diesem Erlebnis jedoch mehr als zweifelhaft erscheint. Denn in ihrem Arbeitsvertrag stand scheinbar nicht, mir zur Hilfe zu eilen, die Kröte, die ganz sicher noch mehr Angst hatte als ich, zu stoppen oder sich ihr wagemutig in den Weg zu stellen. Vielleicht war es auch einfach nur unter ihrem Niveau.

Mittlerweile war ich an den Hunden vorbei. Diese verfolgten die Situation völlig verdutzt und brauchten etwas Zeit, um zu realisieren, dass ich wie ein Blitz an ihnen vorbeigerannt war, und um mir schließlich irgendwann zu folgen. Verstanden haben sie es wohl bis heute nicht.

Von außen betrachtet muss das Schauspiel folgendermaßen ausgesehen haben: Eine erwachsene Frau mit einer Leoparden-Tierprinthose und in Flipflops, die zum Rennen ohnehin weniger geeignet sind, läuft schreiend einen schmalen Strandweg entlang, weil sie von zwei großen, kräftigen Hunden gejagt wird. Wäre das tatsächlich der Grund gewesen, hätte es meine Panik wahrscheinlich auch völlig gerechtfertigt. Und falls es überhaupt jemand beobachtet hat, hoffe ich sehr, dass er es dann auch so interpretiert hat. Denn von Weitem konnte eigentlich niemand die vielleicht fünfzig Gramm schwere Kröte – wenn überhaupt – erkennen.

Ich weiß gar nicht, wie lange die Kröte uns hinterhergehüpft war, bevor sie vermutlich lachend zusammenbrach.

Das war ein Spaziergang, den ich niemals vergessen werde. Zudem hätte ich das Drama gern auf Video gehabt. Eine Heldenleistung war das gewiss nicht, aber ich weiß nun wenigstens, auf wen ich mich im Notfall definitiv nicht verlassen kann. Und daher gehe ich auch ungern im Dunkeln im Stadtpark spazieren, denn hier lauern bestimmt größere Gefahren als diese harmlose Kröte.

Auf jeden Fall freue ich mich darauf, nachher Lukas anzurufen und ihm endlich von meiner Woche zu erzählen, obwohl er sicher sauer sein wird, dass ich ihm nichts von dem Knoten und meinen Sorgen erzählt und das mit mir allein ausgemacht habe.

Wie Phillip richtig erkannt hat, sollte man in einer Beziehung miteinander durch dick und dünn gehen. Umgekehrt würde ich mir ja auch wünschen, dass Lukas mich ins Vertrauen zieht, wenn er Sorgen hat.

Andererseits war es im Nachhinein gesehen schon gut so, denn er hätte sich auch nur den Kopf zerbrochen und bei seiner Arbeit eine Woche Zeit verloren, da er ja mit den Gedanken sicher ganz woanders gewesen wäre. Unterm Strich hätte das also niemandem etwas gebracht. Und gehört das nicht auch zu einer Beziehung? Den anderen zu schützen, besonders, da es überhaupt keinen Sinn gemacht hätte, ihn mit ins Boot zu nehmen? Ich finde schon.

Na ja, jedenfalls sind Phillips Worte nachhaltig bei mir im Kopf, und er hat sich irgendwo auch einen Platz in meinem Herzen erobert, warum auch immer. Wenn ich keine Beziehung hätte, wäre er schon ein Kandidat gewesen. Immerhin gefällt er mir ja echt gut, ist gescheit und vernünftig, weiß, was er will – und hat dazu noch so wunderschöne Zähne.

Bei Lukas hat das damals viel länger gedauert. Er hat mich mit seiner Tierliebe, seinem Humor und seiner ganzen Art verzaubert. Ich habe immer geglaubt, dass diese Basis die beständigere ist. Doch wie man sieht, gibt es im Leben immer wieder Situationen, in denen man geprüft wird und sich entscheiden muss. Es wird schon hin und wieder einen Sündenfall geben, der einen herausfordert, aber ob man ihm nachgibt, muss jeder selbst entscheiden. Ich bin froh, dass ich mich nicht darauf eingelassen habe, obwohl Phillips Lippen mich wirklich sehr angezogen haben. Mein Bauch kribbelt jetzt noch wie verrückt, wenn ich nur an diese Situation denke.

Nach vielen Jahren Beziehung gibt es dieses Kribbeln bei mir jedenfalls so nicht mehr, dafür aber viele andere

Vorteile. Man weiß einfach, was man hat. Was man noch bekommt, weiß man dagegen nie. Außerdem gelangt man nach einer gewissen Zeit ja dann auch wieder an diesen Punkt, neu anfangen zu wollen, weil man noch einmal Spannung und Kribbeln spüren möchte.

Damit wären wir wieder beim Thema Heidi Klum, die ich aber nun mal nicht bin. Vielleicht macht sie es doch richtig, indem sie sich ein abwechslungsreiches Leben und vor allem Liebesleben gönnt. Aber auch sie wird nicht jünger. Und es kann nicht alle paar Jahre wieder neu kribbeln – oder doch? Keine Ahnung, ich bin wohl ein Gewohnheitstier. Ich mag es, wenn man einander kennt und sich vertraut, wenn man sich gegenseitig einschätzen kann, zusammen etwas aufbauen kann und weiß, was man am anderen hat. Vielleicht bin ich auch einfach zu wenig abenteuerlustig.

Wie auch immer, ich freue mich jetzt auf die Stimme meines Mannes. Auch wenn Lukas mir noch keinen Heiratsantrag gemacht hat, ist er der Mann, mit dem ich alt werden möchte. Und nach meiner moralischen Auffassung von Zusammengehörigkeit muss ich mich dafür von allen Phillips dieser Welt fernhalten.

Kapitel 28

Nach dem Spaziergang gönne ich mir ein ausgiebiges Bad. Ich liebe diese halbe Stunde wohliger Entspannung einfach. Danach gieße ich mir ein Glas Wein ein, obwohl ich gar nicht so gern Alkohol trinke, ihn auch nicht gut vertrage und meinem Motto »*keine Kalorien aus Getränken*« sehr diszipliniert nachgehe. Trotz allem ist mir heute danach.

Ben hatte ja neulich eine Flasche Wein mitgebracht, die noch immer hier herumstand. Im Fernsehen wird auch immer ein Glas Wein, Cognac oder so was in der Art getrunken, wenn die Leute nach einem anstrengenden Tag nach Hause kommen. Da das Fernsehen nicht lügt, muss das ja schick sein, also mache ich es jetzt auch mal so.

Lukas schrieb mir vorhin, dass er mich anrufen wird, sobald er aus der Uni zurück ist. Er hat heute eine Gruppe Studenten zu Besuch, eine Art Sprechstunde, und das kann sich rauszögern. Außerdem ist er diese Woche nur übers Handy erreichbar, nicht in seiner Pension, aber das erzählt er mir dann später. Also macht es gar keinen Sinn, wenn ich dort anrufe. Trotzdem überlege ich gerade, es doch mal bei ihm zu versuchen, denn ich halte es nicht mehr aus und muss nun einfach seine Stimme hören – auch, um Phillip endlich aus meinem Kopf zu bekommen.

Ich scrolle seine Nummer in meinen Kontakten und wähle sie an, achte allerdings nicht darauf, dass es die Nummer seines Pensionszimmers ist, denn die habe ich unter den Favoriten gespeichert. Ich denke auch gar nicht mehr daran, dass ich ihn ja auf dem Handy anrufen soll. Der Empfang übers Handy ist oftmals nicht so sauber, deshalb telefonieren wir abends eigentlich immer über das Festnetz. Sein Handy hat er tagsüber sowieso immer auf lautlos gestellt, aber für WhatsApp und Hundefotos, die er täglich haben möchte, ist es unabkömmlich.

Es klingelt, und ich bin ein bisschen aufgeregt. Das hatte ich lange nicht, doch ich muss zugeben, es tut sogar richtig gut. Ganz bestimmt ist das der Sache mit Phillip geschuldet. Irgendwie habe ich Lukas gegenüber ein schlechtes Gewissen. Es fühlt sich ein wenig so an, als hätte ich mit meiner leichten Schwärmerei und dem klitzekleinen, minikurzen Gedanken, nachzugeben und Phillip zu küssen, Lukas betrogen. Aber eigentlich kann ich – und besonders auch Lukas – stolz auf mich sein, denn ich habe mich dagegen entschieden. Mein Kopf hat die Sache geregelt, obwohl mein Körper laut Ja geschrien hatte. Was bin ich doch für eine treue Seele.

»Ja bitte?«, fragt eine Frauenstimme am anderen Ende der Leitung.

Heilige Scheiße, wer ist das?

Ich antworte nicht, denn ich bin total schockiert. Sie fragt noch ein paarmal, wer dran ist, ehe ich vor Schreck auflege.

Wer war das? Warum geht eine Frau in Lukas' Zimmer ans Telefon? Hatte ich mich vielleicht verwählt?

Doch Letzteres kann ja eigentlich nicht sein. Die Nummer ist eingespeichert, und ich habe sie wochenlang angerufen. Es ist definitiv der Anschluss in Lukas' Pensionszimmer.

Innerhalb von Sekunden bricht meine Welt zusammen. Vor meinem inneren Auge kreiere ich mir sofort eine sexy Studentin, Kollegin oder was auch immer zu dieser hübschen Stimme. Ja, sie hat sich echt sehr schön angehört. Ich bin nämlich auch ein kleiner Stimmenfetischist und denke, ich kann es wirklich beurteilen, wenn eine Stimme gut klingt.

Das kann doch nicht sein, dass Lukas mich betrügt. Bitte nicht! Ich hatte das vor Lukas schon einmal und finde, es wäre unfair, wenn mich dieses Schicksal zum zweiten Mal träfe.

Da klingelt auch schon mein Handy, und das Profilbild mit seiner blöden Fresse leuchtet auf. Wahrscheinlich kam er gerade aus der Dusche, wo er seinen kleinen Lukas gereinigt hat, und jetzt ist er sauer auf seine Affäre, weil sie ans Telefon gegangen ist. Wer sollte sonst auch bei ihm anrufen? Das konnte ja nur seine kleine, dumme, naive Freundin aus Hamburg sein.

Wahrscheinlich ist so eine schlaue Ärztin oder *Irgendwann-mal*-Ärztin mit dieser sexy Stimme doch attraktiver als die kleine Sportmaus, die gut genug ist, um ihm den

Rücken freizuhalten und sich zu Hause um seine Hunde und den fucking Papierkram zu kümmern, während Monsieur seiner Karriere und seinen Trieben nachgeht.

Unser letzter Sex, bevor Lukas nach Heidelberg abhaute, war nun auch alles andere als romantisch, obwohl ich mir eigentlich viel Mühe gegeben hatte, damit er ihn auch in Erinnerung behält. Ich hatte ganz viele Kerzen angezündet, auf dem Fernseher im Schlafzimmer Kaminfeuer über YouTube laufen lassen, Massageöl ans Bett gestellt und mir, was eigentlich gar nicht mein Ding ist, transparente Unterwäsche angezogen, um es spannender zu machen. Das Ganze sollte Lukas ja nachhaltig in Erinnerung bleiben, damit er mich nicht so schnell vergisst.

Sein Kommentar darauf war nur, er nehme an, dass es hier eine längere Sache werden soll, was er schon toll finde. Er glaube aber nicht, dass Akuyi es drüben im Wohnzimmer lange mitmacht, ohne zu jaulen oder an der Tür zu kratzen.

Damals mussten wir beide über seine Bemerkung lachen, denn er hatte natürlich recht. Es dauerte keine fünf Minuten, bis der Hund im Wohnzimmer anfing, mit der Pfote gegen die Tür zu kratzen. Ich ging dann einmal rüber, um mit ihm zu schimpfen und ihn zurück aufs Sofa zu schicken. Das klappte eigentlich auch ganz gut, doch die Stimmung war natürlich dahin.

Der Sex war dann wie immer, ohne viel Schnickschnack, aber effektiv. Anscheinend reicht Lukas das auf die Dauer doch nicht. Andererseits hatten wir die Entscheidung, mit den Hunden im Bett zu schlafen, gemeinsam getroffen, deswegen darf sie nun nicht mir allein zum Verhängnis werden.

Natürlich gehe ich nicht ans Telefon, denn ich habe ihm nichts, aber auch gar nichts zu sagen. Ich muss diese Neuigkeit erst mal verdauen und mir überlegen, wie ich damit umgehe. Da war ich vor ein paar Minuten noch glücklich, dass der Tag heute so ein gutes Ende genommen hat, und nun gibt's doch noch einen Schlag ins Gesicht.

Nachdem Lukas aufgelegt hat, kommt eine Nachricht von ihm, dass er nun erreichbar sei und ich mich auf seinem Handy zurückmelden solle, da ich ihn ja zurzeit über das Festnetz nicht erreichen könne. Er würde mich total lieben und vermissen. Es folgen noch ein paar Kuss-Emojis, die er sich ganz schnell tief hinten reinschieben kann. Aber so was von. Da sieht man mal wieder: Selbst die Typen, denen man so etwas nie zutrauen würde, sind unberechenbar.

Klar, auf dem Smartphone zu telefonieren, ist natürlich praktischer, denn so kann er mit mir quasi vor die Tür gehen, während Madame es sich weiter in seinem Zimmer gemütlich macht.

Kapitel 29

Ich bin so was von böse, verletzt, enttäuscht und wütend, dass ich noch nicht mal weinen kann. Aber ich muss darüber reden. Also nehme ich mein Handy und rufe Celine an.

Sie meldet sich auch relativ schnell, sagt allerdings nur, sie sei auf dem Nachhauseweg und sowieso in meiner Nähe, also werde sie bei mir vorbeischauen. Mich lässt sie gar nicht großartig zu Wort kommen.

Das beruhigt mich ungemein, und ich bin total froh, dass ich gleich nicht mehr allein sein muss mit meinen Gedanken. Ich habe mich zwar schon ausgiebig bei den Hunden über ihr Herrchen ausgelassen, aber die Resonanz war recht unspektakulär. Basihma hatte nur ein gelangweiltes Gähnen für mich übrig, und Akuyi stand vor mir und wedelte mit dem Schwanz, sobald ich das Wort *Herrchen* erwähnte. Ich sagte ihm dann noch, dass sein Herrchen anscheinend in Heidelberg auch mit dem Schwanz wedelt, was für uns bedeutet, dass unser Leben nun im Arsch ist und wir wohl ausziehen müssen.

In Hamburg ist es ja bekannterweise völlig problemlos, eine Wohnung zu finden, noch dazu mit zwei großen Hunden, denke ich mir ironisch. Ich bin jedoch absolut der Meinung, dass Lukas überhaupt kein Recht auf die Hunde hat, schließlich ist er ja für die Trennung verantwortlich. Ich setze mich zu den Hunden aufs Sofa und versichere Akuyi, dass er natürlich mit uns kommt, auch wenn er streng genommen Lukas gehört. Uns drei reißt aber niemand auseinander, schon gar nicht so ein hinterfotziger, egoistischer, blöder Mistkerl.

Als Antwort leckt Akuyi mir über das Gesicht, und prompt laufen mir die Tränen über die Wangen. Doch das motiviert ihn nur noch mehr zu lecken, denn salzige Tränen scheinen ihm ganz wunderbar zu schmecken. In den letzten Wochen habe ich sicher so viel geheult wie in den ganzen fünf Jahren zuvor nicht.

Da klingelt es auch schon an der Tür, und Celine steht fröhlich lächelnd draußen, mit zwei Pizzen und einer Flasche Sekt bewaffnet.

»Tataaa«, ruft sie und schwenkt die Sektflasche, »ich dachte, wir machen es uns schön. Denn die Nachricht, dass deine Brust zwar nun für immer einen Mitbewohner hat, der sich aber völlig unauffällig verhält, hat mir heute den Arbeitstag gerettet. Ich finde, das sollte gefeiert werden.« Dann drückt sie mich leicht an sich, so gut das mit den Pizzakartons und der Flasche eben möglich ist, und küsst mich auf die Wange.

Stimmt, ich habe ihr ja heute Nachmittag auf ihre Nachricht hin, ob ich was vom Brustzentrum gehört hätte, eine Sprachnachricht geschickt. Diese Information ist erst ein paar Stunden alt, aber schon wieder so was von abgelegt. Es ist wirklich erschreckend, wie schnell man wieder ins normale Leben übergeht. Irgendwie habe ich die Diagnose bereits als erledigt abgeschrieben, was mir eigentlich zu denken geben sollte. Heute Mittag war ich noch ein Nervenbündel voller Angst vor Krebs, und jetzt ist schon wieder alles normal.

Nachdem Celine die Pizzakartons und die Sektflasche in der Küche abgestellt hat, mustert sie mich skeptisch. Natürlich fällt ihr gleich auf, dass ich geweint habe, und sie nimmt mich in den Arm. Wahrscheinlich denkt sie, dass es mit dem Knoten zu tun hat.

»Was hat denn Lukas dazu gesagt?«, will sie wissen.

»Na ja«, antworte ich und muss ein paarmal tief durchatmen, ehe ich weitersprechen kann. »Vorhin wollte ich es ihm erzählen und habe in seiner Pension angerufen. Doch ich hatte leider nicht ihn, sondern eine Frau am Hörer, die sich weder nach einer Raumpflegerin noch nach einer Servicekraft anhörte und dazu eine supersexy Stimme hatte.«

»Was?«, fragt sie mich entgeistert. »Wer könnte denn das gewesen sein?«

Ja, ja, Celine ist an Naivität manchmal nicht zu übertreffen.

»Meinst du das wirklich ernst?« Ich grinse sie an. »Wer soll das gewesen sein? Irgendeine Kuh, mit der er mich betrügt. Wahrscheinlich ist er wegen ihr überhaupt nach Heidelberg gegangen. Vielleicht will er ein wenig austesten, ob er sich von mir trennt, ist sich aber nicht sicher und daher erst mal auf Probe dort. Und ja, vielleicht hätte ich doch mehr Rollenspiele mit ihm machen, mir heiße Unterwäsche anziehen und beim Sex schmutzige Dinge sagen sollen. Aber ich bin nicht wie du.«

Jetzt lacht Celine mich tatsächlich aus. »Vielleicht wäre es ein Anfang gewesen, die Hunde nicht im Schlafzimmer schlafen zu lassen«, überlegt sie, und ich warte darauf, dass sie noch hinzufügt: *Ich habe es ja gewusst.* Doch sie tut es nicht, sondern zwinkert mir stattdessen zu, sodass ihre Worte nicht mehr ganz so altklug wirken. »Aber das ist total albern. Für ein gutes Sexleben sind immer beide Parteien verantwortlich. Lukas hat sich doch nie beschwert, oder?«

»Nein«, antworte ich voller Überzeugung.

»Na, siehst du. Das wäre ja eigentlich der erste Schritt gewesen. Ihr seid außerdem nicht verheiratet, habt keine Kinder, kein gemeinsames Vermögen. Es gibt also keinen Grund, weshalb er über einen solchen Schritt lange nachdenken müsste. Er ist mit dir zusammen, weil er es will, und nicht, weil er es muss. Wenn er eine andere Frau hätte, in die er verliebt ist, könnte er sich ohne viel Theater von dir trennen. Außerdem reden wir hier von Lukas! Aber seltsam ist das schon«, meint sie nachdenklich. »Klar, Lukas ist ein Mann, und da ist eine Liebschaft auf rein sexueller Basis natürlich nicht auszuschließen. Wobei ich mir das bei ihm allerdings überhaupt nicht vorstellen kann. Außerdem liebt er euch, ist viel zu beschäftigt und zu verliebt in seinen Beruf und seine Forschung, als dass er sich nebenbei so ein Betthäschen anlachen würde, für das er doch gar keine Zeit hat.« Sie hört sich jetzt an, als würde sie mit sich selbst diskutieren. »Weißt du was? Gib mir mal das Telefon, ich rufe da jetzt noch mal an und frage nach Lukas.«

Gesagt, getan. Ohne dass ich lange überlegen kann, nimmt sie mein Telefon, schaltet den Lautsprecher an und wählt die im Speicher hinterlegte Nummer von Lukas' Pensionszimmer.

Tatsächlich nimmt wieder dieselbe Frau den Anruf entgegen. Sie meldet sich nur mit »Ja, bitte?«, ohne ihren Namen zu nennen.

Celine scheint überrascht, denn aus ihren ersten Worten ist ein leichtes Stottern zu hören. »Ah, entschuldigen Sie bitte die Störung, Meyer von der Rezeption hier. Ich habe eine Nachricht für Herrn Schröder. Ist er kurz zu sprechen?«

»Leider nein, er ist nicht da, ich kann ihm aber gern etwas ausrichten.« Ihrer Stimme nach zu urteilen, macht sie einen etwas ertappten Eindruck, zumindest bilde ich mir das ein.

»Nein, das ist nicht nötig, das hat Zeit. Einen schönen Abend noch«, antwortet Celine.

»Meyer«, sage ich mit einem leichten Kopfschütteln, nachdem sie aufgelegt hat. »Im Ernst, Celine, auffälliger geht's wohl kaum.«

»Mann, mir ist auf die Schnelle kein anderer Name eingefallen. Jedenfalls ist das Ganze reichlich merkwürdig. Was willst du denn jetzt machen? Ihn auf dem Handy anrufen?«

Als ob ich das wüsste. Ich bin so überrascht und vor den Kopf gestoßen, dass ich überhaupt keinen Plan habe, wie ich mit der Sache umgehen soll.

»Ach übrigens«, ihr Blick wandert zu den beiden Pizzakartons auf der Arbeitsplatte, »stört es dich, wenn ich jetzt meine Pizza esse? Ich habe den ganzen Tag nichts in den Magen bekommen, da bei der Arbeit so viel zu tun war. Ich kann verstehen, wenn du nichts runterkriegst, aber die Pizza riecht nun mal so gut und kann ja wirklich nichts dafür.«

Wenn ich es mir so überlege, hat sie eigentlich recht. Ganz sicher werde ich mir dieses köstliche Teil nicht entgehen lassen. Es hat noch nie geschadet, sich Ersatzbefriedigung durch leckere Lebensmittel zu verschaffen, zumal ich nun sowieso nichts mehr zu verlieren habe. Mein Magen hängt auch in den Kniekehlen, und ohne Kohlenhydrate lässt es sich nicht gut denken.

»Klar, kein Problem«, antworte ich. »Ich lege am besten die beiden Dinger noch mal kurz in den Ofen. Die sind inzwischen bestimmt schon kalt.«

Während ich die Pizzas auf zwei Backbleche lege, öffnet Celine die Sektflasche und schenkt uns ein. Wir prosten uns zu und trinken auf meine Gesundheit, die ja doch das Wichtigste ist, was man hat. Das positive Ergebnis, das ich heute bekommen habe, darf auf keinen Fall zu kurz kommen. Über meine Beziehung kann ich mir immer noch Gedanken machen. Jetzt lasse ich meine Probleme erst mal schwimmen und schalte mein Handy aus.

Kapitel 30

Nachdem wir gegessen und dabei die ganze Situation noch mal durchgesponnen haben, sind wir mittlerweile gut beschwipst und stellen fest, dass wir in unserem Leben keine Männer brauchen. Wir haben uns – und die Hunde, von denen der eine schnarchend, der andere hechelnd auf dem Sofa liegt.

Ich gebe Akuyi Kokosmilch mit Wasser gemischt, in der Hoffnung, dass dadurch das Hecheln aufhört. Was bin ich froh, dass wir nächste Woche einen Termin beim Tierarzt haben. Nachdem er getrunken hat und noch mal im Garten war, ist er endlich tief eingeschlafen, und so schlägt Celine vor, ob wir noch auf dem Kiez weiterfeiern wollen. Die Hunde sind sowieso müde, und mein Untersuchungsergebnis lädt doch ideal zum Feiern ein. Sie meint, wir sollten endlich Ben und Lukas vergessen und mal zeigen, was in uns steckt. Inzwischen sind wir dabei, den Ouzo, der ja noch von einem der letzten Gyrosabende im Gefrierschrank lag, runterzukippen, und ich muss zugeben, ich bin wirklich gut drauf, trotz allem, was heute passiert ist.

Ich erzähle Celine von Phillip. Dass ich mir in den Allerwertesten beißen könnte, weil ich mich nicht von ihm küssen ließ. Ich war so kurz davor und habe verzichtet – aus Respekt vor Lukas und aus Angst vor dem Danach.

Und wofür? Dafür, dass mein toller Freund nun in Heidelberg nach Brustkrebs sucht, indem er das Abtasten bei irgendeiner Bitch übt. Da ich in den letzten Tagen aber einfach zu emotional war und für meine Verhältnisse genug geheult habe, sind bei mir momentan keine Tränen mehr übrig.

Ja, ich verspüre schon Sehnsucht nach Phillip. Vor allem, wenn ich an sein hübsches Lächeln und an seinen tollen Duft denke. Mann, er hat aber auch gut gerochen, was mir im Nachhinein erst so richtig bewusst wird. Es wäre schön, ihn heute noch zu treffen.

Celine meint, ich soll ihn doch antippern, ob er auch kommen mag und noch einen netten Polizeikumpel mitbringen kann. Ehrlich gesagt habe ich aber gar keine Ahnung, wie ich ihn erreichen kann. Ich habe keine Nummer von ihm, und bei Facebook ist er nicht, das habe ich schon gecheckt.

Celine verdreht die Augen. »Das kann ja nicht wahr sein. Als seine Personal Trainerin musst du doch seine Kontaktdaten haben.«

»Jaaaa, genau, das ist es«, antworte ich vielleicht ein wenig zu freudig. »Du bist spitze, Celine!«

Stimmt, ich bekomme ja die Termine der Kurse und der angefragten Personal Trainings immer per E-Mail, um im Notfall Alternativtermine direkt mit den Mitgliedern absprechen zu können. Da sollten seine Kontaktdaten doch hinterlegt sein.

Ich durchsuche die letzten Nachrichten in meinem E-Mail-Postfach und finde tatsächlich die ersehnte Mail mit seiner Handynummer. Da ich mein Handy wegen Lukas ausgeschaltet habe, speichert Celine Phillips Nummer bei sich, und wir ergötzen uns an seinem WhatsApp-Profilbild. Ja, das ist er. Schön wie eh und je. Wir kommen aus dem Schwärmen gar nicht mehr heraus.

Das treibt mich noch mehr an, und obwohl ich weiß, dass es total falsch ist und so gar nicht meine Art, schicke ich ihm über Celines Handy eine Nachricht. Eigentlich ist das doch eher die Art und Weise, wie ein Mann mit solch einer Enttäuschung umgeht. Auch wenn ich es morgen bestimmt bereuen werde, schreibe ich ihm, dass ich mich jetzt auf zum Kiez mache, mit Celine in einer der Tanzkneipen einkehre und mich freuen würde, ihn zu sehen.

Zack – gesendet und ein schlechtes Gewissen. Erwartet er jetzt was von mir? Und was will ich überhaupt? Ich möchte ihn sehen, angehimmelt und begehrt werden. Und das alles auf seine Kosten. Ich Oberarsch.

Wir machen uns nun fertig, soweit es überhaupt möglich ist, denn Akuyi steht fiepend mit im Badezimmer, und mein Herz wird wieder mal ganz schwer. Immer dieses Theater. Sobald ich weggehen möchte, fängt dieser Hund an, zu weinen und mir ein schlechtes Gewissen zu machen. Wie kann man sich da überhaupt noch aufs Ausgehen freuen?

Ich bin aber zu angeheitert und muss hier raus. Die Hunde müssen heute mit Alexa, dem Internetradio, auskommen. Ich suche ihnen noch einen schönen Sender raus und schalte ein warmes Licht ein, mit dem sie sich hoffentlich etwas geborgen fühlen. Hätte ich Phillip nicht geschrieben, würde ich zu Hause bleiben. Meine Stimmung ist kurz davor zu kippen.

Celine spricht mit Akuyi, dass Muddi jetzt mal abgelenkt werden müsse. Er solle zu seiner treuen Basihma aufs Sofa krabbeln und von etwas Schönem träumen, bis ich wieder da bin.

Seltsamerweise macht er das sogar. Er geht zu Basihma und legt sich neben sie, woraufhin sie ihn kurz anbrummt. Doch er kennt das ja und legt trotzdem seinen Kopf auf ihren Hintern. Dann beobachtet er uns weiter.

Von dem Herrn Polizisten gab es bisher keine Antwort, aber da die beiden Häkchen neben der Nachricht inzwischen blau geworden sind, muss er sie gelesen haben.

Da fällt mir ein, dass ich ja mit Celines Handy geschrieben habe. Mein Handy bleibt definitiv aus, denn ich will nicht riskieren, dass Lukas mir noch eine Nachricht schreibt, mich anruft oder mir auf andere Weise den Abend versauen kann. Celines Profilbild sagt Phillip natürlich überhaupt nichts, und ich habe ja auch keinen Namen unter die Nachricht gesetzt. Oje, so viel zum Thema betrunkene, nicht denkende Frauen ...

Während wir auf das bestellte Taxi warten, ergänze ich die Nachricht durch meinen Namen und den Hinweis, dass dies das Handy einer Freundin sei.

Phillip antwortet jetzt sofort und schreibt, dass er damit nun gar nicht mehr gerechnet habe und ein bisschen herumtelefonieren würde, ob er einen Kumpel findet, der mitkommt. Er könne es aber nicht versprechen. Sollte er uns nicht finden, würde er auf diese Nummer schreiben.

Mein Herz klopft, und ich bin richtig aufgeregt. Mann, wie lange ist es her, dass ich überhaupt ein Date hatte, und dann noch eins, das solch ein Kribbeln in mir verursacht.

Gerade als wir den letzten Ouzo hinunterkippen, läutet der Taxifahrer. Auf geht's in einen Partyabend, den ich in dieser Form unter solch seltsamen Umständen noch nie erlebt habe.

Kapitel 31

Als wir am Hans-Albers-Platz ankommen, regnet es, und wir quetschen uns direkt in die erste Kneipe. Es wird schon auf Tischen und Stühlen getanzt, und die Theke ist voll belegt. Man versteht sein eigenes Wort nicht. Aber egal, ich will einfach nur abschalten, gute Musik hören und mal an nichts denken. Doch wie das so ist, natürlich klappt das nicht so, wie ich es mir vorstelle.

Celine stellt sich schnell an der Theke an, damit wir erst gar nicht von unserem Alkoholpegel runterkommen. Mittlerweile merke ich aber, dass mir die ganze Aufregung, das schnelle Trinken, der Ouzo und dann auch noch die frische Luft nicht wirklich gut bekommen sind. Zudem habe ich Ohrenrauschen, was ich auf die laute Musik schiebe, doch den leichten Schwindel und die Übelkeit, die sich nun großflächig in meinem Körper breitmacht, kann ich nicht wirklich verdrängen.

Ich will noch mal raus ins Freie, sage deshalb kurz Celine Bescheid und schiebe mich dann an der Menschenmenge vorbei nach draußen.

Meine Güte, wo kommen die denn alle her? Und wo wollen die hin? Es muss doch einen Einlassstopp geben. Die Bude platzt bald aus allen Nähten.

Kurz vor der Eingangstür entdecke ich ihn. Phillip. Er schaut mich an und grinst verschmitzt. Bestimmt sehe ich furchtbar aus. Meine Haare sind nass, keine Ahnung, ob meine Mascara verlaufen ist, und mein Blick dürfte für mein Gefühl nicht mehr der Geradlinigste sein.

»Suchst du mich?«, fragt er mit einem charmanten Lächeln, als ich auf ihn zugehe.

»Na ja«, antworte ich, »irgendwie geht es mir nicht gut, und ich möchte noch mal kurz an die frische Luft.«

In diesem Augenblick taucht Celine schon mit zwei Gläsern Sekt neben mir auf und drückt mir eines davon in die Hand. Sie hebt ihr Glas. »Prost. Auf dich, Lilly. Besonders auf deine Gesundheit.«

Wir prosten uns zu, trinken einen Schluck, und ich mache Celine mit Phillip bekannt. Sie ist ganz verzückt, das sehe ich sofort, denn dafür kenne ich sie zu gut. Auch Phillip scheint das nicht zu entgehen. Er lacht sie an, nimmt mir dabei mein Sektglas aus der Hand, prostet Celine zu, und die beiden stoßen an.

»Bist du allein hier?«, frage ich ihn.

Er nickt. »Vielleicht kommt später noch ein Kumpel vorbei, sonst war auf die Schnelle niemand aufzutreiben. Ich traue mir aber durchaus zu, zwei Mädels durch die Nacht zu geleiten, auch wenn es bei solchen Prachtexemplaren nicht einfach für mich wird.« Er lächelt uns zu, und wir hängen an seinen Lippen. »Also ab zur Theke, die kommende Runde geht auf mich. Ich brauche ein Bier, das Brausewasser kann ich nicht trinken.«

Celine hakt sich bei mir unter, und wir folgen Phillip in etwas Abstand zum Tresen. Sie ist so angeknipst, dass ich es kaum fassen kann. »Das wäre wahrscheinlich der perfekte Typ für dich«, raunt sie mir ins Ohr. »Ich kann verstehen, dass du ihn ganz toll findest. Übertreib es aber nicht, denn er kann einer Frau wirklich gefährlich werden. Und bevor das mit Lukas nicht geklärt ist, solltest du aufpassen. Nicht dass du dich verbrennst.«

Was für ein kranker Mist. »Du bist doch nur selbst scharf auf ihn und willst ihn mir deshalb ausreden«, antworte ich grinsend.

Sie zwinkert mir zu. »Nun, ich wäre nicht böse, wenn sich bei Lukas und dir alles zum Positiven wendet. Um Phillip brauchst du dir dann jedenfalls keine Sorgen zu machen. Ich werde mich bestens um ihn kümmern«, sagt sie lachend. Also, sollten sie und Phillip jemals zusammen Kinder kriegen, würden die die schönsten Zähne der Welt bekommen, so viel steht fest.

Nachdem Phillip uns eine Flasche Sekt mit zwei Gläsern bestellt hat und für sich selbst ein großes Bier, trinken wir und unterhalten uns wirklich gut.

»Schön, dass du dich noch mal gemeldet hast«, sagt Phillip zu mir, »damit habe ich echt nicht mehr gerechnet.« Dann wendet er sich Celine zu. »Und du bist doch die Freundin, die neulich nach einem Internetdate vermisst wurde, oder? Da habe ich dich ja nur kurz gesehen, als du in die Büsche gekotzt hast.«

Bei dem Wort *gekotzt* steigt ein saurer Geschmack meinen Hals hoch. Mir bleibt jetzt nur eines: nichts wie raus zur Toilette, um mich zu übergeben. Ich drängle mich an allen vorbei, schaffe es gerade noch aufs Klo, und es schießt sofort wie Lava aus mir raus. Ich hasse das. Keine Ahnung, wie lange das letzte Mal schon her ist, aber warum muss es mich ausgerechnet heute Abend treffen? Der Anisgeschmack des Ouzos im Rachen macht es aber deutlich erträglicher. Nichtsdestotrotz lässt mir der Druck des Würgens die Tränen in die Augen und einen fiesen Schmerz in den Kopf schießen. Ich wusste doch, dass ich nichts vertrage.

Da kommt Celine rein und will wissen, was los ist. Ich habe es vorhin nicht mehr geschafft, die Tür abzuschließen. Sie mustert mich und meint, dass ich furchtbar aussähe und wir wohl besser nach Hause fahren sollten.

Ich schüttele vorsichtig den Kopf. »Nein, das war auf keinen Fall der Sinn dieses Abends. Ich werde durch den Ausgang an der Tanzfläche rausgehen, mir ein Taxi nehmen und heimfahren. Kümmere du dich bitte um Phillip und hab einen schönen Abend.« Er soll mich jetzt so nicht sehen, aber es geht gar nicht, ihm einfach zu sagen: Das war's für heute Abend, danke für die Zeit, den Sekt, aber du kannst jetzt wieder gehen. Da würde ich mich in Grund und Boden schämen. Dann soll sich lieber Celine um ihn kümmern, auch wenn es damit vorbei ist mit meinem Flirt.

Celine fragt noch ein paarmal, ob das wirklich okay für mich sei, und ich bestätige es ebenso oft. Ich bin jetzt auch nicht in der Lage, an irgendwas zu denken, das mit erotischen Gedanken zu tun hätte. Daher soll sie ruhig vom Kuchen naschen, aber nicht traurig sein, wenn er nicht drauf eingeht. Sie hat dann gegen die Beste verloren und muss es akzeptieren. Während ich noch mal in den Spiegel gucke, muss ich über den Gedanken selbst schmunzeln.

Das Lokal ist in zwei Ebenen geteilt. Im oberen Teil ist eine Art Kneipe mit einer großen Bar, an der Phillip auf uns wartet. Unten bei den Toiletten befinden sich die Tanzfläche und eine kleine Theke. Außerdem ist dort ein Nebeneingang, der eigentlich ständig geöffnet ist, damit Luft reinkommt. In der kleinen Bude wird es nämlich immer so bullig heiß. Da werde ich mich rausstehlen.

Ich küsse Celine auf die Wange. »Also, grüß Phillip von mir und entschuldige dich in meinem Namen bei ihm. Hab einen schönen Abend, Schätzchen, und schnapp ihn dir, wenn er Interesse hat. Du brauchst keine Rücksicht auf mich zu nehmen. Ich muss erst mal meine Gefühle ordnen und sehen, wo die Reise hingeht.«

Vielleicht ist das auch Eigenschutz, denke ich. Sie soll mir die Entscheidung und diese Gefahr auf zwei Beinen abnehmen. Wenn das Schicksal es anders vorsieht, dann werden wir es sehen.

Ich will jetzt nur noch eines: schnellstmöglich heim. Dorthin, wo ich so gern bin und mich immer wohl gefühlt habe. Jedenfalls bis zu dem Zeitpunkt, als diese Frau ans Telefon meines Freundes ging. Wie schon vor einigen Jahren bei meinem damaligen Freund Oliver droht nun erneut meine Welt einzustürzen, weil eine andere meint, dazwischenfunken zu müssen. Was wäre ich glücklich, wenn Lukas doch nur sagen würde, dass es ganz anders ist, als es aussieht.

Zu Hause angekommen, bin ich einfach froh, meine beiden schlaftrunkenen Viecher im Flur stehen zu sehen. Scheinbar haben sie bis eben tief und fest geschlafen. Doch sie haben es geschafft, aufzustehen und mich schwanzwedelnd zu begrüßen. Da ich mich diesmal zuerst Basihma zuwende, die ganz warm ist und verschlafen riecht, dreht Akuyi ab, läuft zum Sofa, um eines seiner Kuscheltiere zu holen und so meine Aufmerksamkeit für sich zu gewinnen. Ich kann es richtiggehend spüren, wie Basihma die Augen verdreht und sich zurückzieht, um das Feld ihm zu überlassen.

Ich sage ihm, dass er einen ganz tollen Löwen hat, den ich sofort haben will. Stolz wie Oskar dreht er ab, damit ich ihm folge und er mir den Löwen dann kuschelnd auf dem Sofa überlassen kann. Das ist schon ein richtiges Ritual zwischen uns geworden.

Mittlerweile ist mir auch nicht mehr so übel, nur noch etwas flau im Magen. Ich denke, dass heute einfach alles zu viel für mich war.

Nach unserer Kuschelrunde putze ich mir die Zähne, schminke mich ab und realisiere erst jetzt beim Blick in den Spiegel so richtig, wie furchtbar ich aussehe. Es war gut, dass ich Phillip so nicht mehr unter die Augen getreten bin, auch wenn ich dieses ganze Flirtding abgehakt habe. Ich habe jetzt wirklich andere Probleme, als mich kopflos wie ein Teenager in eine Liaison zu stürzen, die zum Scheitern verurteilt ist und, wenn sie denn eine Chance gehabt hätte, absolut zum falschen Zeitpunkt gekommen wäre. Auch Phillip gegenüber wäre das total unfair gewesen.

Jetzt liege ich in Löffelchenstellung mit Akuyi im Bett und rieche an seinen Ohren. Ich liebe diesen Geruch. So können wohl auch nur die eigenen Hundeeltern empfinden, aber das bin ich ja nun mal. Basihma liegt an meinem Rücken. Heute fühle ich mich zum ersten Mal so richtig allein, und ich habe eine Scheißangst, was mich in den nächsten Tagen erwartet. Ich kann mein Handy nicht viel länger ausgeschaltet lassen und somit auch einem Gespräch mit Lukas nicht weiter aus dem Weg gehen. Aber jetzt wird erst mal geschlafen.

Kapitel 32

Der nächste Morgen beginnt trübe. Es ist nicht richtig kalt, aber ungemütlich, schmuddelig, nass und grau. Weiße Dezembertage wie früher wird es wohl kaum mehr geben, was ich sehr bedauere.

Eigentlich sollte ich jetzt die Hunde rauslassen, bin mir jedoch sicher, dass Akuyi wegen des feuchten Rasens nicht rausgehen wird. Da ich noch keine Gummistiefel in seiner Größe gefunden habe, wird er es wohl erst tun, wenn es wirklich drückt und ihm nichts anderes übrig bleibt. So einen wasserhassenden Hund hat die Welt noch nicht gesehen.

Wie schon erwähnt bekommen die beiden ihr Fressen deshalb meistens draußen. So lenke ich sie schon mal in die richtige Richtung und habe eine Chance, sie fürs erste Geschäftchen in den Garten zu kriegen. Basihma macht da eigentlich auch kein Theater. Wenn sie muss, geht sie. Nicht gern zwar, aber sie geht. Selbst bei Regen würde sie tun, was eine Lady tun muss. Herr Akuyi hingegen zeigt an, dass er muss, doch sobald ich die Terrassentür öffne und er hört, sieht oder riecht, dass es regnet, legt er die Ohren an, dreht sie und sieht dann aus wie Dobby, der Hauself aus den Harry-

Potter-Filmen. Und zack, liegt er schon wieder auf dem Sofa.

Klar, ich könnte natürlich auch mit den beiden rausgehen, bevor ich gefrühstückt, die Zähne geputzt und mich ausgehfertig gemacht habe. So handhaben es ja auch die Hundebesitzer, die keinen Garten haben, doch dazu habe ich keinen Bock. Punkt. Macht auch keinen Unterschied, denn Herrn Akuyi geht es definitiv nicht darum, nicht in den eigenen Garten machen zu wollen, sondern um die Nässe, und die ist auf der Straße vor dem Haus genauso ätzend. Da gönne ich mir lieber den Luxus, alles in Ruhe zu machen. Ich fühle mich aber wohler dabei, wenn sie wenigstens Pipi, im besten Fall auch das erste Häufchen gemacht haben. Dieses fliegt dann direkt mithilfe eines Schäufelchens über den Gartenzaun, hinter dem sich eine Ansammlung von Büschen befindet, sodass es niemanden stört.

Auch heute klappt die Nummer mit dem Futter wie immer. Es wird gefressen. Akuyis Napf platziere ich so auf dem Rasen, dass er mit den Vorderpfoten noch auf dem Terrassenbelag stehen kann. So sind es für den Fall, dass er nun wirklich mal muss, nur ein, zwei Schritte bis zum Rasen. Meistens überwindet er diese Hürde dann auch.

Nach dem Fressen suchen sich beide eine Pipistelle, am liebsten natürlich eine saubere, noch nicht bepieselte, die jedoch schwierig zu finden ist. So wie eine Nadel im Heuhaufen, sage ich mal.

Unser Rasen ist wirklich eine Katastrophe, und eigentlich könnte ich mir das Mähen auch sparen. Aber so können die Hunde die gelben Pipiflecken sehen und besser die jungfräulichen Stellen finden, die sie noch nicht beschmutzt haben.

Während die Kaffeekapselmaschine läuft und mein Milchschaum im Behälter vor sich hin schäumt, klingelt es an der Tür. Mit der Post rechne ich eigentlich noch nicht. Es ist ja nicht mal Mittag. Aber wer weiß, vielleicht ist es schon wieder ein neuer Postbote. Die wechseln ja ständig und fahren dann eine andere Route. Zudem erwarte ich auch gar nichts.

Schnell ziehe ich mir den Morgenmantel über. Irgendwie ist es mir immer peinlich, um diese Zeit noch nicht angezogen zu sein, selbst jetzt am Wochenende.

Es klingelt noch mal. »Ich komme sofort!«, rufe ich.

Als ich die Tür öffne, bin ich fest davon überzeugt, dass meine Augen mir einen Streich spielen. Denn vor mir steht Lukas, mit strahlendem Gesicht. »Ich hoffe nicht, dass du sofort kommst«, sagt er verschmitzt, »denn dafür bin ich zuständig.«

Als sie Lukas' Stimme hören, drehen die Hunde ab. Es hat allerdings schon etwas gedauert, bis auch sie gecheckt hatten, dass ihr Herrchen da ist. Vielleicht kommt es mir aber auch nur so vor, denn ich bin total perplex und überrascht und kann es noch immer nicht richtig glauben, selbst jetzt nicht, als Lukas mich in den Arm nimmt. »Mann, was habe ich euch vermisst.«

»Was machst du denn hier?«, frage ich noch ganz irritiert.

Er lacht mich an, und ich muss sagen, auch er hat wirklich schöne Zähne. Wie konnte ich das vergessen?

Nun muss er mich loslassen, denn die Hunde fordern exklusiv seine Aufmerksamkeit. »Ich wäre eigentlich gestern schon hier gewesen«, erzählt er mir, während er in die Hocke geht und die beiden Schätzchen knuddelt, »aber irgendwie ist alles Pech der Welt zusammengekommen. Erst eine stundenlange Vollsperrung auf der Autobahn, dann eine Autopanne des Typen, der mich mitgenommen hatte, und von dort aus gab es nicht mal eine Zugverbindung. Ich musste also mitten in der Pampa übernachten. Doch das ist jetzt Schnee von gestern.« Nun steht er wieder auf und zieht mich an sich. »Komm her, mein Schatz, ich kann es kaum erwarten, dich zu küssen.«

Sein Kuss fühlt sich so vertraut an, und ich möchte am liebsten dahinschmelzen, aber mein Kopf arbeitet und arbeitet. Ich rechne zurück. Okay, Lukas' Zimmer wurde dann wohl einfach an jemand anderen vermietet. An diese Frau. Super, das erklärt es doch. Aber nein, als Celine noch mal anrief und nach Lukas fragte, kannte die Frau ihn ja. Sonst hätte sie sich doch gewundert, wer Herr Schröder überhaupt ist.

»Was hast du denn, Lilly?« Ich höre Enttäuschung aus Lukas' Stimme. »Du bist steif wie ein Brett. Da küsse ich ja lieber die Hunde, die scheinen es viel mehr zu genießen.«

Doch ich gebe keine Antwort, ich kann gerade nicht.

»Und warum ist dein Handy seit gestern aus?«, fragt Lukas weiter. »Ich habe mir solche Sorgen gemacht. Mit Ben habe ich gesprochen, aber er ist gerade auf einem

Seminar in München und war mir keine Hilfe. Er sagte nur, dass er dich ebenfalls nicht erreichen kann.«

Ich bin so angespannt, dass mir die Tränen herunterlaufen. Mein Lukas steht hier vor mir, und ich hätte ihn gestern fast betrogen, wenn mich der Alkohol nicht beschützt hätte. Ich habe wirklich geglaubt, dass alles vorbei ist.

»Ich dachte, du betrügst mich«, antworte ich schließlich und schaue betreten nach unten zu Basihma. Sie ist mal wieder ganz huschig, weil ich weine.

Lukas sieht mich total erschrocken an und nimmt mein Gesicht in beide Hände. »Um Himmels willen, wie kommst du denn darauf?«

Kapitel 33

In diesem Augenblick läutet das Telefon. Kaum habe ich abgehoben, höre ich Celines Stimme. »Ich würde sagen, das war der beste Sex meines Lebens«, beginnt sie ohne Begrüßung zu schwärmen. »Na ja, sagen wir mal, einer der besseren. Ach nein, schon wirklich richtig gut. Wow, wie konnte Hamburg mir diesen Mann so lange vorenthalten, verdammt noch mal.«

»Jetzt sag mir bitte nicht, dass du die Nacht mit dem Polizisten verbracht hast?«, frage ich skeptisch.

»Doch, und es war unglaublich. Obwohl er ganz schön betrunken war, hat er seinen Mann gestanden und gehalten, was er versprochen hatte. Sei mir bitte nicht böse, aber wie sollte ich dieser Zuckerschnute denn widerstehen?«

Ich bin ihr überhaupt nicht böse, sondern eher dankbar, denn es zeigt mir, wie interessiert er wirklich an mir war. Also eigentlich gar nicht. Jedenfalls nicht auf die Art und Weise, wie ich es mir erhofft hatte.

Klar, gestern war ich emotional sehr angeschlagen, und ein Verehrer tat mir total gut. Doch bereits heute werde ich mal wieder eines Besseren belehrt. Kriege ich die nicht, nehme ich eine andere – anscheinend ist das eine schlaue Devise im Selbsterhaltungstrieb des männlichen Geschlechts.

Ich sage Celine nur, dass ich gerade nicht reden kann, denn Lukas steht vor mir, und wir haben einiges zu besprechen. Aber eine Bemerkung kann ich mir trotzdem nicht verkneifen: dass ich nicht verstehen kann, warum sie immer wieder den gleichen Fehler macht und sofort mit den Typen, die sie so toll findet, ins Bett geht.

Männer wollen so was doch nicht für die Ewigkeit, das erzählt Ben uns ja auch immer wieder. Am ersten Abend gleich betrunken mitzugehen, hat ihr in den letzten Monaten – ach, eher schon Jahren – doch nur Unglück gebracht. Sie sollte wirklich mal daraus lernen.

Mann, sie und Phillip wären rein optisch ein grandioses Paar, und wenn die Wellenlänge auch noch stimmte, dann hätte das vielleicht echt mal passen können. Aber nein, sie versaut es gleich. Ich ärgere mich richtig darüber, doch andererseits habe ich gerade auch meine eigenen Probleme, die ich erst mal lösen muss.

»Was? Lukas ist da? Das ist ja nicht zu glauben«, ruft sie jetzt. »Dann sage ich mal Tschüss und hoffe, dass sich alles aufklärt. Was bin ich froh, dich vor Phillip beschützt zu haben. Stell dir vor, er hätte jetzt in deinem Bett gelegen und nicht in meinem!«

»Ja, was bin ich dir dankbar«, entgegne ich und verdrehe die Augen. »Ich bin ja auch bekannt für heiße One-Night-Stands.«

»Oh, sag das nicht. Gestern wäre es ganz bestimmt passiert.« Ich höre ihr an, dass sie grinst. »Also dann, ich werde jetzt mal zu ihm unter die Dusche gehen. Er ist nämlich noch da, und Runde drei könnte eingeläutet werden.«

Ich verdrehe noch mal die Augen, obwohl ich ja weiß, dass sie es durchs Telefon nicht sehen kann, und wünsche ihr viel Spaß.

Dazu kann ich einfach nicht mehr sagen. Sie hat sich auch dieses Mal wieder für den Spaß und gegen den Ernst entschieden. Ganz, ganz bestimmt wird aus den beiden nichts Festes. Aber vielleicht urteile ich auch zu früh oder bin einfach etwas pissig, da es so schnell ging. Das kränkt mich jetzt schon ein wenig.

Ich habe jedoch die Erfahrung gemacht und weiß es auch von Ben, Lukas und diversen anderen Männern, dass sie Frauen, die sich schnell hingeben, für Bettgeschichten zwar unheimlich super finden. Doch als feste Freundin möchten sie sie nicht haben.

Emanzipation hin oder her, es scheint ein ungeschriebenes Gesetz zu sein, dass so etwas bei Männern toleriert wird. Er wird schon erwartet, dass diese nicht Nein sagen können. Eine Frau hingegen soll standhaft sein und sich erst mal interessant machen. Wenn sie sich gleich für alles öffnet, kommt das bei den Männern irgendwie nicht so gut an.

Ich würde mir jedoch für Celine wünschen, dass ich mich täusche, denn ein netter Mann wäre wirklich toll für sie. Nur weil ich so eine verklemmte – oder nennen wir es altmodische – Frau bin, muss das ja nicht bei jedem so sein. Ich hoffe, Phillip schätzt sie und sieht nicht nur die lockere Sexmaus in ihr. Eigentlich kann ein Mann doch total froh sein, wenn eine Frau so viel Freude am Sex hat, ohne viel Kopfkino rangeht und sich nimmt, was sie möchte. Trotzdem ist sie ein treues Mädchen mit ganz vielen Emotionen. Eigentlich eine perfekte Mischung. Bitte lass ihn das auch so empfinden.

Celine schickt mir noch ein Küsschen durchs Telefon, dann legen wir auf. Jetzt bin ich gespannt und bereit für die Sexy-Telefonstimmen-Geschichte aus der Heidelberger Pension. Ich lege das Handy ab, drehe mich um und erwarte, in Lukas Gesicht zu schauen. Aber wo ist der jetzt?

Ich entdecke ihn auf dem Sofa, wo er auf dem Rücken liegt, mit dem Kinn auf der Brust, und tief und gleichmäßig atmet. Basihmas Kopf ruht auf seiner Schulter, und Akuyi hat seinen dicken Schädel auf Lukas' Oberschenkel abgelegt. Mir geht das Herz auf, als ich mein Rudel so daliegen sehe. Einerseits bin ich so gespannt, was Lukas mir zu erzählen hat, aber ich kann ihn jetzt unmöglich wecken und schon gar nicht von seinen Fellkindern trennen.

Also trinke ich ganz in Ruhe meinen Kaffee und erfreue mich am Anblick meiner drei Liebsten. Und was soll ich sagen? Ich sehe die ersten Schneeflocken vor dem Fenster tanzen. Das ist zu schön, um kitschig zu sein.

Kapitel 34

Mein Handy klingelt, und das Gesicht meines Bruders blinkt auf dem Display auf. Ich gehe sofort ran, damit Lukas nicht wach wird.

»Schön, von dir zu hören, Ben. Hast dich ja lange nicht gemeldet«, sage ich leise, während ich rüber ins Schlafzimmer schleiche.

»Ja, ich weiß, Schwesterchen, es gab aber viel zu tun. Ich bin auch noch gar nicht wieder in Hamburg. Wie geht's dir denn, und was gibt es Neues?«

»Ach«, antworte ich und setze mich dabei aufs Bett, »eigentlich nicht viel. Nur ein paar Kleinigkeiten. Akuyi macht mir etwas Sorgen, weil er vermehrt hustet und hechelt. Celine lässt sich gerade von einem Typen besteigen, der gestern noch an mir interessiert war. Das hat mir ehrlich gesagt total gutgetan, weil ich annehme, dass Lukas mich betrügt. Allerdings hat dieser Typ sich nun für Celine entschieden, da er dann doch keine Lust mehr hatte, auf mich zu warten. Lukas ist gerade unerwartet nach Hause gekommen, hatte aber vielleicht gestern Abend noch ein Abschluss-Schäferstündchen mit einer anderen Frau, die nämlich an sein Pensionstelefon ging, als ich dort angerufen habe. Jetzt ist Lukas auf dem Sofa eingeschlafen, während Celine mir von ihrem neuen Lover erzählt hat. Ach ja, und bis gestern dachte ich, ich hätte Brustkrebs, was sich jedoch zum Glück nicht bestätigt hat. Nein, sonst ist hier gar nichts passiert. Und bei dir so?«

Tatsächlich herrscht für eine kleine Weile Stille am anderen Ende der Leitung. »Bist du behindert, Lilly?«, ruft Ben schließlich. »Was erzählst du denn da für krasse Sachen? Und warum hast du nicht schon früher was gesagt? Bei dir brennt die Luft, und ich weiß von nichts. Erzähl mir mal alles in Ruhe! Wer ist denn der Typ bei Celine?«

»Es war so klar, dass dich das am meisten interessiert, Ben«, bemerke ich trocken. »Ja, es ist gerade jemand dabei, dir dein Spielzeug wegzunehmen. Aber da das für dich anscheinend der wichtigste Punkt ist, kannst du mich echt mal kreuzweise. Weißt du was? Ich lege jetzt auf, damit ich endlich mal Lukas interviewen kann, was da in Heidelberg los war. Stell dir vor, ich habe auch mal eigene Probleme. Nicht oft im Leben, aber jetzt gerade. Ausnahmsweise bin ich mal nicht für deine Interessen verfügbar. Du kannst Celine ja auch selbst fragen, im Moment ist sie allerdings beschäftigt. Meld dich, wenn du wieder in Hamburg bist.«

Bei den letzten Worten merke ich, wie erschöpft ich doch bin. Ich lege auf, atme tief durch und bin sauer, gleichzeitig aber auch stolz darauf, mich mal etwas ausgekotzt zu haben. Ich bin doch immer nur der Mülleimer für andere. Da erzähle ich meinem Bruderherz von meinen Sorgen, und das Einzige, das davon hängen bleibt, ist das Thema, das ihn betrifft. Seine Celine vögelt einen anderen und ist womöglich demnächst nicht mehr für ihn verfügbar. Mann, es ist nicht zu glauben, wie egoistisch ein einzelner Mensch sein kann.

Gerade als ich aufstehen und ins Wohnzimmer zurückgehen will, kommt Lukas herein und setzt sich neben mich. Er muss mein Telefonat mit angehört haben, denn nun nimmt er meine Hand und beginnt zu erzählen.

»Die Frau gestern am Telefon, das war die Ehefrau eines Kollegen. Er bleibt zusammen mit ihr über Weihnachten in Heidelberg, damit ich zu euch nach Hause kommen konnte. Die beiden haben erwachsene Kinder, keine Haustiere und sind absolut flexibel. Meine Suite habe ich für die Zeit, in der ich nicht da bin, ihnen überlassen, sie ist viel größer als sein Zimmer. Deshalb ja auch mein Hinweis, dass ich erst mal nur übers Handy erreichbar bin. Ich wollte dich überraschen, daher hatte ich dir noch nichts von alldem erzählt.«

Was soll ich dazu sagen? Mir ist das superpeinlich. Statt einfach mal Lukas zu vertrauen, vermute ich gleich das Fieseste. Eigentlich müsste ich mich jetzt entschuldigen, doch ich schlucke ein paarmal heftig und lasse ihn weiterreden.

»Dass du mir so wenig vertraust und mir sofort eine Affäre andichtest, hätte ich nun auch nicht gedacht. Es ehrt mich aber und freut mich sogar irgendwie, denn ich finde mich selbst im Moment nicht wirklich begehrenswert. Seit Wochen sitze ich wie eine Laborratte in ein-

und demselben Gebäude, komme nicht an die Luft und kriege überhaupt nichts mehr mit. Hier ist anscheinend so viel passiert, das völlig an mir vorbeiging. Meine tolle Freundin hat einen Verehrer, was mich überhaupt nicht wundert, jedoch unglaublich eifersüchtig macht. Denn ihr lascher Partner forscht Hunderte von Kilometern weit weg an einer Krankheit, die sich anscheinend hier, in meinen eigenen vier Wänden, bei meiner Freundin einnisten will. Lilly, was ist hier los? Was ist mit deiner Brust, und warum habe ich nichts davon erfahren?«

Mittlerweile laufen mir schon wieder die Tränen herunter, was ich hasse, denn ich will nicht andauernd heulen. Ich habe geheult, als Lukas nach Heidelberg ging, und jetzt heule ich, weil er wieder da ist. Er kennt mich ja nur noch mit verquollenen Augen.

Ja, und ich schäme mich wirklich, dass ich geglaubt habe, Lukas betrügt mich. Dabei hat er sich so viel Stress gemacht, um mich zu überraschen. Und auch sein Kollege und dessen Frau wollten uns nur Gutes tun. Und was habe ich gemacht? Sie verteufelt.

Und so ganz nebenbei bekommt Lukas auch noch das mit dem Fibroadenom mit, was er eigentlich von mir persönlich und zu einem besseren Zeitpunkt hätte erfahren sollen. Aber vielleicht gibt es diesen perfekten Moment einfach nicht.

Ich kann jetzt nicht mehr. Mir fehlt einfach die Kraft. Lukas zieht mich an sich, und ich lasse mich an seine Brust sinken. Er hält mich ganz fest, wiegt mich sanft in seinen Armen und streicht mir immer wieder über den Rücken.

Ich weiß nicht, wie viel Zeit vergangen ist, doch irgendwann wird es besser. Meine Tränen versiegen nach und nach. Ich löse mich von Lukas und sehe ihm in die Augen. »Es tut mir so leid«, sage ich. »Ich war so eine Idiotin.«

»Nicht doch.« Er schüttelt den Kopf und streicht mir zärtlich die Haare aus dem Gesicht. »Ich war doch genauso ein Idiot. Trotz der vielen Arbeit hätte ich mich mehr um euch kümmern und öfter mal fragen müssen, wie es dir geht, so ganz allein.«

Dann sitzen wir schweigend eng beieinander, Lukas streichelt meine Haare, und ich genieße so sehr seine Nähe, in der Hoffnung, diesen Moment konservieren zu können. Es ist einfach herrlich, mal nichts zu sagen.

Da kommt Akuyi zu uns und stupst mit seiner Nase gegen Lukas' Arm. Soll heißen, er will jetzt ebenfalls gestreichelt werden. Das wird natürlich sofort umgesetzt, und somit knetet Lukas Akuyis dicken Schädel, während er auch noch weiter mir über den Kopf streicht. Wir haben ja aber noch einen zweiten Hund, der jetzt logischerweise auch Aufmerksamkeit braucht und schon fiepend vor uns steht. Also komme ich diesem Wunsch nach und beginne, Basihma zu streicheln, die gleich versucht, auch noch einen Platz neben mir zu ergattern.

Damit ist dieser innige Moment zwischen Lukas und mir zwar vorbei, aber ich habe ihn total genossen. Das wäre jetzt der Moment für spontanen, verliebten Sofasex gewesen. Doch wenn mich vier braune Augen dabei beobachten, bin ich sofort raus.

»Wollen wir mit den beiden noch mal an die frische Luft und den ersten Schnee genießen, Schatz?«, frage ich mit einem hörbaren Seufzer. Ich möchte Lukas zeigen, wie traurig ich bin, dass dieser schöne Moment so schnell ein Ende gefunden hat.

»Das können wir gern machen«, antwortet er mit sanfter Stimme. »Ich wäre auch sehr froh, wenn du mir dann ausführlich erzählst, was ich hier alles verpasst habe.«

Also ziehen wir unsere Jacken und warmen Stiefel an, und auch die Hunde bekommen ein Softshell Cape übergezogen. Denn die kühle, nasse Luft ist nun mal gar nichts für unsere beiden Südafrikaner.

Kapitel 35

Auf dem Rückweg kommen wir an dem kleinen Weihnachtsmarkt unseres Stadtteils vorbei, und Lukas bekommt spontan Lust auf einen Glühwein. Es schneit natürlich nicht mehr, und es ist auch nichts liegen geblieben, aber das macht gar nichts. Ich habe Schneeflocken gesehen, die dazugehörige Luft gerochen und freue mich jetzt umso mehr auf den Winter.

Nachdem wir uns während des Spaziergangs ausgesprochen haben und ich all meinen Ballast losgeworden bin, geht es mir viel besser. Lukas hat zwar eingesehen, warum ich ihm das von dem Knoten in meiner Brust verschwiegen hatte, doch er meinte auch, dass so was in einer Beziehung eigentlich nicht sein dürfe. Denn dafür hat man ja einen Partner, um alle Sorgen und Ängste teilen zu können. Eine gute Freundin oder auch die Eltern sind zwar wichtig, ersetzen jedoch nicht die Gespräche mit dem Partner, besonders wenn er, wie in meinem Fall, vom Fach ist. Deshalb kann Lukas erst recht nicht verstehen, warum ich nicht seinen Rat gesucht habe. Er schneidet das Thema sogar jetzt noch mal an, während wir am Glühweinstand stehen und unsere Hände an den heißen Tassen wärmen.

»Du bist doch in Bezug auf Brustkrebs ein gebranntes Kind«, wende ich ein, »und ich wollte dich nicht unnötig ängstigen.«

Er winkt ab. »Das ist zwar löblich, macht aber keinen Sinn. Ich weiß sehr wohl, dass das Schicksal ein Arschloch sein kann und dass man immer mit dem Schlimmsten rechnen muss. Aber man kann viel besser kämpfen, wenn man den Feind kennt. Und besonders in diesem sensiblen Bereich ist jeder Tag, an dem gehandelt wird, so unglaublich wichtig. Je früher, desto besser.« Er stellt seine Tasse auf dem kleinen Stehtisch ab, umfasst mein Gesicht mit seinen Händen und lächelt mich an. »Ich fahre erst nach Weihnachten zurück nach Heidelberg. Du glaubst gar nicht, wie glücklich ich bin, wieder bei euch zu sein, das kann ich gar nicht in Worte fassen.«

Spontan falle ich ihm um den Hals – natürlich nicht, ohne vorher meine Tasse ebenfalls abgestellt zu haben. Für ein paar Augenblicke stehen wir eng umschlungen da und halten uns fest. Die ganze Anspannung fällt auf einmal von mir ab. Lukas' Nähe tut mir so gut.

Dann fragt Lukas nach Akuyi. »Und warum bist du der Meinung, dass er krank ist? Was für Symptome hat er?«

Ich schildere es ihm kurz und berichte, dass wir nächste Woche einen Termin beim Arzt haben.

»Lilly, ach du Kacke!«, ruft Lukas auf einmal.

Hastig drehe ich mich um und sehe gerade noch, wie Akuyi den Rücken krümmt und einen Riesenhaufen volle Pulle mitten auf den Weg kackt. Lukas' Worten ist somit nichts hinzuzufügen.

Ich werde jetzt den Teufel tun und Akuyi weiterziehen. Wenn einer der Hunde auf den Asphalt kackt, dann ist es wirklich dringend und angesichts der Konsistenz auch längst überfällig gewesen. Da wir aber eben erst ewig im Stadtpark unterwegs waren, verstehe ich nicht, warum er sich stattdessen den Weihnachtsmarkt für sein Geschäft aussucht.

Während die Weihnachtsmarktbesucher links und rechts an dem Malheur vorbeigehen, versuchen wir natürlich, so viel wie möglich in die Kottüte zu kriegen, aber bei einer so weichen Konsistenz gestaltet sich das eher schwierig. Zum Glück war es keine Lava, dennoch bleibt ein Rest zurück. Ich besorge an einem der Marktstände eine Flasche Wasser und verdünne damit, so gut es geht. Eigentlich hätte ich noch gern eine Crêpe mit Nutella gegessen, aber mir ist der Appetit vergangen. Die Situation ist mir auch total unangenehm, und so machen wir uns schnellstmöglich auf nach Hause.

Auf dem Heimweg erzähle ich Lukas von meinen Beobachtungen bezüglich Akuyis Symptomen und von meinem Verdacht, dass seine Schilddrüse vielleicht nicht richtig eingestellt ist. Womöglich ist ihm aber auch die Hitze im Zimmer zu viel. Ich bin ja ein totaler Frostköttel und heize die Wohnung gern richtig ein. Jedenfalls sehe ich Akuyi immer nur drinnen hecheln.

Lukas legt den Arm um meine Schultern. »Nächste Woche wissen wir mehr. Wir werden es zusammen rausfinden.«

Ich merke jetzt, wie sehr mir dieses Zusammengehörigkeitsgefühl gefehlt hat und wie unglaublich entspannend so ein Spaziergang mit nur einem Hund an der Leine ist. Mit zwei Hunden ist das schon immer ein Spießrutenlauf. Die Fahrradfahrer rasen manchmal wie die Verrückten an uns vorbei, Fußgänger laufen in uns hinein, weil sie beim Gehen auf ihr Handy starren und dann total verwundert reagieren, wenn ich plötzlich mit zwei großen Hunden vor ihnen stehe. Und dann auch noch der Stadtverkehr. Die vollen Straßen, die schmalen Gehwege und die Autos, die teilweise sehr dicht an uns vorbeifahren, sind etwas Furchtbares für mich und meine beiden Schätzchen. Daher gehe oder fahre ich sogar oft mit den beiden ein wenig hinaus ins Grüne.

Apropos: Mir fällt ein, dass ja Sankt Peter-Ording mein Plan für Weihnachten war. Ich erzähle Lukas, dass ich eigentlich nach dem Tierarztbesuch an die Nordsee fahren wollte. Nächsten Freitag habe ich meinen letzten Trainingstermin, dann hätten wir knapp vierzehn Tage in Sankt Peter. Wenn er aber lieber hierbleiben will, weil er die Weihnachtsmärkte besuchen möchte oder so, ist es mir natürlich auch egal. Doch das Haus meiner Eltern ist frei, und ein bisschen Urlaub würde uns auch nicht schaden.

Lukas beugt den Kopf zu mir und küsst mich. »Das ist eine unheimlich tolle Idee. Ich will nichts wie weg aus dem Großstadtmief. Am liebsten würde ich heute noch fahren.«

Den Abend lassen wir mit Pizza, einem gemeinsamen Bad und anschließend mit sehr schönem und besonders innigem, wirklich gefühlvollem Sex ausklingen – ausnahmsweise mal ohne das Kratzen der Hunde an der

Tür, weil die beiden tief und fest im Wohnzimmer schlafen.

Mensch, was habe ich diese Rudelabende vermisst. Wir vier gegen den Rest der Welt.

Kapitel 36

Der Dezember, der wie schon gesagt eigentlich mein ultimativer Lieblingsmonat ist, hat ja superschlecht für mich angefangen und mich viele Tränen und Nerven gekostet. Doch jetzt scheint er mehr als wunderbar zu werden.

Wir müssen jetzt nur noch Akuyis Tierarztbesuch hinter uns bringen, dann fahren wir gleich am Wochenende darauf nach Sankt Peter-Ording, den in meinen Augen wunderbarsten, gesündesten und für die Hunde perfektesten Ort, den ich kenne. Ich freue mich so sehr auf unsere Stammlokale und auch darauf, endlich mal wieder zum Friseur zu kommen. Nicht, dass wir in Hamburg keine Friseure hätten, aber irgendwie genieße ich es immer besonders, mich in Sankt Peter-Ording in Ruhe aufhübschen zu lassen. Das liegt wohl einfach an dem Urlaubsgefühl, das mich dort regelmäßig überkommt. Und dann ist da ja auch noch die Siebzig-Grad-Sauna der Dünentherme, die zwar für meinen Geschmack heißer sein könnte, doch sie ist mit einer Glasfront ausgestattet, und der Blick von dort auf die Seebrücke bis hin zum Meer, die Dünen und den Pfahlbau ist einfach fantastisch.

Besonders in der Weihnachtszeit ist Sankt Peter-Ording traumhaft romantisch, gemütlich und ruhig. Das ganze Dorf ist festlich geschmückt, und wenn Schnee fällt, ist es tatsächlich ein Winterwunderland. Die vielen Touristen reisen meist erst nach dem zweiten Weihnachtsfeiertag an. Zu Silvester platzt es dann beinahe aus allen Nähten, was ich persönlich nicht so schön finde. Besonders Hundebesitzer machen gern Silvesterurlaub hier, weil aufgrund der Reetdächer nicht geböllert werden darf. Nur auf der Seebrücke gibt es ein offizielles Feuerwerk, weshalb alle Herrchen mit Angsthunden an diesem Tag den Ortsteil Bad meiden sollten.

Natürlich gibt es immer wieder Urlauber, die glauben, Regeln nicht befolgen zu müssen. Vielleicht wissen sie es auch nicht besser, aber ich behaupte mal, es ist ihnen einfach egal. Jedenfalls lassen sie um Mitternacht schon den einen oder anderen Böller hochgehen. Die hohen Strafen scheinen sie nicht abzuschrecken. Doch im Vergleich zu anderen Orten geht es hier ganz bestimmt jedem Hund, der so eine Angst vor der Knallerei hat wie zum Beispiel unser Akuyi, weitaus besser.

Jetzt bringen wir aber erst mal den Termin bei unserer Haustierärztin Dr. Lugner hinter uns. Sie ist eine Patientin von Lukas, daher pflegen die beiden ein recht vertrauensvolles Verhältnis – was nicht zuletzt daran liegen könnte, dass Lukas sie ja in- und auswendig kennt.

Mir persönlich wäre das so unfassbar unangenehm. Aber Dr. Lugner lud Lukas damals, als sie zum ersten Mal bei ihm in Behandlung war, direkt zu sich in die

Praxis ein, nachdem sie erfahren hatte, dass er einen Hund besitzt. Damals war das noch Schröder, den ich ja dann auch kennen- und lieben lernte. Sie schickte sogar eine Beileidskarte, nachdem sie vom Tod dieses wunderbaren Rüden erfahren hatte. Das hat uns sehr gerührt.

Sie kennt Basihma und Akuyi seit der ersten Untersuchung, und die Art und Weise, wie sie mit ihnen umgeht, zeigt uns immer, wie sehr sie die beiden liebt. Die abgeklärte, coole Hündin und den kleinen, nervösen, ängstlichen Kerl, den sie immer so lieb knuddelt und zu beruhigen versucht. Sie weiß, dass er gern Käse frisst, daher besorgt sie immer, wenn er in die Sprechstunde kommt, welchen für ihn.

Als wir nun auf dem Parkplatz der Tierarztpraxis angekommen sind, aussteigen und die Kofferraumtür öffnen, strecken die Hunde kurz die Nasen raus, doch dann verziehen sie sich ganz schnell wieder nach drinnen, in die hinterste Ecke des Kofferraums. Akuyi fängt von jetzt auf gleich an zu zittern. Es ist schon irre, was hier für ein Angstgeruch in der Luft liegen muss.

Nachdem wir aber die Leinen angelegt und die beiden ermahnt haben, nun endlich rauszukommen, macht Basihma den Anfang. Sie ahnt wohl, dass sie nichts zu befürchten hat, denn ihr Job ist es heute nur, Akuyi moralisch zu unterstützen. Wenn alles schnell geht, lasse ich ihr vielleicht zur Kontrolle auch noch Blut abnehmen.

Mit um hundertachtzig Grad gedrehten Ohren, angelegt bis hinter den Kopf und somit im Stile von Dobby aus Harry Potter, schleicht Akuyi wie ein geprügelter

Hund hinter mir her. Basihma stolziert dagegen mit Lukas mutig vorneweg. Wahrscheinlich hofft sie, etwas von Akuyis Käse abzubekommen.

Wir melden uns an, müssen aber noch kurz ins Wartezimmer. Obwohl Akuyi eigentlich ein kleiner Leinenpöbler ist, würde er hier beim Tierarzt nie auf die Idee kommen, zu stressen. Er hat gerade ganz andere Probleme und wünscht sich bestimmt nichts mehr, als aus diesem Alptraum zwischen drei Katzenboxen, aus denen es herausfaucht, und einem Mops, der gleich zu ersticken droht, aufzuwachen.

Die Frau, die neben mir sitzt, beginnt nun, mit ihrem Ehemann über Hundepensionen zu sprechen. Sie meint, sie habe von Hotels gehört, in denen man mit Hund Urlaub machen könne, sogar in einem eigenen Appartement, mit Restaurant, umzäuntem Badeteich und einem großen Auslaufbereich auf dem Gelände. Dieses Vorhaben versucht sie nun, ihrem Mann schmackhaft zu machen. Das wäre doch ein toller Wochenendausflug im Sommer. Ja, wenn man die richtigen Hunde dafür hat, ganz bestimmt.

Ich beschließe, mich in die Unterhaltung einzuklinken, indem ich von unserem Wochenendtrip nach Berlin vor etwa zwei Jahren erzähle. Da waren wir in so einem Hundehotel. Eigentlich hatten wir erwartet, dass unsere beiden Schätzchen dort super betreut und abgelenkt werden, damit Lukas und ich in Ruhe Berlin, Potsdam und die Umgebung erkunden können. Das Hotel bot ja alle Möglichkeiten der Betreuung: Einzelzimmer, Freilauf und so weiter.

Doch Pustekuchen. Am Samstag wollten wir mal ohne Hunde nach Potsdam, also sind wir wie vereinbart um elf Uhr zur Rezeption, wo unsere beiden verwöhnten Blödis abgeholt werden sollten. Am späten Nachmittag wollten wir dann wieder zurück sein. Dieser Plan gestaltete sich aber als schwierig, denn die beiden Hundebetreuer schafften es nicht, Basihma und Akuyi von uns wegzubekommen. Achtzig Kilogramm Hund standen dort wie in den Boden einzementiert!

Als die Betreuer trotz Leckerli und nettem Gesäusel keine Aufmerksamkeit erhielten, versuchten sie, den einen Hund an der Leine über den Flur zur Tür zu ziehen – mitsamt dem Läufer, der sich unter seinen Pfoten befand. Ich schaltete mich daraufhin ein und schlug vor, die beiden doch lieber persönlich in ihr Stundendomizil zu bringen. Eigentlich wollten die Hundebetreuer das nicht, doch uns allen blieb nichts anderes übrig.

Erst ging es durch mehrere Gänge und Treppenhäuser, bis wir endlich in dem »Hundeverlies« ankamen. Ja, ich denke, das ist die richtige Bezeichnung dafür, denn es handelte sich um einen schlichten Raum mit zwei Matten auf dem Boden. Die waren ziemlich flach, kein Ridgi Pad, Hundesofa oder Ähnliches und weit von einem Cosybed entfernt. Einfach nur Matten. Nach einer Decke brauchte ich gar nicht erst Ausschau zu halten. Natürlich sind nicht alle Hunde und besonders alle Hundehalter so anspruchsvoll wie wir, das ist mir schon klar. Und das ist etwas, mit dem ich mich auch gern selbst auf den Arm nehme.

Jedenfalls wurde mir ganz schlecht! Ich wusste auch nicht wirklich, was ich jetzt tun sollte. Da stehen deine beiden Hunde und gucken dich an, als wollten sie sagen: »Bitte geh nicht, Muddi, bleib bei uns.«

Nun schlugen uns die Hundebetreuer auch noch vor, jetzt schnell zu gehen, um den Abschied kurz zu machen! In diesem totalen Gefühlschaos schob Lukas mich einfach aus dem Raum. Die schlimmsten Stunden meines Lebens sollten nun beginnen.

Als wir auf dem Parkplatz vor dem Hotel ankamen, empfing uns schon das Gejaule der beiden, das durch das offene Fenster des »Verlieses« nach draußen drang. Ein Geschrei, Wolfsgeheule vom Feinsten, das bestimmt auf dem ganzen Gelände zu hören war – und das war wirklich riesig, ein altes Militärgelände oder so was in der Art. Jeder, der sich gerade dort aufhielt, konnte Zeuge eines eins a kostenlosen Ridgeback-Konzerts werden!

Ungefähr eine Stunde später saßen wir schließlich alle vier in Potsdam auf einer Bank etwas abseits der Fußgängerzone und teilten uns ein Eis. Ein freier Platz im Café mit zwei so großen Hunden an einem sonnigen Samstag wäre beinahe einem Sechser im Lotto gleichgekommen. Und das war alles, was ich jemals von Potsdam gesehen habe.

Am nächsten Tag wollten wir uns dann an dem umzäunten Hundeteich erholen, was mit gut sozialisierten Hunden tatsächlich hätte klappen können. Mit zwei noch in der Pubertät steckenden Ridgebacks war es allerdings eine Aufgabe für sich. Denn deren Motto lautete: mein Strandkorb, mein Teich, mein Revier – macht euch alle vom Acker, wir sind die Chefs hier!

Kurze Zeit später standen wir dann im langen Sonntagsstau in Richtung Heimat – mit im Gepäck die große Vorfreude auf einen gemütlichen Sonntagabend auf dem Sofa!

Für uns war dieser Wochenendtrip furchtbar, aber wenn das Ehepaar neben mir im Wartezimmer seinem Hund das alles zutraut, kann es sicher ganz wunderbar werden.

Wir unterhalten uns noch eine Weile, lachen und diskutieren, bis Frau Dr. Lugner zu uns ins Wartezimmer kommt und uns begrüßt. Basihma freut sich richtig und wedelt mit dem Schwanz, was man wirklich als Ehre verstehen kann, denn das macht sie nicht oft. Akuyi hingegen ist völlig unkuschelig.

Schließlich gehen wir alle zusammen ins Untersuchungszimmer und besprechen unser Anliegen. Die Ärztin will sich erst mal bei Akuyi mit ein paar Käsestückchen einschleimen, um ihn etwas abzulenken. Er verweigert aber jegliche Nahrungsaufnahme und will die Arztgeschichte wohl einfach nur hinter sich bringen. Basihma läuft dagegen der Speichel wie in kleinen Bächen aus der Schnauze, woraufhin sie mit den leckeren Käsestückchen belohnt wird.

Dr. Lugner möchte Akuyi jetzt abhören und holt ihr Stethoskop. Ich setze mich auf einen freien Stuhl, nehme seinen Kopf auf meinen Schoß, küsse und betüddele ihn. Währenddessen setzt die Ärztin an, und es herrscht sekundenlang Stille im Raum.

Als sie fertig ist, sagt sie nichts, gar nichts. Ich warte darauf, dass sie sich nun mit Akuyis Ohren, Augen und Zähnen beschäftigt, denn das gehört ja auch zur allgemeinen Untersuchung, die dann meist mit etwa zwanzig Euro auf der Rechnung steht.

Da sie aber innehält, fragt Lukas: »Was ist denn los?«

»Ich möchte gern noch meinen Kollegen hinzuziehen«, erklärt sie, verlässt kurz den Raum und kommt gleich darauf in Begleitung des Arztes, mit dem sie die Praxis betreibt, zurück. »Hör du bitte auch mal ab«, sagt sie zu ihm, »vielleicht täusche ich mich ja.«

Lukas und ich wechseln besorgte Blicke, während der Arzt Akuyi gefühlt minutenlang abhört. Schließlich nimmt er sein Stethoskop ab und sieht Dr. Lugner mit ernster Miene an. »Ich bin derselben Meinung. Der Hund sollte schnellstmöglich einem Kardiologen vorgestellt werden, denn das hört sich nicht gut an.«

»Danke«, antwortet sie. »Ich sehe das leider auch so, aber ich habe einfach keine große Erfahrung mit Herzproblemen. Daher war mir deine Meinung wichtig.«

»Ich ja auch nicht«, entgegnet er, »doch das könnte wohl ein Schimpanse diagnostizieren, so klar ist das.« Er nickt Lukas und mir noch kurz zu, dann verlässt er das Zimmer.

Nachdem er die Tür hinter sich geschlossen hat, zuckt Dr. Lugner mit den Schultern. Sein Verhalten ist ihr sichtlich peinlich. »Ich muss mich für meinen Kollegen entschuldigen, er ist manchmal etwas sehr direkt. Aber er hat recht, da ist etwas absolut nicht in Ordnung. Bitte bewahren Sie jetzt Ruhe und lassen Sie Akuyi so schnell wie möglich kardiologisch untersuchen. Und wegen des Hustens sollte vorsorglich auch die Lunge geröntgt werden. Doch ich denke eher, dass dieses Husten und Hecheln in Verbindung mit den Herzgeräuschen auf ein ernsthaftes Herzproblem hindeutet. Daher muss dringend ein Herzultraschall gemacht werden, um das tatsächliche Ausmaß festzustellen. Da wir die entsprechenden Geräte nicht im Haus haben, würde ich Sie gern an die Tierklinik überweisen. Die Kardiologin dort ist wirklich kompetent, ich kenne sie gut. Wenn es Ihnen recht ist, würde ich persönlich anrufen und um einen schnellen Termin bitten.«

»Natürlich, bitte machen Sie das sofort«, rufe ich ganz automatisch. Irgendwie habe ich Dr. Lugners Worte noch gar nicht richtig begriffen.

Als nun der kleine Kerl mir über das Gesicht leckt und mich aus seinen kugelrunden braunen Robbenaugen fragend anschaut, schnürt sich mein Hals zu. Seit Schröders Tod habe ich Angst vor Tierkliniken. Ich fühle mich um Jahre in die Vergangenheit zurückversetzt.

Nachdem Dr. Lugner das Zimmer verlassen hat, um wegen des Termins in der Tierklinik zu telefonieren, kommt Lukas zu uns her und nimmt Akuyi in den Arm. »Mach uns jetzt bloß keine Sorgen«, flüstert er ihm zu, »wir haben doch noch ganz viel vor.«

Ohne dass es mir bewusst ist, laufen mir die Tränen übers Gesicht, vielleicht auch deswegen, weil sie seit Tagen zu meinem Alltag gehören. Ich bemerke sie erst, als Lukas sie mir wegwischt. »Es wird alles gut«, versucht er, mich zu beruhigen. »Sicher wurde es früh genug bemerkt. Herzprobleme lassen sich doch sehr gut mit Medikamenten behandeln.«

Dr. Lugner kommt zurück und berichtet uns, dass wir gleich morgen früh um sieben Uhr dreißig einen Termin in der Klinik haben. Dr. Sommer, die Kardiologin dort, wird sich noch vor der offiziellen Sprechstunde Zeit für uns nehmen.

Ich bin Dr. Lugner so dankbar, denn Facharzttermine zu bekommen, ist wirklich nicht so einfach. Die Wartezeiten sind meist sehr lang. Andererseits beruhigt es mich absolut nicht, dass wir so schnell einen Termin erhalten haben. Das ist doch sicher ein Zeichen dafür, dass Dr. Lugner Akuyi als absoluten Notfall ansieht und deswegen besonderen Druck gemacht hat.

Sie reicht uns noch einen Zettel mit dem Termin und der Adresse der Klinik und bittet uns, ihr morgen Bescheid zu geben, was Dr. Sommer festgestellt hat. Zwar bekommt sie den Arztbericht auch per Mail, aber das kann ein paar Tage dauern.

Schließlich verlassen wir völlig geknickt die Praxis. Ausgerechnet Akuyi, unser Sorgenkind, ist der Aktivste von uns und steht als Erster wartend am Auto. Hauptsache raus aus der Praxis.

»Wir dürfen doch einen herzkranken Hund gar nicht so viel Stress aussetzen«, sage ich zu Lukas. »Wie soll er denn die ganzen Untersuchungen überstehen? Kann er jede Sekunde umfallen? Wie lange hat er das wohl schon? Bin ich schuld, weil ich nichts unternommen habe? Und wie soll ich denn heute Nacht schlafen?«, frage ich im Schnelldurchlauf, ohne zwischendurch zu atmen.

»Schluss jetzt, Lilly!«, fährt Lukas mich an. »Bitte mach mich nicht verrückt. Ich muss nachdenken.«

So habe ich Lukas noch nie erlebt, zumindest mir gegenüber nicht. Doch er hat recht. Ich glaube, ich war kurz vorm Hyperventilieren.

»Sorry, Schatz«, fügt er nun deutlich sanfter hinzu. »Es tut mir leid, aber ich weiß es auch nicht, ich bin kein Herzspezialist. Wir müssen jetzt einfach abwarten, was morgen bei der Untersuchung herauskommt. Bis dahin müssen wir die Nerven bewahren, Akuyi beobachten und hoffen, dass wir alle diese Nacht überstehen. In den letzten Wochen war er ja auch schon krank.«

»Aha«, entgegne ich und werde jetzt wütend. »Die letzten Wochen also. Höre ich da vielleicht einen Vorwurf heraus? Da hatte ich ja die Aufsichtspflicht, oder? Ich bin also doch schuld.« Ja, ich bin wütend. Aber mehr auf mich selbst als auf Lukas, denn ich hätte die Anzeichen von Akuyis Krankheit wirklich viel früher erkennen müssen.

Lukas sieht mich entgeistert an und scheint erst meine Worte begreifen zu müssen, bevor er antwortet. »Wie kommst du denn darauf? Nein, überhaupt nicht. Ich mache dir keine Vorwürfe, im Gegenteil. Ich wollte damit nur sagen, dass es ihm ja schon seit einiger Zeit nicht gut geht, und da ist nichts passiert. Also wird er auch diese Nacht überleben. Morgen bekommen wir dann Medikamente, die ihm helfen werden.« Er streicht mir über die Wange. »Lass uns jetzt bitte nicht streiten und unsere Nervosität auf ihn übertragen. Lieber gehen wir jetzt noch kurz durch den Park und versuchen danach, den Abend zu Hause so gut wie möglich rumzukriegen. Morgen kennen wir dann hoffentlich den Feind und können ihn eliminieren.« Er nimmt mich in den Arm und küsst mich auf die Stirn. »Ich bin mir sicher, dass unser Schröder die Tür da oben noch lange zudrücken wird. Denn zwei Hunde so früh zu verlieren, kann und darf nicht sein. Das ist doch statistisch gesehen gar nicht möglich. Wir sind gute Menschen und haben das nicht verdient. Und Akuyi ist so eine Seele von einem lieben Hund, dass er noch ganz lange bei uns bleiben muss. Punkt.«

Mir ist kotzübel, und ich hoffe nur, dass Lukas recht hat.

Kapitel 37

Am nächsten Morgen sitzen wir total übermüdet im Auto und fahren zur Klinik. Ich glaube, ich habe heute Nacht überhaupt kein Auge zugemacht. Lukas hat zwar zwischenzeitlich auch mal tiefer und regelmäßiger geatmet, aber er war ebenfalls unruhig und hat sich immer wieder von einer Seite auf die andere gewälzt.

Dadurch habe ich zum ersten Mal bewusst mitbekommen, wie unruhig Akuyi nachts ist. Gestern Abend und auch noch in der Nacht habe ich stundenlang im Internet über Herzkrankheiten bei Hunden recherchiert und gelesen, dass diese Unruhe ein typisches Symptom ist. Da es aber viele verschiedene Krankheiten in diesem Bereich gibt, müssen wir wohl oder übel abwarten, was bei unserem braunen Kerl zutrifft. Jedenfalls finde ich alle Symptome, die im Internet beschrieben sind, auch bei Akuyi wieder. Und die Krankheit ist nicht heilbar.

Ich mache mir die brutalsten Vorwürfe, was mein Einfühlungsvermögen angeht. Eigentlich dachte ich, dass ich recht empathisch bin und mich ganz gut in andere reinfühlen kann. Doch bei meinem Goldschatz habe ich anscheinend jämmerlich versagt. Wie soll ich denn jemals damit umgehen, wenn es für ihn zu spät sein sollte?

Lukas spricht kein Wort, und ich habe auch keine Idee, was ich sagen könnte. So sitzen wir einfach nebeneinander.

Als wir an einer Ampel stehen bleiben müssen, nimmt Lukas meine Hand und streichelt zärtlich darüber. »Wir müssen daran glauben, dass alles gut wird«, sagt er mit belegter Stimme.

Im fahlen Licht der Straßenlaternen erkenne ich, dass er weint. Und schwups, laufen mir sofort auch wieder die Tränen aus den Augen. Jetzt wird mir endgültig klar, dass von nun an nichts mehr so sein wird, wie es mal war.

In der Klinik herrscht eine unglaubliche Ruhe, da ja noch keine Sprechstunde ist. Außer einer Tierarzthelferin ist auf den langen Gängen niemand zu sehen.

Schon nach wenigen Augenblicken kommt Dr. Sommer, die Kardiologin, auf uns zu und reicht uns die Hand. »Guten Morgen, Herr und Frau Schröder.« Anders als wir macht sie einen sehr dynamischen und wachen Eindruck. Die Anrede *Frau Schröder* trifft auf mich zwar nicht zu, doch das ist in diesem Moment so unwichtig, dass ich beschließe, sie nicht auf ihren Irrtum hinzuweisen.

Nun folgen wir ihr in den recht kleinen Behandlungsraum. Dort befinden sich ein Tisch mit einer gepolsterten Abdeckung, die einen halbrunden Ausschnitt hat, ein Laptop, ein Ultraschallgerät und verschiedene andere

Utensilien. Ich sehe mich im Raum um, versuche aber auch, mich auf Dr. Sommers Worte zu konzentrieren.

»Ich habe mir schon Dr. Lugners Bericht angesehen, er ist gestern noch per Mail gekommen«, erklärt sie uns. »Wir können also gleich anfangen. Da Akuyi hustet, gehe ich davon aus, dass er Wasser in der Lunge hat, daher sollten wir ihn erst mal röntgen.«

Lukas geht mit Akuyi und der Tierarzthelferin nach nebenan in den Röntgenraum, während Dr. Sommer in meinem Beisein alles für die nächste Untersuchung vorbereitet.

Kurze Zeit später kommen die drei zurück, und Dr. Sommer erklärt den weiteren Verlauf der Behandlung. Sie spricht ruhig, langsam und sehr abgeklärt. Man merkt, dass das ihr Tagesgeschäft ist und sie nicht lange um den heißen Brei herumredet.

Manchmal kann man mit solchen Ärzten, die zwar etwas distanziert, aber fachlich oftmals sehr versiert sind, besser umgehen. Es gibt andererseits auch empathisch etwas besser aufgestellte Ärzte, die dann allerdings fachlich nicht ganz so perfekt sind. Eine angenehme Mischung ist schwierig zu bekommen. Doch das ist ja nicht nur in der Medizin so. Jedenfalls ist es sehr wohltuend, wenn der Arzt auch über ein gewisses Einfühlungsvermögen verfügt.

In unserem Fall jedoch brauchen wir einen superkompetenten Arzt, nichts anderes, und das scheint Dr. Sommer zu sein. Gebauchpinselt zu werden, hilft unserem Schatz nicht weiter. Sie ist ja auch nicht unfreundlich, wirkt aber nun mal ziemlich kühl.

Wir bleiben alle während der Untersuchung im Raum. Akuyi fühlt sich in Basihmas Gegenwart sicherer, und da die Tierarzthelferin gerade nicht anwesend ist, müssen Lukas und ich mit anpacken und Akuyi festhalten.

Dr. Sommer sieht sich noch kurz das Röntgenbild auf dem Monitor an und nickt dann. »Wie erwartet, er hat Wasser in der Lunge. Das erklärt das Husten.« Nun wendet sie sich Akuyi zu. »Na, dann wollen wir mal loslegen und schauen, was dir Probleme macht. Ich höre dich jetzt erst mal mit dem Stethoskop ab.«

Sie hockt sich neben ihn und redet wirklich lieb mit ihm. Er soll ja schließlich beruhigt und mental auf die Untersuchung vorbereitet werden. Doch irgendwie fehlt dabei dieses warmherzige, echte Gefühl, wie es jemand ausstrahlt, wenn er oder sie einen Hund wirklich gernhat. Aber wie sollte sie auch. Akuyi ist für sie ein Patient wie hundert andere am Tag auch. Mehr kann man wohl gar nicht erwarten. Da lobe ich mir allerdings unsere Frau Dr. Lugner.

Es wird ganz ruhig im Raum. Keiner gibt auch nur einen Mucks von sich, während die Ärztin Akuyi abhört. Ich halte ihn vorn am Kopf und bin froh, als dieser Teil der Untersuchung vorbei ist.

»Oh ja«, sagt Dr. Sommer, »meine Kollegin hat nicht übertrieben. Dann wollen wir jetzt mal reinschauen. Bitte heben Sie Akuyi auf dieses Kissen. Dabei werde ich seine hinteren Beine zu mir durchziehen, sodass er nicht mehr aufstehen kann, wenn er liegt. Einer von Ihnen, am besten Sie, Herr Schröder, stellt sich dann hinter ihn, greift von oben über ihn hinweg und übernimmt von mir die beiden unteren Beine. Meinen Sie, dass Akuyi das mitmacht, oder wird er böse?«

»Er ist der liebste Hund der Welt«, antworte ich. »Er wird in eine Art Schockstarre verfallen und alles mit sich machen lassen.«

Sie wiegt den Kopf hin und her. »Nun, meine Erfahrungen mit Ridgebacks sind diesbezüglich sehr durchwachsen, daher bin ich lieber vorsichtig. Bitte nehmen Sie, Frau Schröder, seinen Kopf. Sie können sich dort am Tischende auf den Stuhl setzen und ihn beruhigen.«

Irgendwie hört es sich seltsam für mich an, dass sie mich *Frau Schröder* nennt, aber das interessiert gerade überhaupt nicht.

Gesagt, getan. Es geht alles ganz schnell. Lukas macht gut mit – und zack, liegt Akuyi auf dem Polsterteil. Dr. Sommer rückt ihn noch ein wenig hin und her, sodass er mit dem Brustkorb in dem Ausschnitt der Unterlage liegt und sie mit dem Ultraschallgerät problemlos das Herz abtasten kann.

Zuerst schließt sie noch die Kabel für das Kurz-EKG an. Meinem wasserscheuen Helden gefällt es nicht, dass seine Haut zum Befestigen der Elektroden befeuchtet wird, aber er hält sich tapfer und liegt ganz ruhig. Währenddessen küsse und streichle ich sein zuckersüßes Gesichtchen. Mann, war der eigentlich schon immer so süß? Seine großen Augen, die durch die Anspannung und Angst noch größer erscheinen, gucken mir bis tief in die Seele. Wie gern würde ich ihm diese Sorge abnehmen, aber ich weiß, dass das nicht geht. Er hatte in seinem Leben bisher noch nicht viel auszustehen, doch das muss jetzt einfach sein. Vielleicht ist es aber auch für mich schlimmer als für ihn selbst.

Nun geht es los. Das Licht ist aus und die Spannung im Raum geradezu körperlich zu spüren. Ich schwitze wie ein Schwein. Heute Morgen habe ich mehrere Lagen Kleidung angezogen, da mir so kalt war, was wahrscheinlich auch der Übermüdung und meiner Nervosität geschuldet war. Aber ich kann mich doch jetzt nicht einfach ausziehen. Ein so kleiner Raum mit so vielen Lebewesen darin ist schon kein Geschenk. Gefühlt befindet sich kaum mehr Sauerstoff in der Luft. Ich werde dann auch so ungeduldig und hektisch, wenn ich schwitze, und glaube, gleich durchzudrehen. So müssen sich wohl die Hitzewallungen in den Wechseljahren anfühlen. Vielleicht sind sie das ja auch schon. Aber völlig egal, ich muss da jetzt durch und darauf warten, dass die Ärztin endlich ihr Schweigen beendet.

Kapitel 38

»Ganz eindeutig, das hatte ich befürchtet«, sagt Dr. Sommer irgendwann. »Er hat eine DCM.«

»Bitte was?«, fragt Lukas.

»Das ist eine dilatative Kardiomyopathie«, antworte ich wie aus der Pistole geschossen, denn darüber habe ich letzte Nacht mehr als genug gelesen. Es ist eine häufige Herzerkrankung bei großen Hunderassen und passt von den Symptomen genau zu Akuyi.

Dr. Sommer nickt. »Richtig. Bei der DCM handelt es sich um eine Herzmuskelerkrankung. In deren Verlauf verliert der Herzmuskel zunehmend an Leistung und schafft es ab einem gewissen Punkt nicht mehr, den Körper zuverlässig mit Blut zu versorgen. Der Körper versucht, dem dadurch entstehenden Blutdruckabfall durch eine Verengung der Blutgefäße entgegenzuwirken, was wiederum dem Herzen die Pumparbeit erschwert. Es ist also eine Art Teufelskreis. Im Spätstadium kommt es zu Symptomen wie Husten, Atemnot, Leistungsabfall bis hin zu Ohnmachtsanfällen oder auch zum plötzlichen Herztod. Der Hund fällt dann einfach tot um.«

Weder Lukas noch ich können etwas sagen. Wir sind einfach nur schockiert.

»DCM ist eine erworbene Erkrankung«, fährt die Ärztin fort, »das heißt, sie entwickelt sich im Laufe des Hundelebens. Man geht davon aus, dass eine genetische, also vererbte Grundlage gegeben ist. Bei einigen Hunderassen konnte diese bereits nachgewiesen werden. Dobermänner sind oft davon betroffen, daher wird die DCM auch *Dobermann-Krankheit* genannt. Bis zu sechzig Prozent von ihnen leiden darunter. Diese Herzmuskelschwäche ist unheilbar, doch in der Regel können wir den tödlichen Verlauf mit Medikamenten verzögern.«

»Seine Eltern haben aber keine Herzprobleme und auch seine Geschwister nicht. Wieso denn gerade Akuyi?«, frage ich entsetzt.

»Nun, die Krankheit kann auch verschiedene andere Ursachen haben, zum Beispiel Nährstoffmangel, eine Infektion oder eine verschleppte Herzmuskelentzündung. Es macht aber schlussendlich keinen Unterschied, denn sie ist so oder so unheilbar.«

»Bin ich schuld, da ich zu spät gekommen bin? Hätte er eine größere Chance gehabt, wenn die Krankheit früher entdeckt worden wäre?«, hake ich nach. Dieser Gedanke macht mich wirklich irre.

Sie beruhigt mich, indem sie meine Frage verneint. »Im Frühstadium der Erkrankung besteht lediglich ein Schaden auf zellulärer Ebene. Er ist mit gängigen diagnostischen Mitteln nicht zu identifizieren, und die Tiere zeigen auch keine Symptome. Sie konnten also nicht merken, dass Akuyi krank ist. Im okkulten Stadium, also wenn die Krankheit durch eine Ultraschallvorsorge, im besten Fall in Kombination mit einem EKG, diagnostizierbar ist, hat man gute Möglichkeiten, in das Voranschreiten einzugreifen. Aber selbst in dieser Phase zeigt der Hund noch keine Symptome, und der Haustierarzt kann bei der allgemeinen Untersuchung über das Stethoskop ebenfalls noch nichts Auffälliges hören. Aus diesem Grund wird eine jährliche Vorsorgeuntersuchung empfohlen. Dabei hat man unter Umständen Glück, die Krankheit vorzeitig zu erkennen und zu behandeln. Je früher man es merkt, desto besser.«

Also muss Akuyi sich schon in einer späten Phase der Krankheit befinden, sonst gäbe es doch nicht diese deutlichen Symptome, schlussfolgere ich mit klopfendem Herzen. Ich halte den Atem an, und es kommt mir wie eine Ewigkeit vor, bis Dr. Sommer endlich weiterspricht.

»Im Spätstadium haben wir es dann mit der symptomatischen Phase der DCM zu tun. Der Körper kann die Erkrankung nicht mehr kompensieren, und es kommt durch einen Rückstau von Blut aus dem Herzen in den Kreislauf zu Wasseransammlungen in der Lunge, einem sogenannten Lungenödem, in der Brust oder in der Bauchhöhle. Bei einem Lungenödem und einem Thoraxerguss zeigt das Tier schwere Atemnot und schweren, rasch schlimmer werdenden Husten, so wie Ihr Akuyi. Manche Patienten haben Ohnmachtsanfälle, die in der Regel durch die Rhythmusstörungen hervorgerufen werden. Sollte Akuyi irgendwann mal umkippen, schlagen Sie ihm gezielt auf der Herzseite auf den Brustkorb. Das kann das Herz wieder zum Schlagen bringen.«

Das ist nicht ihr Ernst, denke ich mir. Warum kann er umfallen? Und was soll ich dann machen? Oh mein Gott, ich bin total überfordert!

»Akuyi befindet sich leider bereits in diesem Stadium. Das macht eine Dauertherapie notwendig, sonst geht es ganz schnell zu Ende«, fügt sie nun noch hinzu.

»Von welchem Zeitraum sprechen wir denn hier?«, will Lukas wissen. Ich habe es nicht fertiggebracht, das zu fragen, und bin froh, dass Lukas es tut. Aber ich habe auch große Angst vor der Antwort.

»Nun, in diesem Stadium kommt es ganz darauf an, wie die Therapie anschlägt, die ich jetzt individuell auf Akuyi zuschneiden werde. Studien haben gezeigt, dass die Überlebenszeit mit der optimalen Therapie bei sechs bis zwölf Monaten liegen kann. Sie müssen aber eher mit drei bis sechs Monaten rechnen. Doch auch das kann individuell stark variieren, abhängig von der Wirkung der Medikamente, der Schwere und der Ursache der Krankheit, vom Auftreten eventueller Komplikationen sowie von der Rasse. Wir müssen Akuyi jetzt erst mal entwässern, das machen wir mit einem Furosemid. Dann gibt es ein stärkendes Medikament für seine Herzkraft. Zusätzlich wird ein ACE-Hemmer, das ist ein kreislaufunterstützendes Medikament, verabreicht, und sobald Rhythmusstörungen auftreten, gibt es Antiarrhythmika. Zudem besorgen Sie bitte im Bodybuilding-Shop Taurin und L-Carnitin und füttern das zu. Ich schreibe Ihnen alles auf. In sechs bis acht Wochen prüfen wir dann, wie die Medikamente anschlagen, und besprechen, wie es weitergeht.«

Ich sitze da wie in Trance. Akuyi ist mittlerweile vom Untersuchungstisch heruntergesprungen. Er steht vor mir und hat den Kopf auf meinem Schoß abgelegt.

»Was kann ich denn jetzt für ihn tun?«, frage ich beinahe tonlos, da ich kaum in der Lage bin zu sprechen.

»Das Wichtigste für Akuyi ist, dass er noch eine gute Lebensqualität hat«, antwortet Dr. Sommer. »Alles, was ihm Spaß macht, soll er auch tun. Er soll spielen, Gassi gehen, bellen und toben. Er darf aber keine salzigen Speisen vom Tisch fressen, da zu viel Salz Herzpatienten schadet. Machen Sie nichts mit ihm, das er nicht beeinflussen kann und das er körperlich nicht schafft, wie joggen, neben dem Fahrrad herlaufen und so weiter. Also Dinge, bei denen der Hund zur körperlichen Anstrengung quasi gezwungen wird. Erlaubt ist das, was er von sich aus macht und dann auch selbst abbrechen kann.«

Sie erklärt uns weiter, dass wir jeden Abend im Ruhezustand Akuyis Atemfrequenz ermitteln sollen, indem wir eine Minute lang die Atemzüge zählen, wenn er schläft, total entspannt ist und es kühl im Raum ist. Die Ruheatemfrequenz sollte weniger als fünfundvierzig Schläge pro Minute betragen. Steigt sie dauerhaft an, kann das ein Anzeichen eines beginnenden Lungenödems sein. Studien haben angeblich gezeigt, dass das Zählen der Ruheatemfrequenz ein exzellenter Frühmarker eines Lungenödems ist.

»Außerdem werden wir uns jetzt regelmäßig sehen müssen«, meint sie. »Um Folgeuntersuchungen kommen Sie nicht herum, wenn Akuyi noch Zeit bekommen soll. Auf diese Weise können wir das Fortschreiten der Erkrankung sehr gut beurteilen, falls erforderlich therapeutisch einschreiten oder eine Veränderung der Dosierung vornehmen. Viel Spielraum haben wir nicht, daher starten wir jetzt erst mal mit einer nicht ganz so hohen Dosis, denn irgendwann ist man am Maximum angekommen. Es gibt nur eine begrenzte Auswahl an Präparaten, und mit denen müssen wir gut haushalten. Die Untersuchungsintervalle besprechen wir nach der nächsten Untersuchung, wenn ich sehen kann, wie er auf die Medikamente anschlägt. Meinen Bericht schicke ich per Mail an die Kollegin, die Medikamente bekommen Sie vorn an der Anmeldung. Wenn es Probleme gibt, melden Sie sich bitte sofort.« Sie steht auf. »Alles Gute erst mal. Ich hoffe das Beste für Akuyi.«

Lukas erhebt sich ebenfalls, schüttelt ihr die Hand und bedankt sich mehrmals dafür, dass sie unseren Termin dazwischengeschoben hat. Ich dagegen klebe immer noch auf meinem Stuhl fest und nicke ihr zu, dabei verschlucke ich ein leises »Danke«.

Nachdem Dr. Sommer die Tür hinter sich geschlossen hat, geht Lukas zum Fenster und schaut hinaus auf den Parkplatz. »Der kleine Wutz ist doch noch nicht mal sechs Jahre alt«, flüstert er. »Er hat sein ganzes Leben noch vor sich. Wie kann es sein, dass das Schicksal uns schon wieder einen Hund im besten Alter nehmen will?« Dann senkt er den Kopf und fängt bitterlich an zu weinen.

So habe ich ihn noch niemals weinen gesehen. Ich gehe zu ihm rüber und nehme ihn von hinten in den Arm. Es zerreißt mir das Herz.

Kapitel 39

Zu Hause angekommen, mit einer Riesentüte Medikamente im Schlepptau, gibt es erst mal Futter, und ich mische jedes Präparat, das auf der Liste steht, nach Vorgabe hinein.

Plötzlich fällt mir ein, dass ich nun nicht mehr das Haus verlassen kann, denn ich habe solche Angst, dass Akuyi in Ohnmacht fällt oder an einem plötzlichen Herztod verstirbt, wenn keiner da ist. Das könnte ich mir niemals verzeihen. Er darf auf keinen Fall allein sein, wenn es passiert. Wie sollte ich mir jemals vergeben, wenn der Hund stirbt und ich ihn dabei nicht in den Armen halten konnte?

Lukas will noch heute im Internet eine Kamera bestellen, die über WLAN angeschlossen wird. Damit können wir jederzeit über die passende App in unser Wohnzimmer schauen und beobachten, was die beiden Hunde machen, ob Akuyi nervös ist oder ob es Anzeichen für ein Unwohlsein gibt. Definitiv dürfen wir nur noch so weit weggehen, dass wir innerhalb von wenigen Minuten wieder zu Hause wären, falls es Auffälligkeiten geben sollte. Wir müssen uns nun immer gut absprechen. Auch Lukas könnte es sich nicht verzeihen, wenn Akuyi allein sterben müsste und ihn keiner von uns im Arm halten würde.

»Na ja«, sage ich, »das betrifft ja nun eher mich. Du bist in zwei Wochen wieder weg, und ich habe dann ganz allein die Verantwortung.«

Er schüttelt den Kopf und führt mich zum Sofa im Wohnzimmer. Nachdem wir uns hingesetzt haben, legt er den Arm um meine Schultern und schaut mir tief in die Augen. »Als wir vorhin in der Klinik mit der Diagnose konfrontiert wurden, war mir sofort klar, dass mein Projekt Heidelberg vorbei ist. Ich hatte schon daran gedacht, es abzubrechen, als du mir von deinem Fibroadenom erzählt hast, dass du mir keine Angst machen und mich in Heidelberg nicht ablenken wolltest.«

Ich bin total überrascht. Mit allem hätte ich gerechnet, aber niemals mit dieser Entscheidung.

»Es kann nicht sein, dass die Menschen, die ich liebe, mich schützen wollen, damit ich mein Ding durchziehen kann«, stellt er fest. »Du hättest mich in letzter Zeit auch gebraucht.«

Ich hasse diese sentimentalen Ausführungen, da meine Augen nun schon wieder feucht werden. Aber ich räuspere den Kloß in meinem Hals weg und versuche, Lukas' Worte zu genießen, ohne in Tränen auszubrechen.

»Ich weiß von meinen Patientinnen, wie verrückt einen diese Angst vor dem Ergebnis macht, und du musstest da allein hinmarschieren und abwarten. Ich war nicht bei dir, obwohl es meine verdammte Pflicht gewesen wäre, deine Hand zu halten.« Jetzt zieht er mich noch etwas näher zu sich, und ich lege den Kopf auf seine Brust. »Aber nein«, fährt er fort, »ich mache da in einem Labor rum, um irgendwann vielleicht etwas bewegen zu können. Das können aber all die anderen dort auch. Es gibt in Heidelberg genug Ärzte, die helfen und recherchieren, analysieren und forschen. Einen Herrn Schröder brauchen die nicht.«

»Jetzt mach dich mal nicht so schlecht, Schatz«, wende ich ein. »Natürlich können die dich dort gut gebrauchen.«

»Na ja, ich dachte wohl eher, dass ich es brauche, ein Teil dieses Ganzen zu sein und mir irgendwann vielleicht auf die Schulter klopfen zu können. Aber ihr braucht mich hier und ich euch, daher werde ich den Teufel tun, wieder abzuhauen und euch noch mal allein zu lassen.«

Was Lukas da sagt, kann ich noch gar nicht richtig glauben. Und ich kann auch nichts antworten, da ich so perplex und unsagbar glücklich bin.

»Bei dir ging es zum Glück gut aus, aber bei dem Fratz hier wissen wir es nicht, und ich möchte noch so viel Zeit wie möglich mit ihm verbringen. Es ist ein Geschenk, noch Zeit mit Akuyi zu haben. Bei unserem Schröder hatten wir dieses Glück nicht. Er ist einfach nicht mehr mit nach Hause gekommen. Wir werden kämpfen, um Akuyi zu helfen, und wenn das alles nichts mehr nützen sollte, müssen wir versuchen, damit zu leben.«

Ich küsse Lukas lange. »Ja, jetzt haben wir Zeit bekommen«, sage ich, nachdem wir uns wieder voneinander gelöst haben. »Wir können uns verabschieden und uns vorbereiten, auch wenn ich nicht weiß, wie ich das schaffen werde, noch mal einen Hund zu verlieren. Jeder Tag, jede Nacht, jede Woche, jeder Monat, vielleicht sogar jedes Jahr wird nun genossen und in vollen Zügen ausgenutzt«, ergänze ich in einem Ton, der keinen Zweifel daran lässt.

»Am besten rufe ich gleich den Professor an und sage ihm, dass ich nicht mehr zurückkomme«, überlegt Lukas. »Das ist auch kein Problem für die Kollegen dort. Durch die Studenten gibt es so viele Helfer, dass sie mein Fehlen gut verschmerzen werden.«

Ich brauche noch ein paar Augenblicke, um vollends zu begreifen, was Lukas mir gerade gesagt hat. Als ich es endlich realisiert habe, schießen mir nun doch die Tränen aus den Augen. »Das ist die schönste Liebeserklärung, die ich je von dir bekommen habe«, flüstere ich. »Nein, nicht nur ich, sondern auch unsere beiden hier.«

Eine ganze Weile sitzen wir noch eng umschlungen da, neben uns auf dem Sofa natürlich auch die Hunde. Akuyi schläft nun ganz tief. Das alles nimmt ihn schon sehr mit, und ich ertappe mich dabei, wie ich seine Atemzüge bewerte.

»Das ist jetzt schon das zweite Mal, dass die Krankheit unseres Hundes ein Zeichen für uns war. Dadurch haben wir gemerkt, wie sehr wir zusammengehören und uns brauchen«, sage ich zu Lukas.

»Du hast recht, Lilly.« Er streichelt mir zärtlich über die Haare. »Ich liebe dich und die beiden hier so sehr, dass ich nicht mehr ohne euch sein möchte. Der Abstand hat auch mir nicht gutgetan, doch manchmal braucht man diesen Schlag ins Gesicht, weil man es selbst nicht merkt.«

Da ist schon was dran. Aber warum muss dafür immer einer unserer Hunde todkrank werden?

Kapitel 40

Wir diskutieren die ganze Nacht darüber, ob wir jetzt überhaupt nach Sankt Peter-Ording fahren oder lieber in Hamburg bleiben sollen. Aber es ist letztendlich egal, wo Akuyi mit seiner Krankheit fertigwerden muss und wo wir darüber trauern, dass uns dieses Schicksal widerfahren ist. Die Nordsee wird es nicht besser und nicht schlechter machen. Die nächste Ultraschallkontrolle haben wir ja erst in einigen Wochen. Diese Zeit braucht Akuyis Körper auch, damit die Medikamente wirken und etwas verändern können. Das Wasser muss aus dem Körper raus und das Herz entlastet werden. Lukas und ich haben jetzt ja beide frei, und somit spricht nichts, aber auch gar nichts dagegen, unsere Sachen zu packen. Am kommenden Wochenende machen wir uns los.

Am nächsten Tag sieht die Welt schon etwas besser aus. Wir haben den ersten Schock verdaut, den Kampf gegen die Krankheit angenommen und im Internet noch weiter darüber recherchiert. Und das, was wir beispielsweise in Hundeforen gelesen haben, macht uns Mut. Natürlich sind auch negative und teilweise sehr traurige Geschichten darunter, doch die versuchen wir auszublenden.

Wir sind eigentlich eher froh, dass wir finanziell in der Lage sind, das Ganze stemmen zu können. Viele Hundehalter schreiben, dass es ihnen einfach nicht möglich ist, die Medikamente, Futterzusätze und Untersuchungen über einen langen Zeitraum zu bezahlen. Wir müssen jetzt mit einer zusätzlichen Belastung von bestimmt fünfhundert Euro im Monat rechnen. Wie furchtbar muss es sein, zu wissen, dass es zwar Medikamente gibt, die man sich jedoch nicht leisten kann, und dass allein deswegen die Lebensqualität und Lebensdauer des Hundes sinkt.

Wie schon gesagt, wir lesen natürlich nur die Fallbeispiele, in denen die Hunde trotz einer schlechten Prognose noch mehr Zeit bekommen haben. Die Krankheit ist nicht aufzuhalten, aber es gibt Fälle, in denen die Medikamente wirklich geholfen haben, das Fortschreiten zu verlangsamen.

Wir geben Akuyi noch lange nicht her. Sein großes Herz hat noch so viel Liebe zu verschenken, und auf die wollen wir nicht verzichten.

Als ich anfange zu packen, steht Akuyi neben mir und zeigt schon wieder Anzeichen von Panik. Als ob wir ohne ihn verreisen würden. Das haben wir noch nie gemacht, und wir werden es auch diesmal nicht tun. Sankt Peter-Ording ist unser einziges Ferienziel, weil Hunde dort willkommen sind und einen Auslauf haben, wie ich ihn noch an keinem anderen Ort gesehen habe. Weder Sylt noch Amrum oder Föhr können mit so einem weitläufigen Strand aufwarten.

Nur schade, dass wir keine Wasserhunde haben. Die Nordsee ist für unsere Afrikaner dann doch zu nass. Aber der Strand sieht nach Steppe aus und fühlt sich irgendwie auch so an. Wenn sie zusammen flitzen, sich jagen und andere Hunde treffen können, sind sie in ihrem Element, und ich freue mich jedes Mal aufs Neue, wenn wir dort sind.

Schwierig wird es diesmal nur werden, in ein Restaurant essen zu gehen. Mit zwei Hunden ist es in der Nebensaison eigentlich kein Problem. Aber da unser Rüde unterm Tisch und an der Leine ja leider ein kleiner Arschlochhund sein kann, sobald ein anderer Hund vorbeikommt, der ihm nicht passt, ist er eine tickende Zeitbombe. Daher sind wir immer total unentspannt, wenn wir ihn dabeihaben. Lieber lassen wir die beiden dann im Auto oder zu Hause. Doch das wird jetzt keine Option mehr sein, denn die Angst, dass Akuyi plötzlich etwas passiert, ist einfach zu groß.

Ich werde also selbst kochen müssen, denn mit Lieferdiensten ist Sankt Peter-Ording eher weniger gut ausgestattet. Lukas kann höchstens ab und an mal eine Pizza oder Ähnliches holen. Aber ehrlich gesagt ist das total zweitrangig. Hauptsache, wir sind alle zusammen, gehen unsere Runden, beobachten unseren Akuyi und genießen die gemeinsame Zeit.

Ben weiß schon, dass wir an die Nordsee fahren, meine Eltern ebenso. Jetzt will ich mich noch von Celine verabschieden. Ich möchte ja auch gern wissen, was aus ihr und dem Polizisten geworden ist. Zwar sollte mir das gerade ziemlich egal sein, es lenkt mich trotzdem ein wenig von meinen Problemen hier ab. Und was gibt es da Besseres und Unterhaltsameres als die Geschichten, die Singles zu erzählen haben. Irgendwie ist bei denen immer etwas los.

Celine geht auch gleich ans Telefon und freut sich, mich zu hören. Aber da ich in letzter Zeit einige Nachrichten von ihr nicht beantwortet habe, gibt's auch erst mal einen kleinen Anschiss. Als ich ihr jedoch die Gründe meines Schweigens erkläre – Akuyi, Lukas' Rückkehr und mein ganzes Durcheinander hier –, reagiert sie ganz lieb und verständnisvoll und trauert mit mir.

Ich berichte ihr, dass wir morgen nach Sankt Peter-Ording fahren, schon alles gepackt haben und erst nach Silvester wiederkommen. Wenn sie sich über Weihnachten allein fühlt, kann sie uns gern besuchen. Silvester feiert sie eigentlich immer auf großen Partys, daher brauche ich sie danach erst gar nicht zu fragen. Platz hätten wir genug, aber wahrscheinlich kommt Ben am zweiten Weihnachtstag auch mal vorbei. Er wusste es zwar noch nicht genau, doch da er an Feiertagen nicht allein sein kann, rechne ich schon mit ihm, es sei denn, er hat gerade eine Frau am Start. Das weiß ich allerdings nicht, und ich möchte Celine auch nicht darauf ansprechen, denn das würde ihr doch wehtun. Daher frage ich sie lieber mal nach Phillip.

»Mit ihm habe ich regen Kontakt«, erzählt sie, »der beschränkt sich jedoch weitgehend aufs Bett. Weißt du, ich mag Phillip sehr und könnte mir auch definitiv was Ernsteres mit ihm vorstellen. Aber er kommt immer nur kurz und haut nach dem Sex wieder ab. Und das relativ schnell. Das habe ich schon verstanden, auch wenn ich vielleicht etwas zu naiv und nett bin. Doch ich habe jetzt beschlossen, einfach meinen Spaß zu haben und mitzunehmen, was ich bekomme. Der Winter kann lang werden.« Sie lacht kurz auf, dann wird sie wieder ernster. »Ach übrigens, seit das mit Phillip läuft, meldet sich auch dein Bruder wieder regelmäßig bei mir. Seltsam, oder?«

Na ja, eigentlich nicht, denke ich. Das war doch schon immer sein Weg. Ich will sie nicht, aber ein anderer soll sie auch nicht haben. Jetzt ärgere ich mich, denn ich hätte ihm gar nicht von Phillip erzählen sollen.

»Vielleicht merkt Ben jetzt, dass er mich doch mehr mag, als er sich eingestehen will«, fügt Celine nachdenklich hinzu.

Ich sehe das eher kritisch. Meiner Meinung nach will er sie einfach nur nicht ganz verlieren. Aber es soll mir recht sein, wenn die beiden Dauersingles endlich zueinanderfinden, ich würde es mir sogar von Herzen wünschen.

Doch ich weiß jetzt schon, dass diese Beziehung der Horror für mich wäre. Es steckt so viel Power in den beiden, da fehlt einfach eine Seite, die das Ganze etwas beruhigt. Wahrscheinlich würden sie sich dann abwechselnd jeden Tag bei mir auskotzen, da der eine nicht dem Wunschbild des anderen entspricht. Ja, Celine und Ben wären echt eine heiße Kombi.

Andererseits kennen sie sich ja nun schon wirklich lange, und ich weiß auch, dass Celine meinem Bruder guttun würde. Aber ob umgekehrt er ihr guttun würde, bezweifle ich eben. Jedenfalls scheint der Herr Polizist ihm ein Dorn im Auge zu sein. Es bleibt also spannend.

Da ich jedoch Stress, Ärger und Beziehungsprobleme im Moment überhaupt nicht gebrauchen kann, hoffe ich sehr, dass sie uns in Sankt Peter-Ording in Ruhe lassen oder allenfalls einzeln kommen. Ablenkung und Unterhaltung würde uns zwar guttun, aber bitte ohne Rumgezicke.

Kapitel 41

»Moin Moin, was darf es für euch sein?«

Ach, irgendwie hört sich diese Begrüßung hier an der See immer noch viel schöner an als in Hamburg.

»Einmal Matjes, einmal Backfisch mit Senfsoße«, antwortet Lukas dem Mitarbeiter an der Theke bei Gosch.

Jetzt wird erst mal unser obligatorisches Fischbrötchen genossen. Das essen wir immer als Erstes, wenn wir hier ankommen. Es ist ruhig, das Lokal recht leer, sodass wir sogar mit unseren beiden Hunden problemlos einen Platz finden. Ich habe zwei Decken dabei, und für die kurze Zeit ertrage ich auch die Spannung, die ich immer habe, wenn unsere beiden nicht hundertprozentig gesellschaftsfähigen Viecher mit dabei sind.

Basihma fängt natürlich sofort wieder so sehr an zu betteln, dass es aus ihren Lefzen tropft, was mir doch irgendwie unangenehm ist. Währenddessen begibt sich Akuyi auf Beobachtungsposten. Es könnte ja irgendwo ein Hund um die Ecke kommen, den er dann anblödeln kann.

Was Restaurantbesuche angeht, haben wir auf ganzer Linie versagt. Anstatt es zu üben, haben wir die

Hunde einfach immer zu Hause gelassen. Sie sind ja zu zweit und fühlen sich daheim doch am wohlsten, so dachten wir uns. Aber was ist, wenn wir irgendwann mal nur noch einen Hund haben sollten und wir den dann mitnehmen müssen? Darüber haben wir noch nie wirklich nachgedacht. Eigentlich gehen wir ja auch selten essen. Aber wenn, dann wäre es schon besser, wir könnten.

Nun ja, die Fahrt war problemlos, das Auto haben wir ausgepackt, die Betten bezogen, die Heizung angedreht. Nun müssen wir uns ein wenig beschäftigen, bis die Bude dann abends, wenn wir zurückkommen, warm ist.

So sind wir erst mal von unserem Haus im Ortsteil Dorf in den Ortsteil Bad spaziert und haben bei Gosch gegessen. Nun führt uns unser Weg über die Seebrücke und den Hundestrand in Richtung Südstrand und schließlich zurück zum Dorf. Die Hunde sind warm angezogen, und mit den Pausen klappt es auch.

Im Südstrand-Pfahlbau werden wir dann noch eine Tote Tante, also einen schönen heißen Kakao mit Rum trinken, bevor wir uns wieder auf nach Hause machen. Das Restaurant ist groß und weitläufig, da kriegen wir die Hunde locker unter. Sie können sich auf ihre Mäntel legen und wir uns aufwärmen. Da die Gezeiten gut liegen, sollten wir noch problemlos durch den Priel kommen.

Ein bisschen auskennen sollte man sich schon, sonst kann so eine Tour böse enden. Die Priele sind nicht zu unterschätzen, laufen zu, und man gerät schnell in Panik.

Vor ein paar Jahren wollte am Neujahrstag ein Tourist zusammen mit seiner Ehefrau und dem gemeinsamen Hund einen Spaziergang am Böhler Strand unternehmen. Die beiden Urlauber marschierten entlang der Wasserkante in Richtung Süden und passierten dabei einen Priel, der den Weg zum Festland versperrte. Sie beschlossen dann wohl, den Priel zu durchschwimmen, was der Frau mit viel Glück auch gelang. Sie konnte sich mithilfe einer anderen Spaziergängerin an Land retten. Ihr Mann hingegen versuchte wohl, den Hund zu retten, wurde aber von der starken Strömung weggerissen und ins offene Meer getrieben. Eine sofort eingeleitete Rettungs- und Suchaktion blieb erfolglos. Die Leiche des Mannes wurde zwei Kilometer westlich vom eigentlichen Unglücksort entdeckt und geborgen. Der Hund tauchte nicht mehr auf.

Dieses Unglück hätte vermieden werden können, wenn sich das Ehepaar über die Gezeiten informiert hätte. Die beiden hätten auch einfach umkehren und wieder zurückgehen können, anstatt den Priel zu durchschwimmen. Die Gefahr, die von einem Priel ausgeht, wird leider häufig unterschätzt. Den Wasserlauf zu durchschwimmen, ist durch die Strömungen oft schwer bis sogar unmöglich. Rund um Sankt Peter-Ording sind Unfälle im Watt nicht selten. Bis zu zwanzigmal im Jahr werden Spaziergänger aus Notlagen befreit.

Lukas und ich gehen nun eine Weile am Meer entlang, halten uns an den Händen und genießen die Ruhe. Gut, eigentlich ist es nicht ruhig, sondern unheimlich windig. Gerade deswegen können wir uns nicht unterhalten, was aber irgendwie schön ist. Man muss auch mal nebeneinander hergehen können, ohne ständig zu reden.

Doch irgendwann wird es uns im Gesicht zu kalt, und wir beschließen, links hoch in Richtung der Dünen zu gehen. Ich glaube, die Hunde sind darüber weniger erfreut, denn es ist dort so gar kein Busch in Aussicht. Immer nur Sand ist schon etwas langweilig. Klar, sie könnten einfach rennen, doch dazu ist das Wetter nicht angenehm genug, Akuyi zu krank, und die dicken Mäntel sind wahrscheinlich zu unbequem. Aber eine Erkältung können die Hunde wirklich nicht auch noch gebrauchen, besonders nicht unser Bub.

Endlich, ein klitzekleiner Grashalm auf einem kleinen Sandhügel. Akuyi nutzt ihn direkt, um zu markieren. Da er ja Wassertabletten bekommt, ist es total wichtig, dass er viel pinkelt. Nun ja, aber ohne Busch ist das einfach blöd. Ich denke, an den Dünen wird sich das dann ändern.

Dort angekommen, rennt Basihma sofort los. Hasen, ach herrje, daran habe ich gar nicht mehr gedacht. Hinter den Dünen gibt es viele Hasenbauten, und auch im Winter sind hier einige der Tierchen unterwegs.

Hund eins ist jetzt schon mal weg. Ich hoffe, sie erwischt keinen Hasen, doch das würden wir vermutlich gar nicht mitbekommen. Die frisst alles in so kurzer Zeit, dass sie ihn wahrscheinlich sogar am Stück verputzen würde. Wie eine Schlange, nur ratzfatz weg damit.

Da ich jedoch ein Hasenfreund bin und weiß, dass die Hunde an die Leine gehören, rufe ich sie. Natürlich kommt sie nicht. Aber ich habe es versucht, nur fürs Protokoll. Akuyi stöbert inzwischen weiter vorn an den Dünen herum, schnüffelt und pinkelt, alles im Wechsel.

Ich konzentriere mich mehr auf Basihma, und als ich sie entdecke, guckt ihr tatsächlich etwas aus der Schnauze. Es ist lang und sieht auf die Entfernung aus wie Kunststoff. Ein Strohhalm oder so was in der Art, denke ich spontan, bekomme Panik und beginne zu schreien. Ich will auf keinen Fall, dass sie das verschluckt. Mein Geschrei heizt sie natürlich erst recht an, denn Fangspiele sind ja große Klasse.

Ich versuche, wieder etwas ruhiger zu werden und sie zu locken, indem ich sie herbeirufe und dabei beinahe pausenlos auf meine Bauchtasche zeige, in der ich immer ein paar Leckerli mit mir herumtrage. Es funktioniert tatsächlich. Während die Fressmaschine auf mich zukommt, versuche ich zu erkennen, was sie in der Schnauze hat. Es ist ein langes blaues Ding, das im Wind weht. Eine Art Band.

Ein blaues Band also. Was hat blaue Bänder und ist abseits vom Strand versteckt hinter einer Düne zu finden?

»Das ist ein Tampon, Lilly«, ruft Lukas im selben Moment. »Raus damit, sie darf das Ding nicht verschlucken!«

Ach was, denke ich, das weiß ich selbst. Doch ich bin noch nicht so nah dran, dass ich Basihma zu fassen bekomme. Also locke ich sie weiter mit den Leckerli, bis sie endlich vor mir steht. Ich hoffe nur, dass die Watte, an der das blaue Band hängt, sich noch in Basihmas

Maul befindet und nicht schon in ihrem Hals. Denn dann könnte ich das Ding vielleicht gar nicht mehr rausziehen.

Ich packe mir das Vieh und schreie: »Aus, aus, Maul auf, Basihma! Das ist ja ekelhaft!« Natürlich findet sie das nicht, und meine Worte beeindrucken sie auch nicht besonders. Aber im Tausch gegen ein paar Leckerli ist es okay.

Ich ziehe ihr also das aufgequollene Ding, das tatsächlich benutzt und nicht durch die Feuchtigkeit aufgequollen ist, heraus und frage mich, ob das hier allen Ernstes ein Ort wäre, an dem ich in Ruhe meinen Tampon wechseln wollte. Mit einem Kopfschütteln beantworte ich mir diese Frage schließlich selbst, während ich das Ding in eine Kottüte der Hunde werfe. Da Akuyi gerade in diesem Augenblick einen ordentlichen Haufen macht, packe ich den auch gleich mit ein.

Und so machen wir uns durchgefroren mit einer Tüte voller schöner Mitbringsel auf den Weg zum Restaurant. Wir halten uns jetzt seitlich der Dünen, von wo aus wir den wunderschönen Pfahlbau bereits von Weitem sehen können. Schon bilde ich mir ein, den Kakao zu schmecken und den Rum zu riechen.

Kapitel 42

An Heiligabend kaufe ich morgens noch im Discounter ein, und es ist herrlich. Sankt Peter-Ording ist leer, die Urlauber kommen erst nach den Weihnachtsfeiertagen, und ich bin gefühlt mit den Angestellten ganz allein. In Hamburg wäre jetzt die Hölle los.

Celine und Ben haben sich zu meiner Verwunderung gemeinsam angekündigt. Sie wollen aber nur an Heiligabend bleiben, da sie am ersten Weihnachtstag bei Celines Familie eingeladen sind. Das wundert mich schon, schließlich meinte ja Ben vor nicht allzu langer Zeit noch, dass die Heiligabend-Mitternachtspartys die aussichtsreichsten Chancen auf gute Singleladys versprächen.

Ich bin noch nicht so richtig dahintergestiegen, was das jetzt zwischen den beiden ist, jedenfalls nähern sie sich anscheinend nun doch an. Zugegeben, ich habe sie etwas aus den Augen verloren. In letzter Zeit habe ich mit Celine nur geschrieben, sie hatte ja im Weihnachtsgeschäft auch wenig Zeit. Da ist bei ihr im Laden natürlich viel los, und abends war sie dann einfach kaputt. Oder mein Bruder hat sie abgelenkt, denn er war wohl fast jeden Tag bei ihr. Phillip wurde auch nicht mehr erwähnt, also gehe ich davon aus, dass er kein Thema mehr ist. Mein Bruder hat ihn wohl aus dem Spiel genommen – mal wieder.

Lukas wirkt die ganze Zeit über ziemlich in sich gekehrt, und mir ist, als würde er über irgendwas nachdenken, aber ich bin noch nicht dahintergekommen, was es ist. Neben der Sorge um Akuyi macht er sich bestimmt Gedanken, wie und wann es für ihn mit der Praxis weitergeht. Eigentlich hatte er ja geplant, knapp ein Jahr in Heidelberg zu verbringen und frühestens im Spätherbst wieder in die Praxis einzusteigen. Bis dahin haben ja die anderen Praxen seine Arzthelferinnen übernommen, die dort auch gebraucht werden. Würden die überhaupt früher zurückkommen? Ich schätze, die Situation belastet ihn doch ziemlich.

Solange er die Praxis geschlossen hat, kommt nicht wirklich Geld rein, zudem haben wir durch Akuyis Krankheit jetzt viel mehr Ausgaben. Aber es ist ja nicht so, dass wir blauäugig in das Projekt Heidelberg gegangen sind. Es ist schon Geld da, sonst hätte Lukas sich gar keine Auszeit gegönnt. Es geht eher um die Beschäftigung. Mal nichts zu tun, ist schwer für ihn, eigentlich völlig unmöglich.

Neulich haben wir lange mit der Nachbarin hier, einer Einheimischen, gesprochen. Als sie aus dem Gespräch heraus mitbekam, dass Lukas Gynäkologe ist, fing sie gleich an zu jammern, weil Sankt Peter-Ording keinen Frauenarzt hat. In der Kurklinik gibt es zwar eine Gynäkologin, die jedoch nur Privatpatientinnen behandelt.

Sie meinte dann nur im Spaß – das denke ich jedenfalls –, dass Lukas sich doch hier niederlassen könnte, wenn er Sankt Peter-Ording so liebt. Daraufhin grinste er nur. So einfach sei das nicht, aber eine schöne Idee. Er könne sich das sehr gut vorstellen. Das Leben, die Luft und die Ruhe seien genau nach seinem Geschmack.

Wenn ich richtig darüber nachdenke, kann es sogar sein, dass er seit diesem Gespräch so still und in sich gekehrt ist. Liegen wir abends im Bett, hat er die halbe Nacht den Laptop auf dem Schoß, während ich ein Buch lese oder schon schlafe – falls das überhaupt möglich ist, denn die Hunde liegen kreuz und quer. Manchmal frage ich mich, wie ich überhaupt jemals eine vernünftige Schlafposition finden soll. Andererseits schaffe ich es auch nicht, die Viecher, die im Schlaf so zuckersüß aussehen, zu wecken und anders zu positionieren. Also liege ich lieber wie ein Fötus da und nehme Rückenschmerzen in Kauf.

Denkt Lukas also tatsächlich ernsthaft darüber nach, seine Praxis hierherzuverlegen? Soll ich ihn einfach mal darauf ansprechen? Und würde ich es überhaupt gut finden? Die letzte Frage beantworte ich mir selbst mit Ja. Das würde ich. Ich kann nun wirklich überall arbeiten, und ich glaube, besser und einfacher als in meiner Branche ist das gar nicht möglich. Fitnessstudios gibt es zwar nur in den umliegenden Ortschaften und nicht direkt hier im Ort, dafür aber eine Menge Kurkliniken und Rehazentren, die ebenfalls den Sport- und Ernährungsbereich abdecken.

Die Nachbarin erwähnte dann auch noch, dass es in Sankt Peter-Ording unheimlich viele offene Arbeitsstellen gebe. Das liegt daran, dass die Leute die Mieten hier einfach nicht bezahlen können, wenn es überhaupt noch Wohnungen zur Festvermietung gibt. Die Grundstückspreise sind ebenfalls überirdisch und Häuser somit kaum zu finanzieren. Das könnte natürlich ein Problem werden.

Ich muss sagen, dass mich ein Neuanfang sehr glücklich machen würde. Der letzte ist bei mir nun auch schon ein paar Jahre her, und diesmal wäre ich ja nicht allein. Außerdem ist Hamburg nicht weit weg. Ein Neuanfang an einem anderen Ort, der aber nicht aus der Welt ist, wäre irgendwie fantastisch. Wir haben keine Kinder und somit auch keine sozialen Verpflichtungen. Reißt man Kinder aus ihrer gewohnten Umgebung heraus, weg von den Freunden, der Schule oder auch den Großeltern, gibt es automatisch Probleme. Doch das wäre bei uns ja nicht der Fall.

Ich will mich jetzt aber nicht zu sehr in diese Vorstellung verlieben, sondern werde Lukas mal ein wenig beobachten und vielleicht auch mal in seinen Browserverlauf spicken, was er sich in den letzten Nächten so zusammengegoogelt hat.

Kapitel 43

Es waren ein paar unheimlich schöne Tage. Dafür, dass ich gedacht hatte, Weihnachten würde dieses Jahr eine Katastrophe für mich werden, verlief es ausgesprochen harmonisch. Lukas war ja nun doch bei mir, Celine und Ben waren auch gut drauf, haben sich toll verstanden und waren wirklich süß zusammen. Sie bezeichnen sich zwar offiziell noch nicht als Paar, doch sie benehmen sich so. Na ja, vielleicht sollte ich da auch nicht zu viel hineininterpretieren, immerhin habe ich die beiden nur einen Abend lang und am nächsten Morgen beim Frühstück erlebt. Aber ich habe sie noch nie unter dem Aspekt beobachtet, ein Paar zu sein, und mittlerweile finde ich, dass es mit den beiden klappen könnte.

Bei einem Spaziergang habe ich Ben darauf angesprochen und gefragt, was sich denn nun verändert habe. Das Letzte, was ich gehört hatte, war ja, dass der Sex nicht gut sei und Celines Geruch ihm nicht gefalle. Doch jetzt meinte er, dass das alles besser geworden sei. Angeblich arbeiten sie am Oralverkehr, Ben scheint ein guter Lehrer zu sein, und auch der Geruch gefällt ihm mittlerweile. Also ist da doch was dran, dass die Körperchemie zwischen zwei Menschen passen muss und diese entscheidend dazu beiträgt, wie sympathisch wir jemanden finden. Ben kann Celine nun doch riechen, was vielleicht ein Zeichen dafür ist, dass sich seine Gefühle für sie tatsächlich geändert haben. Ich würde es den beiden jedenfalls wünschen, obwohl ich es immer noch etwas kritisch betrachte.

Jetzt müsste es einfach auch noch Akuyi wieder besser gehen. Sagen wir mal so, eine Wunderheilung wäre wünschenswert. Auf jeden Fall hechelt er nicht mehr so oft und hustet nicht mehr, und ich habe auch das Gefühl, dass er schlanker geworden ist. Das wäre ja ein Zeichen dafür, dass das Wasser aus seinem Körper verschwunden ist. Wichtig ist die kommende Ultraschalluntersuchung, danach wissen wir mehr.

An Silvester sind Lukas und ich mit den Hunden allein. Die ersten zwei Knaller sind schon am frühen Abend in der Nachbarschaft geflogen. Akuyi zittert wahnsinnig. Wenn ich den erwische, der so ein Ding hier in die Luft jagt und damit einen Herzinfarkt meines Buben riskiert, dann schlitze ich den Spacken auf, da bin ich mir ganz sicher. Da werde ich zur Furie, und die Helikopter-Hundemutti kommt in mir durch. Verboten ist nun mal verboten.

In Sankt Peter-Ording darf nicht geballert werden, und ich bin froh, jetzt hier zu sein. In Hamburg ist es an Silvester für die Hunde eine einzige Qual. Daher sind wir zum Jahreswechsel eigentlich immer gern in Sankt Peter, auch wenn es hier dann so furchtbar voll ist und man kaum ein Bein auf den Boden kriegt. Doch am

Strand verläuft sich alles super. Man muss einfach die Supermärkte meiden.

Danach werden wir wieder nach Hamburg fahren müssen. Januar, Februar und März sind die Monate, in denen in den Fitnessstudios Hochkonjunktur herrscht. Die Völlerei ist vorbei, die Leute sind durch ihre guten Vorsätze zum neuen Jahr motiviert und nutzen das aus. Vom Probetraining mit Ernährungsberatung bis hin zu knallharten Personal Trainings ist alles dabei. Ich schätze, meine Terminbücher sind voll. Wenn Lukas jetzt zu Hause ist, kann ich auch ein paar Stunden mehr annehmen. Er kann dann bei den Hunden bleiben, ich habe keinen Zeitdruck und brauche mir auch kein schlechtes Gewissen zu machen. Außerdem können wir das Geld gut für die Medikamente gebrauchen, die ja nicht gerade billig sind.

Als ich Lukas mit diesem Gedanken konfrontiere, meint er, dass er sich momentan nichts mehr wünsche, als sich um seine Schnuffis zu kümmern. Er habe so viel nachzuholen und freue sich total darauf.

Kurz vor Mitternacht und dem Prosit aufs neue Jahr fragt er mich, ob ich mir vorstellen könnte, hier zu leben. Nicht mehr nur Urlaub zu machen, sondern dort zu leben, wo andere Urlaub machen. »Ich beschäftige mich seit Tagen mit nichts anderem«, erzählt er. »Ich glaube, wir könnten hier sehr glücklich werden, Schatz.«

Das war ja in den letzten Tagen auch schon meine Idee. Raus aus dem Großstadtdschungel. Back to the roots. Wieder aufs Land. Hier hätten wir Ruhe, aber durch die Touristen während der Saison auch Trubel.

Von allem etwas und alles zu seiner Zeit. Und das Großartigste an der Sache wäre, dass wir immer frische Luft und viel Natur um uns hätten. Außerdem ist Hamburg nicht zu weit weg, um in die Tierklinik zu fahren, und Tierärzte gibt es hier ja auch. Und machen wir uns nichts vor, so viele soziale Kontakte würden wir nicht aufgeben. Ben ist eh immer unterwegs, Celine und ich könnten uns gegenseitig besuchen, und wer weiß, wie sich alles entwickelt, sollte das mit Ben und ihr was werden.

Gerade will ich Lukas von meinen Gedanken erzählen, da höre ich auch schon ein paar Feuerwerkskörper, besser gesagt, ich sehe sie durch die Jalousie. Wir haben den Fernseher nämlich recht laut gestellt, damit die Hunde die Knallerei nicht so sehr bemerken. Basihma schläft ruhig und gelassen, während Akuyi nervös auf dem Sofa sitzt und uns mit seinen großen Kulleraugen hilfesuchend anguckt. Dieser Hund passt auf jeden Fall nach Sankt Peter-Ording, denn mit seinen angelegten Ohren und dem unsicheren Blick sieht er einer Robbe zum Verwechseln ähnlich.

Ich gehe in die Küche, hole die vorbereiteten Sektgläser und reiche Lukas eines. Dann stoßen wir an und wünschen einander ein gutes neues Jahr, unserem Akuyi und unserer Basihma viel Gesundheit und uns einen tollen Start für unser Projekt »Umzug nach Sankt Peter-Ording«.

»Wenn nicht jetzt, wann dann?«, greift Lukas das Thema noch mal auf, nachdem er mich ausgiebig geküsst hat. »Meine Praxis ist ohnehin zu, und ich habe jetzt die Möglichkeit, etwas zu verändern. Das hätte ich schon sehr viel früher tun müssen. Bereits nach Jasmins Tod hätte ich ganz woanders neu anfangen sollen. Vielleicht hätte ich dann alles besser weggesteckt und mich nicht so in dieses Thema verbissen. Ich habe euch, einen Beruf, der mich erfüllt, und einen Urlaubsort, den ich so sehr liebe, dass ich für immer hier sein möchte.« Er legt den freien Arm um mich und zieht mich enger an sich. »Und wenn du mitmachen möchtest, setzen wir das im neuen Jahr sofort um. Die Praxis in Hamburg mache ich gar nicht wieder auf, sondern eröffne stattdessen hier an der schönen Nordsee eine top Praxis auf dem neuesten Stand, was Inventar, Geräte, Computer und so weiter anbelangt. In Hamburg wäre es auch langsam nötig, zu renovieren und das Inventar zu erneuern. Die Banken sind spendabel, und es ist eigentlich genau die richtige Zeit, um einen Kredit zu bekommen. Es dürfte sicher auch kein Problem werden, eine Zulassung zu erhalten, immerhin gibt es hier und in der Umgebung keinen anderen Gynäkologen. Du siehst, ich habe mich schon ordentlich eingelesen. Und ich finde, das ist wirklich mal ein guter Vorsatz fürs neue Jahr.«

»Du hast recht«, entgegne ich. »Diese Abnehmvorsätze langweilen mich sowieso jedes Jahr aufs Neue.«

»Wobei ich bei dem Stress, der auf uns zukommt, sicher auch ein bisschen abnehmen werde.« Er zwinkert mir lachend zu.

»Ich liebe dich, deine Ideen und deinen Elan. Und ich freue mich sehr auf einen Neuanfang mit euch«, flüstere ich Lukas ins Ohr. »*Happy new year*, Schatz!«

Wir trinken unsere Gläser fast auf ex aus, nehmen uns in den Arm und drücken uns ganz fest. Was wird das für ein spannendes neues Jahr werden.

Auf einmal spüre ich eine Bewegung an meinem rechten Bein. Tatsächlich, Akuyi steht neben uns, sucht Schutz und will wahrscheinlich mitkuscheln. Stimmt, da war ja noch was. Hoffentlich hält der Kerl noch lange durch, um das alles miterleben und für lange Zeit die Nordsee genießen zu dürfen.

Da laufen mir schon wieder die Tränen übers Gesicht. Ich dachte, ich hätte diese Phase hinter mir, aber das neue Jahr fängt so tränenreich an, wie das alte aufgehört hat.

Kapitel 44

Seit drei Wochen sind wir nun wieder in Hamburg. Lukas sucht nach Immobilien in und um Sankt Peter-Ording und kümmert sich um den ganzen Papierkram, der jetzt anfällt: Genehmigungen, Gespräche mit der Ärztekammer, dem Steuerberater, der Bank und so weiter. Das Gute ist wirklich, dass er kein Schnacker, sondern ein Macher ist. Da wird nichts auf morgen verschoben, sondern er gibt echt Gas.

Ich habe ebenfalls superviel zu tun und kann mich vor Aufträgen und Anfragen kaum retten. Schon verrückt, was das Phänomen »neues Jahr – neue Motivation« mit den Leuten macht. Es ist doch wirklich jedes Jahr die gleiche Leier. Im November und Dezember herrscht tote Hose in den Studios, und ab Januar rennen sie einem die Bude ein. Aber was soll's, das ist mein Job, und ich nehme es, wie es kommt. Auch wenn ich es beknackt und uneffektiv finde, weil der Körper dadurch eher gestresst als gesund wird, sehe ich es mittlerweile wirklich als eine Dienstleistung. Die Zeit, in der ich versucht habe, die Leute zu bekehren und den Moralapostel zu spielen, ist vorbei. Ich habe aufgegeben. Und ja, ich bin käuflich, wenn man mich braucht. Ich sage den Kunden, wie es theoretisch aussehen sollte, und was dann in die Praxis umgesetzt wird, interessiert mich nicht mehr. Mit den Jahren bin ich abgestumpft. Man redet sich den Mund fusselig, und am Ende sitzen sie doch auf dem Sofa. Spätestens ab November.

Dort sitzen wir jetzt auch endlich und essen noch schnell ein paar Brote, während die Hunde an einem Schweineohr kauen. Lukas erzählt von den neuesten Angeboten eines Maklers aus Sankt Peter-Ording, den uns die Nachbarin meiner Eltern empfohlen hat. Er sucht für uns nach Immobilien, besonders nach solchen, in denen es möglich ist, Wohnung und Praxis unter einem Dach zu haben. Wäre schon toll, wenn sich an der Wohn- und Arbeitssituation für uns nichts ändern würde.

Es gestaltet sich jedoch etwas schwierig, diesen Wunsch in die Tat umzusetzen, besonders, wenn man eine moderne Praxis im Auge hat. Die Häuser, die in Sankt Peter zum Verkauf stehen, sind meist ziemlich alt, die Besitzer können oder wollen nichts mehr investieren und verkaufen die Häuser in diesem Zustand – der Preis wird ja sowieso bezahlt. Es geht eigentlich nur noch um den Grundstückspreis, der in den letzten Jahren hier die Kaufsumme bestimmt. Das kennen wir ja aber auch aus Hamburg.

Die Zinsen sind einfach unheimlich niedrig, und eine Immobilie zu kaufen, ist wirklich Pflicht, vor allem, wenn man auch etwas Eigenkapital hat. Die Mieten sind in Sankt Peter-Ording wie auch in Hamburg extrem hoch, da macht es dann schon Sinn, zu kaufen. Trotzdem muss der Preis in einem gewissen Verhältnis stehen, und das ist kaum noch gegeben, wenn man kein Investor ist, sondern für sich selbst etwas zum Wohnen sucht.

Lukas hat seine Anträge jedenfalls alle losgeschickt, und nun liegt es nicht mehr in unserer Hand. Wir sind aber positiv gestimmt, dass einer Zulassung der Praxis nichts im Wege steht.

Wir haben selbst Inserate geschaltet und alle Bekannten in Sankt Peter-Ording um Mithilfe gebeten. Diese werden wiederum ihre Bekannten fragen, ob sie jemanden kennen, der ein Haus, am besten aufgeteilt in zwei Wohnungen, verkaufen möchte. Mund-zu-Mund-Propaganda läuft meist gut, und es gibt viele Einheimische, besonders ältere Menschen, die gern verkaufen möchten, jedoch nicht wollen, dass das Haus nachher von irgendwelchen Investoren abgerissen wird, da viele Erinnerungen dranhängen. Sie sind auch nicht nur auf das Geld aus, dafür aber deren Kinder, die wissen, was ein Grundstück wert ist, und ordentlich was rausholen wollen, wenn die Eltern ins Heim kommen oder verstorben sind. Ist natürlich alles irgendwie zu verstehen.

Lukas überlegt ja, ob er das große Haus in Hamburg verkaufen oder vermieten soll. Er könnte auch einen Kredit für Sankt Peter-Ording aufnehmen und dafür einfach das Hamburger Haus belasten. Eigenkapital ist vorhanden, dazu bekommt er noch einen guten Zinssatz, wenn er das Haus in Hamburg als Sicherheit einsetzt. Damit könnten wir erst mal starten. Verkaufen kann er später immer noch. Vielleicht wollen wir ja im Alter doch wieder zurück nach Hamburg. Die medizinische Versorgung ist in Sankt Peter-Ording natürlich bescheiden. Es gibt zwar viele Kurkliniken, doch zu den Fachärzten muss man nach Husum, Heide oder gar bis nach Hamburg fahren. Ein Backup fürs Alter ist da schon sinnvoll. Daher steht jetzt erst mal der Plan im Vordergrund, in Sankt Peter etwas zu kaufen und Hamburg trotzdem noch zu behalten.

Wir müssen nun abwarten. Klar wäre eine Praxis im eigenen Haus traumhaft, aber Lukas würde auch eine bereits bestehende Praxis übernehmen oder sich im Ärztehaus, das derzeit einen Ort weiter geplant wird, niederlassen.

Meine Eltern haben uns schon angeboten, vorerst mal in ihrem Ferienhaus zu wohnen, falls wir eine Praxis, aber kein Haus finden. Lukas muss definitiv dieses Jahr wieder arbeiten, deshalb ist eine Praxis im Moment wichtiger als ein Haus. Viel länger können wir auf die Einnahmen nicht verzichten, und bei meinen Eltern zu wohnen, wäre kein Problem. Es gibt in dem Haus ja zwei getrennte Wohnungen, und so können wir auch alle zusammen dort sein. Allerdings kommen meine Eltern nur noch selten an die Nordsee. Die beiden reisen lieber herum, und da mein Vater viele Facharztbesuche auf seinem Terminplan hat, bleiben sie in der restlichen Zeit lieber in Göttingen.

Meine Eltern hatten vor vielen Jahren einfach noch Glück. Erst wollten sie das Grundstück in Sankt Peter-Ording gar nicht kaufen. Es wurde ihnen quasi hinterhergeschmissen, weil niemand die Baugrundstücke haben wollte. Heute lachen sie darüber und ärgern sich gleichzeitig, nicht noch mehr Grundstücke gekauft zu haben. Andererseits war damals der Zinssatz ein ganz anderer. Ein Haus zu finanzieren und Geld bei der Bank zu bekommen, war natürlich nicht so einfach und so günstig wie heute. Alles hat seine Zeit, wie man so schön sagt.

Kapitel 45

Die letzten Wochen sind wie im Fluge vergangen. Ich wurde mit Trainingsterminen überhäuft wie in keinem Jahr zuvor. Lukas hat sich mit dem Projekt Sankt Peter-Ording beschäftigt, organisiert, telefoniert und sich nebenbei vorbildlich um die Hunde und sogar den Haushalt gekümmert. Das hätte ich am Anfang unserer Rollenverteilung niemals zu hoffen gewagt.

Nun ist es aber endlich so weit: Der erste Ultraschalltermin unseres Löwenjägers seit der niederschmetternden Diagnose steht an. Zwischenzeitlich haben wir umfangreiche Blutuntersuchungen machen lassen, um rauszukriegen, woher unser Junge diese Krankheit haben könnte. Die Ursache hätte ja auch ein verschleppter Infekt sein können.

Das einzig Auffällige im Blut war die Schilddrüse, die bei Akuyi schlecht arbeitet. Der Wert liegt im unteren Referenzbereich, was sich natürlich auch auf das Herz auswirken kann, denn die Schilddrüse regelt sehr viel im Körper. Doch laut Aussage der Ärztin besteht nach derzeitigem wissenschaftlichem Stand kein Zusammenhang zwischen einer DCM und einer Schilddrüsenunterfunktion. Trotzdem wird die Tätigkeit der

Schilddrüse jetzt behandelt und durch ein Medikament gepuscht.

Wir werden wahrscheinlich nie erfahren, warum Akuyi von dieser Krankheit betroffen ist. Vom Gefühl her würde ich sagen, dass es ihm sehr viel besser geht. Er hustet gar nicht mehr. Außerdem hat Lukas sich mit ihm auf die Waage gestellt. Akuyi hat drei Kilo verloren, was entweder schlimm ist, falls er Muskelmasse verliert, oder gut, falls das Wasser endlich weg ist. Da die erste Variante für uns keine Option ist, hoffen wir auf die zweite.

Akuyi sieht in meinen Augen wirklich gut aus, obwohl sein süßes Schnäuzchen immer weißer wird. Das ist Frau Dr. Sommer schon bei der ersten Untersuchung aufgefallen. Als sie ihn sah, meinte sie gleich, dass er für sein Alter eigentlich zu weiß und sein Gesichtchen zu dünn sei. Das sei oft ein Anzeichen dafür, dass ein Hund krank ist. Die Spätzchen altern dann schneller. Ich dachte eigentlich immer, es liegt daran, dass Hunde mit tiefschwarzer Maske einfach rascher grau werden. Je mehr Schwarz im Gesicht, desto mehr und schneller werden die Haare grau.

Da Akuyi aktuell nicht mehr hustet, es auch keine Hechelattacken mehr gibt und seine Atemfrequenz im Normbereich liegt, sind wir zwar etwas zurückhaltend, aber trotzdem guter Dinge, dass Dr. Sommer uns heute ein positiveres Ergebnis mitteilt. Ein Ergebnis, das uns hoffen lässt, doch noch mehr Zeit als gedacht mit Akuyi verbringen zu können. Er bekommt so unheimlich viele verschiedene Medikamente, dass ich froh bin, dass er sie bislang alle gut verträgt und sein Magen nicht verrücktspielt. Zwar musste er sich nachts ab und an mal übergeben, aber das kann auch andere Gründe haben. Bei der Ernährung mit Frischfleisch kann schon mal ein Knochen oder Knorpel nicht vertragen werden, der dann nachts rauswill.

Auf jeden Fall schlafe ich in den letzten Wochen häufig mit Akuyi auf dem Sofa, da er oft unruhig ist. Wind, Gewitter und starker Regen, wie es für diese Jahreszeit nun mal üblich ist, bereiten ihm immer mehr Probleme. Ich spiele dann im Wohnzimmer ein Hörbuch ab, und wir schlafen beide wieder ein.

Außerdem bekommt er jede Nacht ein Herzmedikament, für das ich mir um halb vier den Wecker stellen muss. Durch die ganzen Wechselwirkungen, den Abstand von zwölf Stunden bis zur nächsten Einnahme und verschiedene andere Vorgaben ist das nicht anders möglich. Doch daran habe ich mich mittlerweile gewöhnt. Ich verbinde es gleich mit einem Toilettengang und lege mich im Anschluss wieder hin. Akuyi muss neuerdings um zwei Uhr nachts mal raus, was sicher auch durch die Wassertabletten bedingt ist. Danach bleibe ich gleich mit ihm im Wohnzimmer, damit Lukas wenigstens ausschlafen kann und nicht anderthalb Stunden später erneut mit aufwacht, wenn es Zeit für das Herzmedikament ist.

Optisch hatte ich definitiv schon bessere Zeiten, und dieses Leben hat mich ganz sicher schon ein paar Falten und die Ringe unter meinen Augen gekostet. Aber das ist völlig egal, denn ich genieße jede Nacht, die ich mit dem süßen Kerl auf dem Sofa verbringe, und freue mich, wenn meine Gegenwart ihn beruhigt und er einschlafen kann. Ich weiß ja nicht, wie lange wir ihn noch haben. Und bei Akuyi zu sein, ist mir jede weitere Falte wert, denn ich weiß, woher sie kommt.

Als wir auf dem Parkplatz der Tierklinik aussteigen und die Hunde noch mal Pipi machen lassen, kommen zwei Tierarzthelferinnen um die Ecke. Sie bringen einen großen toten Hund ins Kühlhaus, das sich am Rand des Parkplatzes befindet. Der Anblick lässt mich schlucken. Das Tier ist zwar in einen großen Sack eingepackt, aber die Größe lässt auf einen Hund schließen. Lukas steht noch mit Basihma weiter hinten in den Büschen und bekommt das Ganze wahrscheinlich gar nicht mit.

Die beiden jungen Frauen erzählen einander vom letzten Wochenende, lachen und schnattern. Erst als sie uns sehen, verstummen sie. Sie haben wohl gemerkt, dass ihr Verhalten in dieser Situation nicht so angebracht ist. Schließlich halten sie ja etwas in den Händen, das für eine Familie vielleicht das ganze Leben bedeutet hat.

Andererseits ist es auch gut, dass sie so viel Abstand zum Verlust eines Lebewesens haben, anstatt sich in jedes Schicksal hineinzuversetzen und mitzutrauern. Dann könnten sie diesen Beruf nicht ausüben. Aber sie sollten schon darauf achten, dass das niemand von den Patienten mitbekommt, einfach aus Respekt ihnen und ganz besonders den Tieren gegenüber.

Ich habe mich schon oft gefragt, ob ich in einer Tierarztpraxis arbeiten könnte, und es mir immer mit Nein beantwortet. Genau aus diesem Grund, denke ich mir jetzt. Mir würde es jedes Mal das Herz zerreißen, wenn der Tierarzt feststellt, dass es keinen Sinn mehr macht und der Tod eine Erlösung für das Tier bedeutet. Ich könnte es nicht mit ansehen, wie das Tier dann voller Angst mit großen Augen sein Herrchen oder Frauchen anguckt und um Gnade bittet. Oder aber weil es sagen will, dass es total okay ist, es gehen zu lassen, weil es durch die Krankheit so müde und ausgelaugt ist, nun einfach über die Regenbogenbrücke laufen und seine letzte Reise antreten will. Besonders schlimm wäre es für mich, wenn die Besitzer diesen letzten Weg nicht zusammen mit ihrem Tier gehen würden, weil sie es nicht ertragen können und es emotional einfach nicht schaffen. Das Tier ist dann umgeben von fremden Menschen und voller Angst, damit könnte ich nicht umgehen.

Eines weiß ich sicher: Ich würde es jeden Abend mit nach Hause nehmen, wenn wieder ein Tier eingeschläfert werden musste und man den Schmerz und das Leid der Tiere und ihrer Angehörigen sehen und spüren konnte. Wenn ich mal zufällig beim Fernsehen in diese Tierklinik-Sendungen reinzappe und darin ein Tier eingeschläfert werden muss, schaue ich mir das Drama perverserweise an, um mich abzuhärten. Ich will mich künstlich darauf vorbereiten, doch auf so etwas wird man niemals richtig vorbereitet sein. Aber ich weiß, dass ich dabei sein muss, meinem Tier zuliebe, dass ich seine Pfote halten, seinen Kopf streicheln und ihm zeigen muss, dass ich den letzten Weg mit ihm gehe. Das muss man schaffen, es ist absolute Pflicht. Danach darf und wird man zusammenbrechen, doch es gibt keine Alternative. Das ist man sich und seinem Tier einfach schuldig.

Ich hoffe, dass auch dieser Hund nicht allein war auf seiner oder ihrer letzten Reise. Die beiden Mädchen – und es sind wirklich Mädchen, wahrscheinlich keine zwanzig Jahre alt – schauen nun peinlich berührt zu Boden, grüßen mich jedoch freundlich. Ich muss sagen, ich verzeihe den beiden ihre Lockerheit in Bezug auf den Umgang mit dem Tod, bin aber froh, dass die Besitzer des Hundes das nicht mitbekommen haben.

Leider nun etwas weniger positiv gestimmt, steige ich die Stufen zum Eingang hinauf. Akuyi lässt sich schon jetzt ziehen, doch es nützt ja alles nichts. Wenn ich sehe, wie er schon wieder bibbert, bekomme ich Angst, meinen kleinen Schatz irgendwann während der Vorsorgeuntersuchung hier in der Klinik durch einen plötzlichen Herztod zu verlieren.

Als ich mit Akuyi an der Rezeption ankomme, steht da eine völlig aufgelöste Frau, die fragt, wie es jetzt weitergeht. Die Dame an der Anmeldung reicht ihr ein Faltblatt und erklärt ihr, dass da alles draufsteht: Preise, Vorgehensweise, Optionen der Kremierung und so weiter. Charly wird jetzt hier im Kühlraum gelagert, bis die Tierbestattung ihn abholt und ins Krematorium bringt. Sie muss dann bitte in den nächsten Tagen dort anrufen und alles Weitere besprechen. Ob sie eine Urne haben möchte, bei der Kremierung dabei sein will, ob es einzeln passieren soll oder in einer Sammelkremierung mit mehreren Tieren. Das ist alles eine Frage der Kosten. Sie kann die Asche selbst abholen, was bei der Einzelkremierung Sinn macht, aber sie bekommt sie auch per Paketdienst zugestellt, wenn sie das möchte.

Oh Gott, wie fürchterlich. Ich kenne diese Situation und fühle mich auf einen Schlag um Jahre zurückversetzt. Schnell drücke ich Lukas, der inzwischen mit Basihma nachgekommen ist, Akuyis Leine in die Hand und bitte ihn, uns schon mal anzumelden.

Genau in diesem Augenblick dreht die Frau sich um und steht nun direkt vor mir. Ohne lange nachzudenken, nehme ich sie einfach in den Arm, führe sie ein paar Schritte von der Rezeption weg und biete ihr an, ihr noch mal alles in Ruhe zu erklären. Ich erzähle ihr, dass ich das auch schon mitgemacht hätte und ihr kurz meine Erfahrung mit auf den Weg geben wolle.

Mir ist nun völlig klar, wessen Hund das gerade war, der jetzt draußen im Kühlhaus liegt. Als die Frau kurze Zeit später mit gesenktem Kopf über den Parkplatz geht, schaue ich ihr mitfühlend nach, und ja, ich muss natürlich wieder weinen.

Kapitel 46

Unsere Nerven liegen blank. Inzwischen stehen wir im Behandlungsraum und warten auf die Kardiologin. Es ist jetzt knapp drei Monate her, seit wir zum letzten Mal hier waren. Wir wollten eigentlich die Kontrolluntersuchung schon viel früher machen, aber Dr. Sommer war längere Zeit krank, und so hat sich alles etwas nach hinten verschoben. Dafür hatte aber Akuyis Körper noch mehr Zeit, um sich zu regenerieren. Es ging ihm ja auch nicht schlechter, nein, eigentlich wirklich besser.

Den Arzt zu wechseln, war von vornherein keine Option für uns, denn jeder untersucht anders. Der eine hält vielleicht nur den Ultraschallkopf ein klein wenig anders, und schon verfälscht es die Untersuchung und somit die Ergebnisse. Es kommt jetzt auf jeden Millimeter an, der das Herz verändert, daher möchte ich das gern von ein- und derselben Person kontrolliert haben. Allein schon, weil Dr. Sommer die früheren Werte im PC hat und direkt vergleichen kann.

Sie freut sich, uns zu sehen, und nach einem kurzen Bericht, wie wir Akuyis Allgemeinzustand empfinden, hört sie ihn mit dem Stethoskop ab.

»Das Herzgeräusch ist unverändert«, berichtet sie uns. Meine Euphorie ist sofort gedämpft. »Ich habe es aber auch nicht anders erwartet, denn das wird sich nicht mehr ändern. Jedenfalls sind die Herztöne schön kräftig. Er hat einen kräftigen Herzspitzenstoß und einen mittelkräftigen, regelmäßigen Puls.«

Dann kommt unser Schatzemann wieder auf den Tisch. Diesmal ist aber eine Tierarzthelferin dabei, und man merkt, dass sie und die Ärztin ein eingespieltes Team sind. Es geht ganz schnell, bis unser Spatz einwandfrei in der richtigen Position liegt. Wie beim letzten Mal ist er ganz lieb und lässt alles über sich ergehen. Ich sitze wieder neben seinem Kopf, während Lukas mit Basihma in der Ecke des Raumes Platz genommen hat und alles still beobachtet.

Jetzt wird Akuyi wieder an das EKG angeschlossen, und die Spannung steigt. Was wird uns dieser Bildschirm gleich präsentieren?

Dr. Sommer fängt an zu schallen. Von meinem Platz aus habe ich keine gute Sicht auf den Monitor. Viel könnte ich aber sowieso nicht daraus ableiten, da ich davon nichts verstehe. Ich sehe Akuyis Herz, die EKG-Leiste, und auf dem Bildschirm flackert es immer wieder rot und grün auf, was auf mich bedrohlich wirkt.

»Seine Herzfrequenz liegt bei 140 bpm, der Sinusrhythmus weist eine einzelne Vorhofextrasystole auf«, erläutert die Ärztin. »Insgesamt ist mein subjektiver Eindruck besser als bei der ersten Untersuchung. Wir haben eine deutlich bessere Kontraktilität. Ich werde das aber gleich noch mal mit den letzten Werten vergleichen, dann wissen wir Genaueres.«

Ich verstehe eigentlich nur, dass es besser ist als beim letzten Mal, was mich innerlich ein klein wenig aufatmen lässt.

Jetzt soll Akuyi noch zum Röntgen. In der Zwischenzeit will Dr. Sommer die Werte vergleichen und uns dann Bescheid geben. Sie meint, wir könnten gern hier warten, sie gehe kurz mit zum Röntgen. Lukas bietet sich an, ebenfalls mitzukommen und Akuyi zu halten, damit er nicht allein ist.

Währenddessen warten Basihma und ich im Behandlungsraum. Ich übergebe mich gleich vor Anspannung. Bitte lass das Wasser weg sein, bete ich. Das macht zwar keinen Sinn, weil ich nicht an Gott glaube, aber irgendeine Macht, die Entscheidungen trifft, wird es schon geben.

Nach ein paar Minuten kommen unsere beiden Männer wieder zurück. Basihma wedelt sogar mit dem Schwanz. Die beiden Hunde küssen sich – oder besser gesagt, Akuyi leckt der Hündin über die Schnauze. Das ist einfach so herzig.

Es dauert nicht lange, bis auch die Ärztin wieder mit ein paar Zetteln in der Hand den Raum betritt. »Also, ich mache es kurz: Ihr Bub gefällt mir angesichts der Umstände wirklich gut«, erklärt sie. »Das Röntgenbild schaut super aus. Kein Wasser mehr zu sehen. Die Ödeme an den Beingelenken sind auch weg. Drei Kilo hat er verloren, das ist schon eine Menge, und es war äußerst wichtig und notwendig. Die Medikamente schlagen da wirklich gut an. Die Wassertabletten können Sie versuchsweise runterschrauben, bei vermehrtem Hecheln oder Husten müssen Sie sie aber sofort wieder erhöhen. Ich schreibe alles in den Arztbericht und lasse Ihnen den per Mail zukommen, dann sehen Sie auch die genauen Veränderungen der Werte. Die nächste Kontrolle sollte regulär in drei Monaten stattfinden, bei Bedarf, also bei veränderter Atemfrequenz oder Leistungsabfall, kommen Sie bitte früher.«

Wie benebelt folge ich der Ärztin und hänge an ihren Lippen. Ich bin irgendwie versteinert, aber auf eine gute Art, und ich kann vor Glück gar nichts sagen. Für sie hingegen scheint das völlig alltäglich zu sein, so monoton und emotionslos, wie sie die Informationen und Fakten herunterrasselt. Ich glaube, ihr ist gar nicht bewusst, dass ihre Worte gerade mein Leben wieder ein wenig in die Bahn lenken. Doch das ist mir egal. Feinfühligkeit hin oder her, diese Frau hat jedenfalls mit ihrem Therapieplan das Leben unseres Buben definitiv lebenswerter gemacht, im besten Fall sogar verlängert, und dafür werde ich ihr immer dankbar sein.

Ich frage noch, ob wir denn nach wie vor mit einem plötzlichen Herztod rechnen müssen, da wir uns bislang nicht mehr getraut haben, ohne Akuyi das Haus zu verlassen.

»Momentan hat er keine Herzrhythmusstörungen, daher müssen Sie eigentlich keine Angst vor einem plötzlichen Herztod haben«, antwortet sie. »Die Lunge ist frei, und so besteht im Augenblick auch nicht die Gefahr einer Erstickung. Diese Krankheit ist jedoch nicht aufzuhalten. Sie kann sich schnell verändern und ist daher immer zu kontrollieren. Machen Sie sich aber nicht verrückt. Lassen Sie Akuyi tun, was er möchte und was er selbst schafft. Der Sommer wird ganz bestimmt wieder einen Leistungseinbruch bringen, und er muss dann wirklich auch geschont werden. Hitze und Überanstrengung sind Gift für ihn. Es ist aber ein wirklich gutes Zeichen, dass die Krankheit momentan stagniert und nichts dazugekommen ist. Das Herz ist nicht gewachsen, und das ist schon mehr, als wir erwarten konnten.«

Wir bedanken uns bei ihr weniger überschwänglich, als ich das im Normalfall getan hätte, und reichen einander die Hände. Eigentlich bin ich ein sehr herzlicher Mensch, verspüre jedoch gerade überhaupt keinen Drang, sie in den Arm zu nehmen. Ich habe noch die Situation während der ersten Untersuchung in den Knochen, als sie uns ganz kühl und stumpf während des Schallens mitgeteilt hat, dass die Lebenserwartung bei dieser Krankheit in Akuyis jetzigem Zustand etwa drei bis sechs Monate betrage. Dabei hat sie mich nicht mal angesehen, sondern weiter auf ihren Monitor gestarrt. Vielleicht kann sie einfach nicht mit so was umgehen. Ist auch egal, denn sie hat gute Arbeit geleistet und die richtigen Medikamente ausgesucht, die Akuyis Körper dankend annimmt. Und nur das zählt.

Nun nehmen wir unsere unheimlich süßen braunen Viecher an die Leine und lassen uns von den beiden aus dem Behandlungszimmer ziehen. Raus aus der Klinik geht immer ganz leicht und unheimlich flott.

Erst als wir unten auf dem Parkplatz angekommen sind und die Hunde im Auto liegen, nehmen Lukas und ich uns in den Arm, drücken uns, so fest es geht, und atmen erleichtert auf.

Während ich mich von Lukas löse und ihm dabei über die Schulter sehe, fällt mein Blick auf das Kühlhaus, das mir so bewusst vorher noch nie aufgefallen ist. Ich denke an Charly und sein Frauchen und bin unendlich glücklich und dankbar, dass das Schicksal uns noch verschont hat.

R. I. P., lieber Charly. Und deinem Frauchen wünsche ich viel Kraft für die kommende Zeit. Es tut mir unfassbar leid.

Kapitel 47

Zum ersten Mal seit der DCM-Diagnose gehen Lukas und ich heute Abend zusammen essen. Wir haben uns vorher einfach nicht mehr getraut, Akuyi allein zu lassen. In den letzten Monaten war immer jemand bei ihm.

Doch jetzt, da keine akute Gefahr besteht, dass er in unserer Abwesenheit ersticken oder einem plötzlichen Herztod erliegen könnte, müssen wir auch lernen, wieder ein wenig unseren eigenen Alltag zu haben und uns etwas Zeit zu schenken. In den letzten Wochen drehte sich doch alles nur um die Anträge wegen der Praxiseröffnung an der Nordsee, die Immobiliensuche und natürlich um unseren Schatz.

Wir sitzen endlich mal wieder bei unserem Lieblingsgriechen. Zwar haben wir auch vorher nicht auf unser Gyros verzichtet, aber jeder weiß, dass es frisch auf dem Teller im Restaurant einfach viel besser schmeckt als aus der Pappschachtel, in der die Pommes und auch das Fleisch ihre Knusprigkeit verlieren.

Da klingelt mein Telefon. Es ist Celine, und ich gehe eigentlich nur ran, um ihr schnell zu sagen, dass ich morgen zurückrufen werde, da wir gerade beim Essen sind. Ich beginne, ganz leise zu sprechen, doch sie lässt mich gar nicht richtig zu Wort kommen, denn sie ist völlig hysterisch, verweint und durcheinander.

»Ich bin schwanger, Lilly. Dein Bruder hat mich angebumst!«, ruft sie. »Stell dir mal vor, ich hab es ihm gerade gesagt, und er ist ohne eine Antwort einfach gegangen. Was für ein Super-Ober-Arsch! Ich hasse ihn. Kann Lukas es mir wegmachen? Frag ihn bitte, jetzt sofort!« Sie weint, schreit und schimpft, alles gleichzeitig.

Ich lege das Telefon neben meinen Teller, höre sie weiter schimpfen und reden. Gleichzeitig schaue ich auf meinen köstlich frischen, dampfenden Teller mit Gyros und atme den leckeren Duft ein. Dann kann ich nicht anders. Ich nehme eine Riesengabel voll und schiebe sie mir in den Mund, verdrehe die Augen vor Genuss. Heute will ich einfach mal nichts von irgendwelchen Problemen hören.

Celine motzt immer noch, und ich habe mich dazu entschlossen, mal Zeit für mich zu beanspruchen. Es gibt Dinge, die die Betroffenen auch mal mit sich selbst klären müssen. Sie sind doch erwachsen genug, auch wenn sie anscheinend zu dumm zum Verhüten sind. In den letzten Monaten musste ich auch vieles mit mir selbst ausmachen, und ich will nicht immer der Mülleimer sein für alles, was nicht aufgegessen wird.

Irgendwann lege ich auf. Celine merkt das in ihrem Redewahn sowieso nicht. Stattdessen schicke ich Ben eine Sprachnachricht, dass er sofort seinen Arsch ins Auto bewegen, zu Celine fahren und sich wie ein Mann verhalten soll. Er muss nun Verantwortung für sein Handeln übernehmen und verdammt noch mal einen

Lebensplan entwerfen, denn das Schicksal hat ihm jetzt eine Aufgabe gegeben. Er wird gebraucht. Punkt. Ich habe mein eigenes Leben, eigene Probleme und eine tolle Beziehung. Um die möchte ich mich heute kümmern, nicht um seinen Scherbenhaufen. Ab jetzt ist Schluss damit. Ich weiß, er wird das schaffen, und ich habe ihn lieb, das sage ich ihm auch noch am Ende.

»Was ist denn los?«, fragt Lukas, als ich das Handy weglege.

Ich esse einfach weiter und erzähle ihm nebenbei ganz gelassen, dass ich Tante werde. Bis auf die Geschichte mit Charly war mein Tag heute einfach mal erfreulich, und ich will mir den Abend nicht versauen.

Er verschluckt sich und sieht mich ungläubig an. »Was? Echt?«

»Ja«, antworte ich. »Doch das ist jetzt unser Abend, und wir sind hier die Protagonisten. Bitte heute keine Probleme von anderen Leuten, dafür ist morgen noch Zeit.«

»Ich fasse es nicht.« Lukas beginnt zu lachen. »Der Ben, wer hätte ihm das zugetraut?«

»Celine möchte übrigens, dass du die Abtreibung vornimmst.«

Grinsend proste ich ihm zu, und nun lachen wir beide, sind entspannt wie schon lange nicht mehr. Natürlich unterhalten wir uns auch über diese Neuigkeit, sind aber eigentlich nicht weiter verwundert. In der heutigen Zeit muss niemand ungewollt schwanger werden, die beiden sind in einem guten Alter, haben einen Job, und für meinen Bruder hat nun das Schicksal entschieden.

Ich habe immer vermutet, dass es mal so kommt. Von selbst würde der nie ruhiger werden. Doch ein Kind verpflichtet, und ich hoffe sehr, dass er genau diesen Schritt gebraucht hat, um endlich sesshaft zu werden. Ihn mit einem Kind auf die Probe zu stellen und zu zwingen, sich endlich wie ein Erwachsener zu verhalten und Verantwortung zu übernehmen, ist schon eine waghalsige Angelegenheit. Aber wenn das Schicksal es so bestimmt hat, werden wir das gespannt beobachten. Wir können eh nichts tun und warten jetzt einfach ab.

Lukas erzählt mir schließlich, dass es einen Grund dafür gibt, warum er mich heute eingeladen hat. Seiner Praxiseröffnung steht nichts mehr im Weg, er hat heute das Okay bekommen. Entweder kann er eine bestehende Praxis eines Allgemeinmediziners übernehmen, der in den nächsten zwei Jahren aufhören will, oder im geplanten Ärztehaus unterkommen, doch das befindet sich noch in der Bauphase. Ansonsten ist es auch problemlos in einem Wohngebiet möglich. Und wenn es im eigenen Wohnhaus sein sollte, dann muss eine Wohnung getrennt und abgeschlossen sein.

Ich bin so erleichtert und freue mich sehr für Lukas. Seine Augen strahlen, was mich sehr glücklich macht. »Dann müssen wir jetzt unbedingt schnell eine passende Immobilie finden«, sage ich.

»Wir haben bisher alles geschafft und werden auch diese Hürde zusammen meistern«, antwortet Lukas und zwinkert mir zu. »Ich wäre sehr an einer Praxis in dem Ärztehaus interessiert, aber es steht noch in den Sternen, wann das mal fertig wird. Eigentlich sollten wir zusehen, dass wir dieses Jahr schon eröffnen. Ich kann finanziell nicht viel länger aussetzen.«

Nachdem wir total vollgefuttert sind, gibt's noch einen Ouzo, dann geht es wieder heimwärts. Diese knapp zwei Stunden für uns allein haben uns gutgetan, auch wenn ich jetzt wieder hibbelig werde und zu den Hunden will. Obwohl wir ja eine Internetkamera installiert haben, mit der wir sehen können, dass sie entspannt auf dem Sofa liegen und keiner unruhig ist, freue ich mich trotzdem sehr auf die beiden.

Kapitel 48

Als wir zu Hause auf dem Parkplatz aussteigen, hören wir die beiden schon jaulen. Mann, Mann, Mann. Die Nachbarn sagen zwar immer, sie erfreuen sich an dem Wolfsgeheule, weil es ihnen das Herz öffnet, dass die beiden solche Sehnsucht nach uns haben, aber ich kann mir das beim besten Willen nicht vorstellen. Das ist echt laut. Wenn im Sommer die Fenster offen sind, ist das Geschrei der beiden schon unangenehm. Wir müssen immer zusehen, dass wir so schnell wie möglich die Haustür öffnen. Meine Einkäufe zum Beispiel hole ich immer erst später aus dem Auto, nachdem ich die Chaoten begrüßt habe.

Ich kann mir bereits jetzt vorstellen, wie Akuyi gleich wieder mit seinem Löwen oder einem anderen Tier in der Schnauze vor der Glastür steht und Basihma ihr Knabberohr fordert, das eigentlich immer ausgeteilt wird, wenn wir essen. Dann sind sie beschäftigt, und wir haben für ein paar Minuten unsere Ruhe.

Da wir ja heute auswärts gegessen haben, wurde ihnen ihr Knabberding natürlich vorenthalten, was aber nicht heißt, dass sie es vergessen haben. Basihma wird sich gleich demonstrativ vor die Leckerlischublade stellen, und Akuyi wird versuchen, mich mit seinem Kuscheltier aufs Sofa zu locken. Da kommt man schon mal in einen moralischen Zwiespalt.

Es kommt aber diesmal anders als gedacht. Als ich die Tür aufschließe, steht Akuyi wie vorhergesehen an der Tür, hat allerdings ein Kissen in der Schnauze. Es ist weiß und etwa dreißig auf dreißig Zentimeter groß. Das ist keines von unseren Kissen, ich habe es noch nie gesehen. Es fällt mir jedoch sofort auf.

Als ich auf ihn zugehe, um es ihm abzunehmen, rennt er natürlich quer durchs Wohnzimmer. Das ist ja das Spiel. Basihma flippt mittlerweile schon völlig aus, denn sie sind ja inzwischen knapp zwei Stunden über der Knabberohrzeit. Um wen kümmere ich mich jetzt zuerst?

Lukas meint, ich solle zu Akuyi gehen, er würde das mit dem Leckerchen machen. Der Bub liegt mittlerweile mit dem seltsamen Kissen auf dem Sofa und wartet auf mich. Doch als er das Rascheln an der Schublade hört, entscheidet auch er sich für die Küche und rennt an mir vorbei. Diese opportunistischen Arschgeigen …

Während ich nach dem Kissen greife, überlege ich immer noch, woher Akuyi das wohl hat. Ich wende es in meinen Händen und entdecke mit einem Mal einen Aufdruck, den ich sogar ohne Lesebrille gut entziffern kann. *Willst du Vaddi heiraten?*, steht da in roter Schrift, dazu befindet sich oben rechts in der Ecke ein Herz mit zwei ineinander verschlungenen Ringen.

Auf einmal geht Musik an, ich glaube, sie kommt von Lukas' Handy. *Don't write me off* von Hugh Grant. Das ist unser Lieblingslied aus dem Film *Mitten ins Herz*. Als wir damals bei dem Film heulen mussten, sagte ich, dass ich mir dieses Lied als Hochzeitslied wünschen würde.

Das Kissen an meine Brust gedrückt, drehe ich mich zu Lukas um. Ich kann vor Nervosität nicht sprechen, doch das übernimmt er für mich.

»Schatz, du bist das Beste, was mir je passiert ist«, sagt er. »Auch wenn du denken solltest, dass du immer nur die Nummer zwei in meinem Leben bist, sei sicher, das ist nicht der Fall. Du warst zwar nicht die erste Liebe in meinem Leben, aber du bist die, die für immer bleibt. Vielleicht habe ich dir das einfach nie gezeigt. Und ich liebe dich so, wie du bist, Lilly. Jasmin war eben Jasmin. Hätte ich dich aber früher kennengelernt, hätte es sie niemals für mich gegeben. Wir machten beide eine schwierige Zeit durch, als wir uns kennen und lieben lernten. Und wir hätten eigentlich beide woanders neu anfangen müssen. Du hast das getan, bist von Göttingen nach Hamburg gezogen und *hast* neu angefangen. Ich dagegen bin in meinem Trott und meinen Erinnerungen hängen geblieben, und das war dumm und unfair dir gegenüber.«

Das ist eine der Situationen, in denen ich wirklich mal den Mund halte, weil ich so gespannt und berührt von seinen Worten bin und diesen Redefluss auf gar keinen Fall unterbrechen möchte. Bitte hör nicht auf, denke ich mir nur.

Er räuspert sich ausgiebig, bevor er weiterspricht. »Ich möchte mit dir bis ans Ende meines Lebens zusammen sein, arbeiten, lachen und weinen. Du bist die beste Hundemutti, die ich mir für die braunen Stricher wünschen kann. Klar, das hier ist nicht der romantischste Ort für einen Antrag, so zwischen zwei schweineohrkauenden Hunden, deinem Lieblingslied vom Smartphone und einem Mann, der nach Knoblauch und Ouzo riecht. Doch das ist genau das, was uns ausmacht. So sind wir einfach. Meine Art, dich zu fragen, ob du meine Frau werden möchtest, ist authentisch, unverblümt, unkitschig und unkompliziert, dafür aber echt. Das sind wir. Und ich sage dir von Herzen: Wenn du meine Frau werden möchtest, würdest du mich zum glücklichsten Mann machen. Was meinst du dazu?«

Inzwischen weine ich so sehr vor Freude, dass ich noch immer nichts sagen kann.

Lukas nimmt mich in den Arm und lacht: »Ist das ein Ja?«

Schniefend nicke ich und lehne mich an seine Brust. Wir stehen einfach nur da und halten uns fest.

Da kratzt es auch schon an der Terrassentür, und Basihma signalisiert, dass sie in den Garten will. Nach dem Knabbern muss gepischert werden. Selbst in diesem entscheidenden Augenblick ändert sich rein gar nichts an diesem Ritual. Rücksicht kennen die beiden nicht, aber das erwarten wir auch nicht. Es war uns nicht lange vergönnt, diesen Moment zu genießen, trotzdem werde ich ihn nie vergessen und für immer in mir tragen.

Ich habe mir so oft vorgestellt, wie es sein würde, einen Heiratsantrag zu bekommen. Wie pompös, romantisch, durchgeplant und aufwendig dieser mal sein sollte.

Und jetzt war er so simpel, ohne großes Tamtam und Chichi. Doch eigentlich genau richtig. An dem Ort, wo ich mich am wohlsten fühle, nämlich in meinem Zuhause. Es ist völlig egal, in welcher Stadt oder in welchem Land dieses Zuhause ist. Heimat ist da, wo meine Lieben sind. Dazu noch Lukas' ernst gemeinte, liebe Worte und das Lied, das ich mir für diesen besonderen Augenblick gewünscht habe. Lukas hat sich das über Jahre gemerkt. Das ist Romantik genug für mich. Ich bin total gerührt.

Lukas deutet auf das Kissen, das ich noch immer festhalte. »Dreh mal bitte um und öffne den Klettverschluss, da ist noch was drin für dich.«

Ich mache, was er sagt, hole eine kleine Schatulle aus dem Kissen und öffne sie. Ein Ring kommt zum Vorschein. Schlicht, schmal, mit einem kleinen Stein. Ein ganz klassischer Verlobungsring. Aber wunderschön, denn es ist *mein* Verlobungsring.

Während ich den Ring genau anschaue und bewundere, frage ich Lukas: »Und warum ausgerechnet jetzt dieser Antrag? Gibt es denn einen Anlass dafür? Hoffentlich hatte ich dich nicht unter Druck gesetzt. Weil ich doch so enttäuscht war, an meinem Geburtstag keinen Antrag bekommen zu haben.« Zaghaft füge ich hinzu: »Ich hoffe, dass du das auch wirklich möchtest.« Wir Frauen müssen ja immer alles mehrfach hinterfragen, denke ich mir sofort, als ich es ausgesprochen habe.

»Mach dir keine Gedanken, Schatz. Akuyis Erkrankung hat mir gezeigt, wie schnell es gehen kann, und ich habe mir immer gewünscht, dass die beiden bei unserer Hochzeit dabei sind. In Akuyi lebt auch unser Schröder irgendwie weiter, daher müssen wir das alle zusammen erleben und meistern. So wie wir bisher auch alles gemeinsam geschafft haben. Ich weiß nicht, wie viel Zeit uns noch mit Akuyi bleibt. Außerdem war der Antrag doch sowieso lange überfällig.«

»Ich liebe dich und wünsche mir nichts mehr, als deine Frau zu werden«, antworte ich und küsse Lukas ausgiebig.

Nachdem wir uns wieder voneinander gelöst haben, interessiert mich noch eines: »Wie hast du es geschafft, dass Akuyi keines seiner Kuscheltiere im Maul hatte, sondern das Kissen?«

Er schmunzelt. »Vorhin, als wir losfahren wollten und du schon im Auto gesessen hast, bin ich doch noch mal ins Haus zurück, weil ich angeblich mein Handy vergessen hatte. Da habe ich dann alle Kuscheltiere und Sofakissen ins Schlafzimmer geräumt. Es war nur noch dieses eine Kissen da. Ich habe es auf Akuyis Platz gelegt und dann einfach gehofft, dass er es auch benutzt, wenn wir kommen. Er hatte ja keine Alternative. Und der Plan ging dann zum Glück auch auf.«

Lukas erzählt mir nun noch, dass er schon alles vorbereitet und reserviert hat. Und der Termin für die Hochzeit steht auch bereits: der 6. Mai. Wir haben zwar keinerlei Verbindung zu diesem Datum, doch es war der einzige Termin, der noch kurzfristig zu bekommen war.

Die Trauung wird nur ganz klein und persönlich werden, dafür aber an einem ganz besonderen Ort stattfinden: über der Nordsee in einem Pfahlbau in Sankt Peter-Ording.

Kapitel 49

An diesem Abend schlafe ich unfassbar gut ein und träume von unserer Hochzeit am Strand. Ich sehe Lukas und mich von hinten, wie wir Hand in Hand auf das Meer zulaufen, die Hunde links und rechts von uns. Sie tragen weiße Halsbänder aus dem Stoff meines Kleides, das im Wind flattert. Ich werfe den Brautstrauß hoch in die Luft, Akuyi springt hinterher und versucht, ihn zu fangen. Wir lachen, freuen uns und haben ganz viel Spaß zusammen.

Auf einmal reißt mich das Klingeln meines Telefons aus dem Schlaf und, was eigentlich noch viel schlimmer ist, aus diesem wunderschönen Traum. Sofort denke ich, dass jemand gestorben ist. Mitten in der Nacht angerufen zu werden, ist nie ein gutes Zeichen. Ich weiß auch gar nicht, warum ich das Handy heute Abend nicht lautlos gestellt habe, das vergesse ich doch sonst nie.

Voller Angst schaue ich auf das Display und hoffe, dass es nicht meine Eltern sind, denn das würde heißen, dass ihnen oder einem der beiden etwas zugestoßen ist.

Nein, nicht meine Eltern sind dran, sondern Akuyis Züchterin. Seit wir ihn haben, bin ich mit ihr in Kontakt geblieben. Wir mögen uns sehr. Vor allem seit der

DCM-Diagnose steht sie mir bei und fragt immer wieder nach seinem Wohlbefinden.

Sie klingt total verzweifelt und aufgeregt. »Liebes, es tut mir unendlich leid, dich zu dieser Zeit stören zu müssen, aber ich weiß nicht mehr weiter. Du bist meine letzte Hoffnung.«

»Was ist denn passiert?«, frage ich zwar etwas schleppend und mit trockenem Hals, doch eigentlich bin ich durch den Schock jetzt hellwach. Von Müdigkeit ist jedenfalls nichts mehr zu spüren.

Lukas guckt mich fragend an, und ich versuche, ihm zu signalisieren, dass er weiterschlafen kann. Dann stehe ich auf, schließe die Schlafzimmertür hinter mir und gehe rüber ins Wohnzimmer.

»Du musst mir helfen, zwei Hunde zu suchen«, berichtet die Züchterin. »Die jüngere Hündin der beiden ist eine Halbschwester von Akuyi. Ich weiß nicht weiter, wir haben alles abgesucht, aber sie sind seit Stunden weg.«

Mir ist nun klar, wie ich helfen soll. Damals während Schröders Krankheit habe ich ja die Hilfe einer Tierkommunikatorin in Anspruch genommen und nach seinem Tod dann auch ein entsprechendes Seminar besucht. Ich fand es so unglaublich, dass es tatsächlich eine Ebene gibt, auf der man mit Tieren kommunizieren kann, und da wollte ich es selbst auch erlernen und ausprobieren. Ich wollte unbedingt wissen, wie so etwas funktionieren kann.

Bei der Tierkommunikation wird über telepathischen Kontakt eine Verbindung zwischen dem Tierkommunikator und dem Tier hergestellt. Man muss sich das wie eine Art Telefonverbindung oder -leitung vorstellen. Diese Verbindung herzustellen, ist nichts Paranormales, sondern eine völlig natürliche Fähigkeit, die in jedem Menschen steckt. Allerdings wird sie meist vom Kopf ausgeblendet.

Viele Menschen haben ja eine gewisse telepathische Verbundenheit zueinander. Ein ganz einfaches Beispiel, das wohl jeder schon mal in dieser oder ähnlicher Form erlebt hat: Man denkt an jemanden, der kurz darauf tatsächlich anruft oder vor einem steht. Oder man fragt den Partner etwas, und dieser antwortet, dass er genau daran ebenfalls gerade gedacht hat. Viele wissen auch, was ihr Tier im nächsten Moment machen oder wie es reagieren wird. Man erklärt sich das meist damit, dass man sein Tier einfach gut kennt.

Der Ablauf eines Gesprächs ist eigentlich ganz unspektakulär. Man braucht ein Foto des Tieres, den Namen, das Alter und die Info, wie lange das Tier schon in der Familie des Halters lebt. Natürlich muss der Besitzer auch mit dem Gespräch einverstanden sein. Das hat etwas mit dessen Privatsphäre zu tun, denn die Tiere erzählen so einiges, das kann ich bestätigen. Teilweise sind das wirklich persönliche Dinge über ihre Halter oder zum Beispiel, dass sie geschlagen werden.

Man sollte sich an einem ruhigen Ort entspannen, am besten die Füße erden und sich auf das Tier konzentrieren. So wird eine direkte Leitung aufgebaut. Allerdings ist dazu einiges an Übung und Wissen erforderlich, ebenso Respekt vor dem Tier, das weitaus mehr kann als fressen und spielen.

Vor ein paar Jahren machte ich also einen Basiskurs und war begeistert. Ich wende meine Kenntnisse allerdings nicht oft an und eigentlich auch nur im Notfall, wenn Bekannte oder Freunde nicht weiterwissen. Sie sind dann meist verblüfft, was da so alles ans Tageslicht kommt.

Die Kommunikation mit einem Tier belastet mich unheimlich, daher möchte ich es auch nicht öfter machen. Es geht mir einfach zu nah, die Schmerzen der Tiere zu spüren und ihre Trauer, wenn sie etwas auf dem Herzen haben. Ich bin dafür zu sensibel. Aber in Notfällen werde ich natürlich hinzugezogen, selbst von kopflastigen, rational denkenden Menschen. In einer Situation, in der sie nichts mehr zu verlieren haben, kommen auch sie auf die Idee, das ja mal ausprobieren zu können.

Das war bei mir nicht anders. Ich hatte damals auch nichts mehr zu verlieren und brauchte Antworten, die mir der Arzt nicht geben konnte. So beherzigte ich schließlich den Tipp einer Heilpraktikerin und kontaktierte eine Tierkommunikatorin. Ich verstehe daher die Skepsis der Menschen total, bin jedoch froh, diese Erfahrung gemacht zu haben.

Ich bin ja aber nun kein Profi, denn dafür fehlen mir Aufbauseminare, Übungen und Erfahrungen, die ich aus besagten Gründen gar nicht machen möchte. Ich wollte wirklich nur wissen, ob und wie das mit der Tierkommunikation funktioniert. Und ich komme auch nur zum Einsatz, wenn gute Freunde ein Problem haben, das ich mir zutraue.

In diesem besonderen Fall haben wir nichts zu verlieren, und ich kann versuchen, mit einem der Tiere Kontakt aufzunehmen. Die Besitzerin der Hunde steht neben der Züchterin am Telefon und bittet mich jetzt auch um Hilfe. Da kann ich nicht Nein sagen. Ich lasse mir über WhatsApp ein Foto des älteren Hundes schicken, in der Hoffnung, dass dieser vielleicht ruhiger und weniger aufgeregt ist als der jüngere.

Ich habe keine Ahnung, an welchem Ort sich die beiden Frauen gerade befinden, frage jedoch auch nicht nach. Je mehr Informationen ich habe, umso mehr beeinflusst mich das irgendwie, und ich werde unsicher.

Zum Beispiel habe ich unheimlich Probleme, mit meinen beiden Schätzen zu kommunizieren. Sie würden mir auch vieles gar nicht mitteilen. Da ich sie ja in- und auswendig kenne, bin ich total befangen, wenn es um sie geht. Trotzdem habe ich natürlich immer eine Standleitung zu ihnen und bin da schon sehr feinfühlig. Aber für Gespräche und Informationen, die ich bekommen möchte, nehme auch ich mir eine neutrale Tierkommunikatorin. Das ist so spannend, und ich bin froh, dass es diese Möglichkeit gibt.

Ich selbst habe schon mal über einen längeren Zeitraum Sterbebegleitung beim Hund eines befreundeten Paares gemacht. Sie wussten einfach nicht, wann der Hund bereit ist zu gehen, und baten mich um Hilfe. Dieser Hund kommunizierte so oft mit mir, dass er sogar häufig von sich aus das Gespräch anfing und mir zeigte, was ihn gerade beschäftigt, ob es ein Streit zwischen Herrchen und Frauchen war oder er Schmerzen hatte. Plötzlich war er in meinem Kopf und zog mich hinzu. Ich rief dann dort an und fragte, was los sei, ob sie gerade Stress zu Hause hätten, und das wurde mir dann tatsächlich auch bestätigt. Das war aber nicht immer schön für mich – auch ein Grund, warum ich es nicht professionell machen könnte.

Jedenfalls ziehe ich mich jetzt zurück, konzentriere mich auf das Bild des Hundes und sammele die Informationen, die mir dieser auf telepathischer Ebene sendet.

Nachdem ich einiges erfahren habe, rufe ich die Besitzerin an und frage sie, ob sie in einer sehr ländlichen Gegend wohnt. Ich habe nämlich zahlreiche Wiesen, Felder und eine Art Bauernhof gesehen.

»Hier gibt es ganz viele Höfe«, antwortet sie, »und wir sind auch schon einige davon abgefahren, leider ohne Erfolg.«

»Auf dem Hof, den ich gesehen habe, gibt es unheimlich viele Katzen«, erzähle ich. »Außerdem steht dort ein ganz altes Auto – es könnte ein rostiger VW Käfer sein –, und die Hunde frieren ganz stark. Die beiden haben sich getrennt, sie können einander nicht mehr sehen und auch nicht hören. Die ältere Hündin befindet sich draußen auf dem Hof, die Jüngere in einer Scheune. Ich sehe aber kein Licht, kein Wohnhaus oder so was in der Art. Es scheint ein sehr abgelegener Hof zu sein, wahrscheinlich gibt es dort nicht mal ein Wohnhaus.«

Sie überlegt kurz. »Ich habe eine Idee«, meint sie dann. »Dort waren wir noch nicht, da der Hof uns eigentlich zu weit weg erschien. Aber wir versuchen es auf jeden Fall. Ich melde mich, sobald ich was Neues weiß.«

Zum Schluss betone ich noch mal, dass die Hündin mir zahlreiche Katzen gezeigt hat. Ein abgelegener Hof mit vielen Katzen, das sollte doch helfen.

So ist es dann auch. Eine Dreiviertelstunde später ruft die Besitzerin mich ganz erleichtert an und erzählt, dass sie die beiden gefunden hätten. Es gibt nur einen Bauern dort in der Region, der für seine Katzenleidenschaft bekannt ist, und da waren die Hunde tatsächlich. Sie sind völlig unterkühlt, aber unverletzt. Die Kleine hatte sich in einer Scheune in einer leeren Pferdebox versteckt und bibbert immer noch.

Ich bin total gerührt und froh, dass es geklappt hat. Es geht natürlich nicht immer so schnell und so gut aus. Ich habe schon öfter versucht, verschwundene Tiere zu finden, doch das ist wirklich schwer, denn es steckt ganz viel Interpretationsspielraum mit drin. Wenn das Tier vielleicht gerade vor einem Plakat mit einem Sonnenblumenfeld sitzt und das dann beschreibt, sucht man nach einem echten Sonnenblumenfeld und wird somit in die Irre geführt.

Ich hatte auch schon eine Suche, bei der ich Heißluftballons sah. Das Tier hatte mir diese gezeigt, und es gab in der Nähe tatsächlich auch einen Startplatz für diese Ballons. Aber es wurde auf der komplett falschen Seite gesucht, weil das Tier mir ja nur gezeigt hatte, dass es die Ballons sah, aber nicht, aus welcher Himmelsrichtung diese kamen.

Ich empfange oft nur Bilder, die es dann zu interpretieren gilt. Schmerzen sind einfach zu erkennen und müssen nicht interpretiert werden. Ich spüre diese an den Stellen, an denen es auch den Tieren wehtut. Es kann jedoch lange dauern, bis der Schmerz wieder vergeht, und so habe ich oft nachhaltig was davon.

Tierkommunikation ist einfach ein ganz spannendes Thema – nicht für jedermann, und es wird in der Regel schon belächelt. Aber manchmal gelangt man an einen Punkt, an dem man einfach mal mit dem Bauch an die Sache rangehen und sich auf ungewöhnliche Erfahrungen einlassen sollte. Dadurch können sich ganz neue Perspektiven eröffnen.

Kapitel 50

Am nächsten Tag kommen Celine und Ben zu Besuch. Wie zwei alte Ehepaare sitzen wir bei Kaffee, Tee und Kuchen zusammen, und ich habe das Gefühl, dass Ben in den letzten paar Tagen um zwanzig Jahre älter geworden ist – na ja, nennen wir es lieber reifer.

Im Eifer des Gefechts wurde mal auf ein Kondom verzichtet, was ein Problem werden kann, wenn aufgrund einer Antibiotikaeinnahme der Pillenschutz beeinträchtigt ist. Es ist ja nicht so, dass die beiden nicht alt genug sind, um dieses Phänomen zu kennen, aber in gewissen Situationen will man es nicht wahrhaben.

Ben sagt allerdings, dass er sich mittlerweile total freue und es gar nicht fassen könne, dass er endlich mal was auf die Reihe bekommen hat. Erst sei es schwer zu glauben gewesen – plötzlich eine feste Beziehung und ein Kind dazu ist ja eine ganz neue Erfahrung. Er wolle diese Situation jedoch gern annehmen und es nicht versauen.

Celine himmelt ihn von der Seite an. Wahrscheinlich sind die Hormone momentan bei ihr vollkommen durcheinander und lassen ihre Gefühle ins Unermessliche steigen.

Aber gut, dass sie sich freuen und so glücklich wirken, wobei ich schon befürchte, dass das noch ein Drama wird. Ich hoffe jedoch sehr, dass ich diesmal falschliege.

Das größte Problem der beiden ist nun die Wohnsituation. Jeder hat nur eine kleine Wohnung. Bens Wohnung ist viel zu winzig und Celines Wohnung sowieso. Wenn die beiden überhaupt bis zur Geburt ein Paar bleiben, wäre es sinnvoll, nicht zu dicht aufeinanderhocken zu müssen. Aber Lukas, meine Eltern und ich haben eine Lösung gefunden, die für uns alle sensationell ist.

Wir verraten den beiden nun auch, dass sie sich am 6. Mai bitte Zeit nehmen sollen, um mit uns unsere Hochzeit zu feiern, denn wir möchten nicht auf Trauzeugen verzichten. Die beiden rasten aus und freuen sich sehr mit uns.

Wir werden in Sankt Peter-Ording heiraten und danach dort auch zusammen essen und Fotos machen. Wir halten es ganz klein, ohne eine große Feier. Nur die Eltern, Ben und Celine werden dabei sein. Wichtig ist, dass Akuyi mit von der Partie ist, daher möchten wir die Hochzeit schnell über die Bühne bringen. Da bleibt nicht lange Zeit, um zu planen, Gäste einzuladen und so weiter. Auch wollen wir gar nicht so viel Theater drumherum machen, sondern einfach endlich heiraten und dann unsere Energie in die Planung der Praxis, den Umbau und die Eröffnung stecken.

Damit kommen wir zur Wohnsituation, die für Celine und Ben auch eine tolle Option sein könnte, wenn sie es möchten: Da wir definitiv so schnell wie möglich nach Sankt Peter-Ording ziehen wollen, wird unsere Wohnung hier in Hamburg frei, und die reicht locker für Celine und Ben mit Baby. Die Praxis wird von einem Kollegen von Lukas übernommen, der nur auf so eine Chance gewartet hat und einen guten Abstand und eine angemessene Miete bezahlt.

Meine Eltern überschreiben Ben und mir das Haus in Sankt Peter-Ording, da wir das ja sowieso irgendwann erben werden. Die beiden haben jetzt Kreuzfahrten für sich entdeckt und werden somit das Haus kaum noch nutzen. Also wohnen Lukas und ich mietfrei im Haus in Sankt Peter-Ording und Ben mietfrei in Hamburg.

Wie wir das später mal alles regeln, sehen wir dann. Ob Ben das Haus in Hamburg behält und wir komplett das in Sankt Peter-Ording oder ob einer den anderen ausbezahlt, können wir immer noch besprechen.

Jedenfalls ist diese Lösung für uns alle prima, denn niemand muss Grunderwerbsteuer bezahlen, es wird keine Maklercourtage fällig, und Lukas' Elternhaus in Hamburg bleibt auch erst mal in unserer Familie. Ben ist überglücklich und Celine natürlich auch.

Ab nächster Woche werden wir mit verschiedenen Handwerksbetrieben das Haus in Sankt Peter begehen, um die Umbauarbeiten für die integrierte Praxis zu besprechen und Kostenvoranschläge einzuholen. Hinsichtlich der Planung sollte bis zum Herbst eigentlich alles in trockenen Tüchern sein. Wir können in der Hauptwohnung ab sofort ja schon wohnen und somit alles direkt vor Ort regeln.

Ich habe meine Fitnessstudios bereits informiert, dass ich Ende April aufhöre. Sie haben jetzt knapp einen Monat Zeit, um meine Stunden und Kurse neu zu besetzen, das ist also auch kein Problem. In Sankt Peter-Ording habe ich schon den Fuß in den Türen der Kurkliniken und sehe überhaupt kein Hindernis, dort erfolgreich arbeiten zu können.

Die kommenden Wochen werden also extrem spannend und anstrengend werden. Aber ich freue mich so sehr auf meine neue Heimat und den Tag, an dem ich barfuß am Strand in einem weißen, ganz schlichten, federleichten, flatternden Kleid zusammen mit meinem hübschen Bräutigam und den beiden Hunden, die zu meinem Kleid passende weiße Halsbänder tragen, tolle Fotos für die Ewigkeit bekomme. Hauptsache, das Wetter spielt mit. Die Nordsee ist ja immer für eine Überraschung gut.

Epilog

»Aaaakuuuyiii«, rufe ich durch die Wohnung. Wo ist der Bengel denn nun schon wieder?

Da höre ich ein Schmatzen und Lecken aus unserem Schlafzimmer. Akuyi liegt dick und fett in unserem Ehebett, leckt und knabbert mal wieder an seinen Füßen. Natürlich ohne Tagesdecke und – wie sollte es anders sein – auf meiner Bettseite. Bestimmt ist mein Laken jetzt total nass. Das kann echt nicht wahr sein. Erst gestern habe ich das Bett frisch bezogen.

Doch was soll's, heute ist kein Tag, um sauer zu sein. Außerdem bin ich froh, dass er überhaupt noch bei uns ist und seine Füße lecken kann. Es ist jetzt über drei Jahre her, seit Akuyis Krankheit entdeckt wurde.

Unser krankes Herz hat heute Geburtstag und wird mittlerweile ganze neun Jahre alt. Die Rinderhacktorte ist schon auf dem Küchentisch angerichtet, und unsere Pummelfee Basihma steht ganz aufgeregt davor, in der Hoffnung, dass das große Fressen endlich beginnt.

Außer der Tatsache, dass mein Hundemädchen immer hungrig ist und äußerst penetrant bettelt, ist sie ein ganz unauffälliges Tier, niemals krank oder Aufmerksamkeit fordernd. Sie ist einfach nur da und mir und meiner Seele unheimlich nah. Wir verstehen uns blind, und mit jedem Jahr wird das Gefühl zu ihr intensiver und meine Liebe stärker.

Manchmal denke ich, dass ich ihr in den letzten Jahren zu wenig Beachtung geschenkt habe, denn irgendwie dreht sich immer alles um den Hundejungen. Aber sie ist einfach sehr viel selbstständiger und fordert nicht so viele Kuscheleinheiten ein wie unser Akuyi. Ich hoffe, dass wir ihr in all den Jahren trotzdem gerecht geworden sind und dass sie ihr Leben, gesund wie sie ist, als schön empfindet. Sie ist einfach meine beste Freundin geworden – auch wenn sie ein Hund ist, kann ich das mit voller Inbrunst behaupten. Außerdem ist sie Akuyi eine tolle Schwester, weiß um seine Bedürfnisse und seine Krankheit. Also wird sie bis an ihr Lebensende stark sein wollen, um uns keinen weiteren Kummer zuzumuten. Vielleicht wäre es aber mal wieder an der Zeit, ein Tiergespräch mit ihr führen zu lassen, um zu erfahren, wie es ihr wirklich geht, ob sie Sorgen hat oder uns etwas mitteilen möchte.

Nun wird aber erst mal die Hundetorte fotografiert, dann werden die Kerzen ausgepustet und die Näpfe gefüllt. »Akuyi, komm jetzt endlich«, rufe ich zum wiederholten Male. »Basihma sitzt schon sabbernd vor deiner Torte, klappert mit dem Besteck und wartet auf dich!«

Mit ihrem Fiepen will sie mir zeigen, dass ihre Geduld nun langsam am Ende ist, doch dann bequemt sich endlich auch Akuyi, die Küche zu betreten.

Seit der Diagnose ist jeder Geburtstag ein ganz besonderer Tag für uns. Wir setzen alle Geburtstagshütchen auf, machen mit einem Selfiestick Fotos für Facebook, die Familie und andere Hundefreunde und benehmen uns wie völlig abgedrehte Hundeverrückte. Das sind wir ja auch, und wir werden es wahrscheinlich immer bleiben.

Trotzdem muss ich reflektierend zugeben, dass es wirklich körperlich und mental an einem zehrt, mit einem Hund zu leben, der eine tödliche Krankheit hat. Das ist auch der Grund, warum ich immer wieder sage, dass nach diesen beiden Hunden erst mal Schluss ist mit Nachwuchs. Man lernt zwar, mit der Situation zu leben, und hält die Möglichkeit, dass es ausgerechnet heute passiert, für unwahrscheinlich. Trotzdem versucht man stets, darauf vorbereitet zu sein, und vergisst diese Sorge nur selten. Ich bin manchmal so müde und ausgelaugt, dass ich mir vorkomme, als hätte ich einen Hunde-Burnout. Es gibt Tage, da wünsche ich mir, alles schon geschafft und hinter mir zu haben. Den Verlust der Tiere, die ständigen Sorgen und diese Verantwortung, die man doch hat, wenn man so intensiv mit einem Hund lebt. Aber das würde ja bedeuten, dass es unsere beiden Nervzwerge nicht mehr gäbe, und das ist dann doch unvorstellbar. Wir haben uns jedoch ganz stark vorgenommen, eine Hundepause einzulegen, wenn es mal so weit sein sollte. Unbeschwert und ohne Zeitdruck die Zweisamkeit zu genießen, Flugreisen nachzuholen und Lukas mal kennenzulernen ohne die Verpflichtung *Hund*. Die Frage, ob wir das wirklich schaffen, muss ich oft grinsend verneinen, aber immerhin denkt man drüber nach. Die Zeit wird es zeigen.

Akuyi hat mittlerweile immer wieder Herzrhythmusstörungen, die dank der regelmäßigen Kontrollen bemerkt und gleich mit Medikamenten unterdrückt werden. Doch wie lange das noch so funktioniert, weiß niemand. Wir sind total dankbar, dass wir seine Lebenserwartung von damals drei Monaten auf inzwischen mehr als drei Jahre hinauszögern konnten. Nach wie vor verlassen wir das Haus nur ungern. Jedes Gewitter, jeder Knall, jedes Flugzeug, alles, was ihn aufregt und ihm Angst macht, bereitet uns Sorgen. Und in jedem Sommer hoffen wir, dass dieser wettermäßig schlecht wird, denn Hitze tut unserem Herzenshund überhaupt nicht gut und macht ihn schlapp. Also nehmen wir schlechtes, kaltes Wetter in Kauf – nein, wir freuen uns sogar darüber. An der Küste lebt es sich diesbezüglich schon wirklich gut, denn man kann es im Hochsommer weitaus besser aushalten als anderswo.

Das Leben hier ist sowieso unheimlich entspannend, auch wenn wir die Hauptsaison mit den vielen Touristen unterschätzt haben. Banale Dinge wie Einkäufe, Spaziergänge und allein der Straßenverkehr werden oft zu einer Herausforderung. Dafür genießt man dann die Ruhe in der Nebensaison. Alles hat seine Vor- und Nachteile, aber im Großen und Ganzen ist die Welt hier im Norden wirklich noch in Ordnung, und wir haben es noch zu keiner Zeit bereut, den Schritt ans Meer gewagt zu haben.

Um große Hunde zu sehen, besonders auch viele Ridgebacks, braucht man nun wahrlich nicht mehr auf Hundeausstellungen zu fahren, denn die hat man hier live, in Farbe und in vielen verschiedenen Ausführungen. Wo soll man denn auch sonst mit so großen, meist lauffreudigen Hunden Urlaub machen als in der größten Sandkiste der Welt?

Diese Hunde gibt man nicht eben mal so bei der Familie oder bei Freunden ab. Sie sind Familienmitglieder, bei denen auch keiner sofort »Hier!« schreit, wenn es darum geht, sie für eine gewisse Zeit zu übernehmen. Ein großer Hund ist nichts für Ungeübte. Daher kommt auch ein Urlaub ohne Hund für die wenigsten infrage. Die Nord- und Ostsee sind natürlich beliebte Urlaubsziele für Hundemenschen und ihre besten Freunde. Wir mögen es, die Menschen zusammen mit ihren Hunden am Strand oder über die Seebrücke spazieren zu sehen, und lieben unsere neue Heimat sehr.

Lukas' Praxis läuft wunderbar und wird super angenommen. Einmal die Woche ist er weiterhin in Hamburg als Dozent an der Uni tätig, damit er auch den wissenschaftlichen Bereich nicht ganz aus den Augen verliert.

Ich habe mich aus dem Sport zurückgezogen. Irgendwann braucht man ein zweites Standbein, da man diesen körperlichen Einsatz nicht ein Leben lang auf diesem Niveau halten kann. Ich erledige nach wie vor die administrativen Dinge rund um die Praxis und sitze an drei Tagen in der Woche an der Anmeldung. Außerdem habe ich immer noch meine Ernährungsberatung in der Praxis und nach Absprache auch an einigen Kliniken in und um Sankt Peter-Ording. Das mache ich aber eigentlich nur noch für Akuyis Medikamentenkasse.

Dafür bin ich auf den Zug der Ferienwohnungsvermietung aufgesprungen und vermiete Ferienwohnungen von Privatpersonen. Wichtig ist für mich, dass ich von zu Hause aus arbeiten kann und höchstens mal zwei bis drei Stunden außer Haus bin. Ich bin es so gewohnt und die Hunde auch. Das soll sich für die beiden jetzt im Alter auch nicht mehr ändern. Wir machen, was wir können, um ihnen das Leben schön und schmerzfrei zu gestalten, achten auf sie und tun auch uns damit etwas Gutes. Denn dieses Bedürfnis, jemanden verwöhnen, bemuttern und versorgen zu können, ist in mir, auch wenn ich es nicht auf Kinder übertragen konnte. Die Natur hatte es einfach anders mit mir geplant.

Das wurde mir wieder bewusst, als ich Tante wurde. Ich kann nun mal nicht viel mit zweibeinigen kleinen Lebewesen anfangen. Natürlich reiße ich mich zusammen und kümmere mich pflichtgemäß um die kleine Emma von Celine und Ben. Aber der Funke springt einfach nicht über. Wenn sie allerdings eine Mütze mit angenähten Tierohren aufhat, funktioniert es gleich viel besser mit uns. Ben ist das auch aufgefallen, und seitdem trägt sie immer Kleidung mit Tierprint und Mützen mit Tierohren dran, wenn die drei zu Besuch kommen. Darüber lachen wir jedes Mal, und es ist mittlerweile bei uns zu einem Running Gag geworden. Emma ist auch wirklich ein ganz liebes Kind, aber eben ein Kind. Nicht braun, nicht haarig, ohne Ohr- und Mundgeruch, was zugegebenermaßen ja schon ein Nachteil für sie wäre.

Einen Hund gibt es für Celine bis heute nicht. Doch seit sie Emma hat, interessiert sie sich auch gar nicht mehr dafür. Schon seltsam, wie die Bedürfnisse sich verändern.

Ben ist ein ganz toller Papa und mittlerweile auch ein verantwortungsvoller Partner, soweit ich das beurteilen kann. Und Celine ist eine unglaublich liebevolle Mutter. Die beiden wirken zusammen wirklich sehr erwachsen. Schon verrückt, wie so eine gemeinsame Verantwortung den Menschen verändern kann. Sie machen das ganz prima und souverän, und ich hoffe sehr, dass es so bleibt.

Celine ist jetzt in diversen Muttergruppen unterwegs und führt ein ganz anderes Leben mit anderen Freunden, die ihre Interessen teilen. Doch das ist total okay für mich. Alles im Leben hat seine Zeit, und wir hatten unsere. Wir sind immer noch gute Freundinnen, bewegen uns aber mittlerweile in verschiedenen Welten.

Ben und ich sehen uns natürlich ebenfalls kaum noch. Er ist nun endlich auch angekommen, hat seine eigene kleine Familie und sollte bei ihr sein. Ich finde sogar, dass wir uns jetzt noch besser verstehen, weil ich vor allem frauentechnisch nicht mehr so viel an ihm herumzumeckern habe. Er arbeitet inzwischen fest in Hamburg an der Krankenpflegeschule. Die drei sind sehr glücklich mit unserer Wohnung und wollen bald heiraten, was ich mir vor ein paar Jahren nie hätte vorstellen können.

Wir Menschen brauchen ja oft einen guten Grund, um etwas zu verändern. Bei Lukas und mir haben das immer Fellkinder geschafft, bei Celine und Ben eben ein Menschenkind.

In einem Rudel gibt es immer Höhen und Tiefen. Die Mitglieder sind halt nicht beliebig austauschbar, sondern es ist eine in sich geschlossene Gruppe, die zusammenhält und dieses Rudelleben nun mal ausmacht. Es ist natürlich nicht immer leicht, und man muss auch mal Nackenschläge kassieren, aber so ist das Leben, wenn man es nicht allein verbringen möchte.

Neulich sprachen Lukas und ich darüber, wie schnell wir doch damals diesen Umzug von Hamburg nach Sankt Peter-Ording angingen und wie froh wir jetzt sind, den Schritt gewagt zu haben. Alles hat so gut geklappt, dabei hätte es ja auch echt schiefgehen können. Aber man bereut wohl wirklich nur das, was man nicht getan hat.

Daraufhin zitierte Lukas Albert Einstein:

»Genieße deine Zeit, denn du lebst nur jetzt und heute.
Morgen kannst du das Gestern nicht mehr nachholen.
Und später kommt früher, als du denkst.«

Genau so ist es, und daher nehme ich jetzt meine beiden Senioren, fahre an den Strand, lasse mir den Wind um die Ohren wehen und erfreue mich daran, dass die beiden alten braunen Strichträger noch bei mir sind.

Und ich denke mir so oft:

»Bereuen – nein, keine einzige Sekunde, die du an meiner Seite bist. Auch wenn wir schwierige Zeiten miteinander hatten, in denen wir uns kennen und verstehen lernen mussten.

Beobachten – muss ich dich jetzt täglich, denn die Zeit hinterlässt Spuren. Ich achte nun ganz anders auf dich, und jede Veränderung an dir macht mir Sorgen.

Toben – das ist lange her, obwohl ab und an, sehr selten, für ein paar Sekunden und doch gefühlte Minuten, der junge, wilde Hund in dir zurückkehrt und mir ein Leuchten in die Augen zaubert.

Erfreuen – sollte ich mich an der Ruhe und Gelassenheit, die du jetzt an den Tag legst. Minutenlanges Schnüffeln, Erkunden und Bewerten deiner Vorgänger anhand eines jeden Grashalms ist nun dein Tagesgeschäft.

Genießen – ja, das sollte ich, jeden Tag, jede Minute, jede Sekunde. Sag mir nur, wie ich das schaffen kann. Denn so schön es ist, dich so gut zu kennen, deinen Geruch jedem Parfüm vorzuziehen, ein ganz gemütliches Leben mit dir zu führen, ohne pubertäre Aussetzer, es macht mir doch so große Angst zu wissen, dass diese Ruhe ihren Preis hat.

Das Leben mit einem alten Hund ist einfach wunderbar und etwas ganz Besonderes.«

Jessica Klauß

Danke

Ein großes Dankeschön gilt meinem Ehemann Roman, der mich bei meiner Leidenschaft für das Schreiben immer unterstützt und mir den nötigen Freiraum dafür gibt. Dann danke ich natürlich meiner Basihma und meinem Akuyi. Sie werden unvergessen, immer in meinem Herzen und in meinen Gedanken sein. Dies gilt selbstverständlich auch für unseren Ridgeback Schröder, unseren ersten Hund, mit dem damals die Hundeliebe begonnen hat. Er hat uns gezeigt, dass ein Leben ohne Hund nicht vollständig ist. Schön, dass wir ihn erleben, mit ihm lachen und weinen durften. Durch ihn haben wir zum ersten Mal diese Art zu lieben erfahren. Auch ihn werde ich niemals vergessen! Ich danke meinen vier Lieblingslebewesen so sehr, denn ohne sie hätte ich keine Geschichten zu erzählen.

Ich bin einfach dankbar für dieses tolle Leben, das ich führen darf, ebenso für meine Arbeit. Es macht mich so glücklich, den Menschen mit ihren Hunden schöne Unterkünfte in Sankt Peter-Ording zu vermitteln und ihnen auf diese Weise eine tolle gemeinsame Zeit fern vom Alltag zu bescheren (*urlaubspo.de* oder auf Facebook: *Klauß Ferienwohnungen Sankt Peter-Ording*).

Ein Riesendankeschön gilt wieder mal meiner lieben Lektorin Susanne Jauss (*jauss-lektorat.de*). Sie hat mich trotz ihres vollen Terminkalenders ganz toll unterstützt und beraten. Ich bin so froh, sie zu haben.

Auch mein Illustrator Nils Baumann (*nilsbaumann.de*) hat mal wieder schnell und sehr professionell meine Vorstellungen vom Buchcover umgesetzt. Vielen Dank dafür!

Ich bedanke mich ganz herzlich bei der Tierkommunikatorin Tanja Huttanus (*tierkommunikation-versteh-dein-tier@gmx.de*), die immer für mich da ist. Ich möchte jedem Tierliebhaber ans Herz legen, diese Erfahrung mal zu machen.

Zum Schluss möchte ich mich noch ganz besonders bei all den Menschen bedanken, die mich immer wieder ermutigt haben, einen Fortsetzungsband zur *Rudelliebe* zu schreiben. Das Interesse daran war gigantisch. Wahrscheinlich hätte ich den Hintern niemals hochbekommen, wenn mir nicht so viele von euch hineingetreten hätten. Ohne euch hätte ich das nicht geschafft. Vielen Dank dafür!

Tausend Dank ebenso für jede private Nachricht, jedes Feedback über Facebook oder andere Kanäle und die lieben Rezensionen zur *Rudelliebe*. Eure Zeilen rühren mich immer wieder aufs Neue zu Tränen.

Eure Jessica

Wie das Rudelleben begann ...
Mein erster Roman »Rudelliebe«

Neuanfang!
Nach einer zerbrochenen Beziehung entscheidet sich Lilly, zu ihrem Bruder Ben nach Hamburg zu ziehen und ihr altes Leben in ihrer Heimatstadt Göttingen hinter sich zu lassen – Freundinnen mit Hormonmangel, liebeskranke Kollegen und fragwürdige Internetbekanntschaften inklusive.
Durch Ben lernt sie ihren neuen Vermieter Lukas kennen – und dessen Mitbewohner Schröder, einen Rhodesian Ridgeback. Dieser Hund mit seinem außergewöhnlichen Wesen erobert Lillys Herz im Sturm und verändert einfach alles in ihrem Leben. Wird Lilly durch ihn sogar eine neue Liebe finden?

Erhältlich im Buchhandel und in den gängigen Online-Shops.

LOVE LIFE

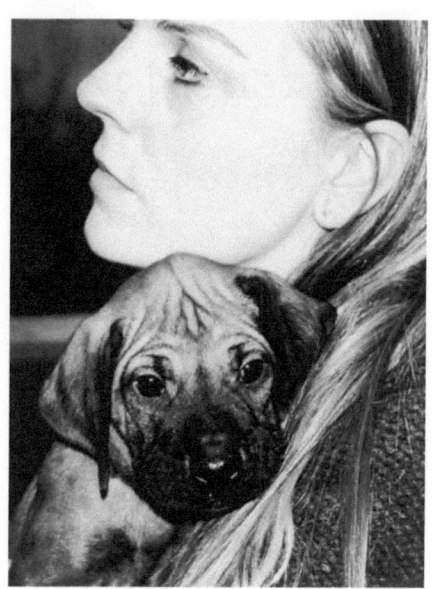

Akuyi & Basihma

Wer nie einen Hund gehabt hat, weiß nicht, was lieben und geliebt werden heißt. (Arthur Schopenhauer)

Jeden Moment genießen ...

Ein guter Hund stirbt nie.
Er bleibt immer gegenwärtig.
Er wandert neben dir
an kühlen Herbsttagen,
wenn der Frost über die Felder streift
und der Wind näher kommt.
Sein Kopf liegt zärtlich in deiner Hand
wie in alten Zeiten.
(Mary Carolyn Davies)